Sina Blackwood

Eine neue Dynastie

Bibliografische Informationen der Deutschen Nationalbibliothek:
Die Deutsche Nationalbibliothek verzeichnet diese Publikation in der Deutschen Nationalbibliografie; detaillierte bibliografische Daten sind im Internet über http://dnb.de abrufbar.

Coverbild: Eye of dragon illustration
© Анна Богатырева
Umschlaggestaltung: Sina Blackwood
Layout: Sina Blackwood

Herstellung und Verlag:
BoD – Books on Demand, Norderstedt
ISBN: 9783749448777

Man muss die Feste feiern, wie sie fallen

Es sind erst wenige Tage vergangen, seit Sir Jim die Geburt seiner Tochter Tessa mit einem großen Turnier gewürdigt hat.

Ganz bewusst hatte er den neugeborenen Winzling Cedric, seinem ergebenen und gelehrigen Knappen, in die Arme gelegt, dem die intensiv leuchtenden Augen sofort verrieten, einen jungen Drachen beschützen zu dürfen. Zudem machten weder sein Herr noch Lady Fran, die Mutter der Kleinen, einen Hehl daraus, ihn als Schwiegersohn zu favorisieren. Eine unglaubliche Ehre für einen Menschenknaben, von einem der mächtigsten Drachenpaare als Clanmitglied ausersehen zu werden. Dass dies Cedric noch mehr beflügelte, sah man auf ebenjenem Turnier, wo der junge Mann alle Konkurrenten aus dem Feld stach. Von der Hilfe, die ihm seine zukünftige Gattin dabei gewährte, hatte nur Lady Fran etwas mitbekommen. Lady Tessa, das vermeintlich hilflose Baby, war ganz einfach dazu übergegangen, wenn sie fühlte, dass Cedric in Bedrängnis war, sein Bewusstsein so zu erweitern, dass er die Gespräche der anderen Drachen auf der Königstribüne mithören konnte, obwohl er deren geheime Sprache sonst gar nicht beherrschte. Die Fachsimpeleien, wie man den Gegner schlagen könne, setzte er natürlich sofort in die Tat um.

Nur zu gern hob er mit der Lanzenspitze den Siegerkranz aus blutroten Blüten vom Körbchen des Babys, welcher alle anderen Kränze in den Schatten sstellte, und widmete Tessa öffentlich, als zukünftiger Gattin, seinen Sieg. Zum größten Erstaunen aller anderen Drachen, die nicht geahnt hatten, dass Fran mit der Geburt der Kleinen auch Vorkehrungen getroffen hatte, ihre Familie und damit den Clan zu festigen.

Sir Vincent, ein starker Drache, aber ein schwacher König, schlug Cedric wegen des völlig unglaublichen Sieges sofort zum Ritter, denn er war auf die Macht guter und loyaler Männer angewiesen, um regieren zu können, und jeder ausgebildete Kämpfer zählte, selbst wenn dieser ein Mensch war.

So gab es an einem Tag gleich mehrere Gründe zu feiern: die Geburt der kleinen Drachen-Lady, Cedrics Sieg über gestandene Ritter und der nachfolgende Ritterschlag sowie die öffentliche Bekanntgabe der zukünftigen Verbindung zwischen dem neuen Ritter und der Tochter seines Dienstherrn.

Sir Benjamin drückte seinen Sohn Cedric stumm und fest an seine Brust. Der Stolz auf ihn leuchtete wie Flammen in seinen Augen. Keiner der missgünstigen Verwandten würde es jemals wieder wagen, Cedric die Schuld am Tod seiner Mutter zu geben, die während dessen Geburt verstorben war. Dann setzte es sicher mehr, als nur heiße Ohren.

„Viel Feind', viel Ehr'!", schmunzelte Lady Fran, als sie den neuen Ritter an ihre Seite bat.

Cedric folgte ihrer Blickrichtung. Drei der niedergerungenen Drachenritter beobachteten ihn wohl schon die ganze Zeit mit finsteren Gesichtern. Vor allem missgönnten sie ihm, der Schwiegersohn des gelben Drachens werden zu dürfen. Alle drei waren

Emporkömmlinge jener Wolkenfelser Linie, die den König am liebsten stürzen wollte.

„Wenn ich mich nicht irre, gibt es mindestens eine Burg zu erobern", gab Cedric breit grinsend zurück.

Fran lachte auf. „Genau die richtige Einstellung, Herr Ritter."

Manchmal wünsche ich mir nichts sehnlicher, als die Drachensprache zu verstehen, dachte Cedric.

Es war ganz sicher auch kein Zufall, dass Tessa just in diesem Moment erwachte, ihre magischen blauen Augen auf ihn richtete, lächelte und ihm die Ärmchen entgegenstreckte.

„Waltet Eures Amtes als Gesellschafter", blinzelte Fran, ihm Tessa übergebend.

„Nun, kleine Lady, was wollen wir machen? Das siegreiche Pferd besuchen?", fragte Cedric.

Tessa jauchzte, was der junge Mann als Zustimmung wertete und sie zur Wiese trug, wo sein Ross angebunden war. Der König, seine Ritter und die Damen beobachteten es mit zufriedenem Lächeln. Lady Fran, die gefährlichste Kriegerin des Clans, musste wirklich vollstes Vertrauen in ihn haben.

„Ich bin sicher, er wird schnell merken, wann er nein sagen muss", winkte Sir Jim ab, als Lady Maya Bedenken anmelden wollte.

„Ihr vertraut ihm also auch, wie einem von uns!", staunte sie.

„Natürlich. Er hat nie einen Hehl daraus gemacht, dass er sich von uns wie ein leiblicher Sohn behandelt fühlt. Vergesst auch nicht, dass er ein Vertrauter von Lady Mo ist. Und sie lässt wirklich kaum jemanden in ihre Nähe", erklärte Sir Jim.

„Stimmt", gab Lady Maya zu. „Als er ihr Vertrauen gewann, war er ja sogar ganz neu bei Euch in Ausbildung."

Sir Jim rieb sich die Hände. „Wenn ich daran denke, dass das alles erst wenige Monate her ist, könnte ich mich gleich dreifach freuen."

Lady Maya verkniff es sich, zu sagen, dass Cedric vielleicht sogar der ideale Partner für Mo sein könnte, wenn er die magischen drei Drachenbisse überstände. Nur hätte der König fast die Hälfte des Clans gegen sich, würde er es befehlen, was tödlich für ihn wäre. Auch konnte noch keiner sagen, über welche Fähigkeiten Tessa einmal verfügen werde. Sie werde sich Cedric nicht wegnehmen lassen und auch keine Nebenbuhlerin dulden. Kam sie nach ihrer Mutter, würde sie bei solch einem Befehl verbrannte Erde und keinen Stein mehr auf dem anderen in der Hauptstadt zurücklassen.

Im Augenblick streichelten die kleinen Fingerchen der Drachen-Lady das Fell von Cedrics Braunem. Er tupfte ihr das weiche Maul ins Gesicht und Tessa lachte fröhlich, wobei ihre Augen erneut hell wie Laternen strahlten. Cedric wischte mit dem Zipfel seines Umhangs den feuchten Teil des Pferdekusses trocken, klopfte liebevoll den Hals des Tieres und schlenderte mit Tessa zur Tribüne zurück.

„Da war wohl jetzt jemand schneller, Eure zukünftige Gattin zu küssen", witzelte Sir Timothy.

Cedric lächelte. „Ein Irrtum, mein Herr. Meinen innigen Kuss hat sie bereits am Tag ihrer Geburt bekommen."

„Ihr lasst aber auch nichts anbrennen!", staunte Sir Ian.

„Gute Schule macht den Meister", lachte Cedric mit einer Verbeugung zu Lady Fran und Sir Jim.

Sir Jim blinzelte vergnügt. „Da kommt mir doch glatt eine Idee!" Er ließ Mutter Anne und Sir Benjamin rufen. „Habt Ihr heute noch etwas Besonderes vor?"

„Uns mit Sir Cedric freuen", antworteten beide völlig synchron.

„Dann schlage ich vor, der Feierlaune noch mehr Zündstoff zu geben, indem Euch König Vincent offiziell als Mann und Frau verbindet, um den Neidern richtig das Wasser abzugraben. Ihr habt doch sicher auch in den nächsten Minuten nichts anderes vor", wandte er sich an Sir Vincent.

Der lachte herzlich. „Würde ich auch nur versuchen, mich ernsthaft zu wehren, machte mir Eure Gattin ein ordentliches Drachenfeuer unterm Hintern. Tretet also her, Frau Anne und Sir Benjamin! Kraft meines Amtes erkläre ich Euch zu Eheleuten."

Lady Fran und Sir Jim zogen rasch je einen ihrer Prunkringe ab, die sie dem frischgebackenen Ehepaar als Glücksbringer und Trauringe verehrten.

Cedric gehörte zu den ersten Gratulanten, die mit strahlendem Gesicht Glück und Wohlstand wünschten. „Damit ist einer meiner ganz großen Wünsche in Erfüllung gegangen", seufzte er in tiefer Zufriedenheit.

„Nicht übel, Stiefbrüderchen!", grinste Sir Jim, während der Clan große Augen bekam. Die Tatsache hatten alle völlig ausgeblendet.

Lady Shona fand zuerst die Stimme wieder. „Ich lasse alle Tiere und alle Habe von Lady Anne nach Burg Greifenstein bringen."

Mutter Anne wurde puterrot, als sie sich herzlich bedankte. „Lady Anne", flüsterte sie dann kopfschüttelnd.

„Keine Menschenfrau hat den Titel mehr verdient", führte ihr König Vincent vor Augen. „Euer Sohn Jim ist ein Ritter und Drache geworden, gleichermaßen verehrt, wie gefürchtet. Und Euer Stiefsohn Cedric ist ebenfalls einer meiner Ritter. Noch dazu ein besonders Guter, wie er heute bewiesen hat." Er winkte den Musikern, zum Tanz aufzuspielen, und das frisch vermählte Paar wirbelte über die Wiese.

„Ein wundervoller Tag!" Lady Shona zog Sir Timothy an der Hand auf die Wiese, um genau so sorglos wie Lady Anne zu tanzen.

Sir Ian und Sir Patrick schauten dem bunten Treiben amüsiert zu, bis sie den Aufforderungen der jungen Menschenfrauen nicht mehr entgehen konnten und sich selbst bei den Tanzenden mit einreihten.

Sogar Sir Cedric und Lady Tessa wiegten sich am Rande der Rasenfläche im Takt, denn die magischen Augen der Drachen-Lady hatten ihn so gebettelt, dass er weich geworden war und sie auf den Arm genommen hatte.

Am nächsten Tag endete das Fest mit dem gemeinsamen Frühstück des Drachenclans und bald kündete nur noch das zerdrückte Gras von der Anwesenheit so vieler Gäste. Die Ernte des reifen Getreides konnte weitergehen. Sir Patrick half noch dabei, die Scheunentüren wieder einzuhängen, die Sir Jim kurzerhand als Tischplatten umfunktioniert hatte.

„Euch drückt doch irgendwo der Schuh", sagte Lady Fran schließlich. „Ihr wartet eindeutig auf den Moment, wo alle anderen weg sind, um Euer Herz auszuschütten."

„Stimmt", gab Sir Patrick sofort zu. „So, wie sich die Ereignisse im Augenblick überstürzen, wachsen meine Befürchtungen, dass die Zukunft für den Clan düster sein könnte. Ja, ich weiß, dass Ihr Euch wundert, warum ich darüber nicht mit Sir Timothy spreche, aber der Kernpunkt liegt nun mal in Eurer Familie."

„Ich muss erst die junge Dame außer Hörweite bringen", erklärte Fran, während sie nach Sir Cedric rufen ließ. „Ich gebe Bescheid, wenn ich mich wieder um Lady Tessa kümmern kann", gebot sie, ihm die Kleine zur Aufsicht übergebend.

Cedric zog sich mit dem Babykörbchen in den Schatten eines alten knorrigen Baumes zurück, wo er Tessa in den Schlaf wiegen wollte. Nur kam er nicht dazu: Kaum saß er an den Stamm gelehnt, den Korb auf dem Schoß, starrte ihn Tessa so intensiv an, dass sich im Bruchteil eines Wimpernschlags ein blauer Strudel vor ihm auftat, der ihn regelrecht fortriss.

Er hörte mehrmals wie durch eine Watteschicht seinen Namen, dann die ganze Unterhaltung der drei Drachen, obwohl mehrere dicke Mauern und viel Raum zwischen ihm und ihnen lagen.

„... wird Sir Cedric von hier fortschicken, auf eine Mission, von der er vielleicht nicht zurückkehrt. So, wie ich Sir Cedric kenne, wird er sich sogar freiwillig melden. Das wiederum wäre sogar gut, um die beiden Drachen kontrollieren zu können, die weder königs- noch clantreu sind", sagte Sir Patrick.

9

„Das kann er doch gar nicht allein bewältigen!", warf Lady Fran ein.

„Eben!", erwiderte Sir Patrick. „Ich weiß, dass er sich zwei Drachen-Ritter wählen muss, um lebend aus der Sache herauszukommen."

„Einer wird ganz sicher Sir Ian sein", bemerkte Sir Jim. „Wenn wir nicht dürfen, wer sind dann die ledigen Königstreuen? Mir fällt auf die Schnelle keiner ein." Er schloss die Augen, um besser nachdenken zu können. „Wir werden belauscht", hauchte er im selben Moment kaum hörbar und riss die Tür auf, vor der sich der leere Gang präsentierte.

Lady Fran begann zu lachen. „Der unfreiwillige Spion sitzt vor der Burg unter einem Baum und zappelt im Netz einer Baby-Spinne. Verdammt schlau, das kleine Hexlein! Durch sie kann er unsere Sprache verstehen und über weite Entfernungen hören, wie ich gestern zufällig herausgefunden habe."

„Das will ich genau wissen", rief Sir Jim und ließ Sir Cedric rufen.

Der nahte sofort mit dem Körbchen. „Sie schläft."

„Das glaube ich gern, nach dem Kraftakt", schmunzelte Lady Fran. „Wie lange hat sie Euch lauschen lassen?"

Cedric wurde blass. „Von da an, wo es darum ging, mich fortzuschicken", kam sofort die Antwort.

Die Drachen wechselten einen schnellen Blick, dann fragte Sir Jim: „Wer wäre Euer zweiter Drache?"

„Lady Tessa."

Alle drei sprangen auf, um den jungen Ritter ungläubig zu mustern.

„Lady Tessa", wiederholte er ganz ruhig und fügte hinzu: „Ihre Rache, wenn es anders käme, würde keiner überstehen."

„Das glaube ich sogar aufs Wort", murmelte Lady Fran. „Nun wird es schwierig."

Cedric zog die Augenbrauen zusammen: „Sie hat mir gesagt, dass sie Sir Ian als Erzieher akzeptiert, solange ich nicht in Lebensgefahr schwebe."

„Sie scheint etwas zu wissen, von dem nicht mal ich eine Ahnung habe", entsetzte sich Sir Patrick.

Sir Cedric trat an das Körbchen, strich Tessa sanft übers Haar und murmelte: „In einem früheren Leben nannte man sie Lady Lilian Greyham of Dragonforest."

Lady Fran kippte mit einem matten Seufzer ohnmächtig in ihren Sessel. Diese Information haute buchstäblich die stärksten Drachen um, denn auch Sir Patrick ließ sich mit zitternden Händen nieder.

Sir Jim betrachtete liebevoll das unschuldig wirkende Gesicht seiner ungewöhnlichen Tochter. „Dann weiß sie doch bestens, wie man einen Drachenclan vorm endgültigen Untergang bewahrt. Ob unseren oder den von Mo oder beide, dürfte dabei völlig egal sein. Egal ist aber nicht, ob wir sie als Baby oder Trägerin einer alten wissenden Seele behandeln."

„Es dürfte auch kein Zufall sein, dass soeben ihre Augen magisch zu leuchten beginnen", fügte Fran hinzu, die sich mühsam aufrappelte. Sie nahm Tessa aus dem Korb, drückte sie an sich und bat: „Ich bin unendlich stolz auf Euch, und darauf, Eure Mutter sein zu dürfen. Ihr müsst auch nicht den Säugling spielen, wenn Euch nach großen Taten ist."

Lady Tessa begann herzlich zu lachen, während eine fremde Stimme laut und deutlich sagte: „Ein paar Tage werde ich den Kinderkörper noch ertragen müssen, auch Magie braucht ihre Zeit, um sich voll entfalten zu können. Ich werde aber rechtzeitig über alle Kräfte verfügen, wenn Sir Cedric ans andere Ende der Welt aufbrechen muss. Sir Patrick ahnt, was ich meine."

„Wäre es nicht wichtiger, Eurem zukünftigen Gatten ein bisschen Hintergrundwissen zu geben?", versuchte Sir Patrick abzulenken.

„Ganz bestimmt nicht", lachte Lady Fran. „Der hat all meine Bücher verschlungen und kann den Weg des Clans praktisch im Schlaf herbeten. Kein Wunder, dass er das Interesse einer uralten Seele geweckt hat."

„Richtig", pflichtete Lady Lilians Stimme bei. „So, nun muss ich brav schlafen, weil ich sonst nicht schnell genug wachsen kann." Tessa schloss die Augen und schlummerte auf der Stelle ein.

„Ihr beide fliegt am besten einmal rüber zur Smaragdburg", riet Sir Jim, den beiden anderen Herren, die sich sofort still verabschiedeten und auf Zehenspitzen hinaus schlichen, um die kleine Lady nicht zu wecken.

Geheime Vorbereitungen

Lady Shona stand am Fenster, als der olivgrüne Drache im Burghof landete und seinen Reiter absteigen ließ, ehe er sich verwandelte. Sie meldete sie Ankunft gleich persönlich Mann und Sohn, die hinaus eilten, um die Gäste zu empfangen.

„Ihr bringt eine ungewöhnliche und starke fremde Aura mit, meine Herren", stellte Sir Timothy fest, als er nahe an sie herantrat. Während nur seine Augen fragten, ob bei ihnen und auf Kuckuckstein alles in Ordnung sei.

„Alles bestens", erklärte Sir Patrick. „Wir müssen trotzdem irgendwo miteinander reden, wo man uns niemand belauschen kann."

Sie zogen sich zu fünft ins Arbeitszimmer des Burgherrn zurück, wobei die drei Gastgeber die beiden Gäste sofort fragend anschauten, als sich die Tür geschlossen hatte.

Sir Patrick nickte Sir Cedric zu, der mit dem ersten Satz alle elektrisierte: „Lady Lilian Greyham of Dragonforest ist in Lady Tessa wiedergeboren."

Totenstille. Dann sagte Sir Timothy: „Ich habe also wieder mal recht, dass wir vor einer entscheidenden Wende stehen."

Beide Gäste nickten. Sir Cedric wandte sich an Sir Ian: „Ich möchte Euch bitten, mir in Bälde beizustehen, wenn mich der König auf eine fast unmögliche Mission schicken wird."

„Ihr könnt auf mich zählen!", schwor Ian und bekam mit seinen Eltern zu erfahren, was sich in den letzten Stunden auf Kuckuckstein zugetragen hatte.

Über die Reaktion seines Freundes, bezüglich des Wissens der geheimnisvollen Drachen-Lady zum Erhalt eines Clans, grinste Sir Ian breit. „Wie sollte einer, der die Energien von vier Drachen in sich trägt, auch anders darüber befinden? Ich freue mich darauf, mit Euch und ihr in den Kampf zu ziehen!"

„Mir machen nur die eigenen Leute Sorgen", seufzte Sir Cedric. „Die Furcht, im Schlaf erdolcht zu werden, ist um Längen größer, als ihnen vielleicht im Drachenpanzer gegenüber zu stehen."

„Ich denke, da werden wir eine passende Lösung finden", tröstete ihn der erfahrene Ritter. „Zumal Ihr nicht die geheimen Kräfte außer Acht lassen dürft, über die Lady Tessa verfügt."

„Mich wundert gar nichts mehr", schmunzelte Ian, als er später dem davonfliegenden Drachen mit seinem Reiter hinterherschaute.

„Mich auch nicht", murmelte Sir Timothy. „Wie oft habe ich König Vincent gebeten, die Drachengrotte aufzusuchen? Und? Hat er es gemacht?"

„Mal sehen, was passiert, wenn sich ihm die junge Dame offenbart", ließ sich Lady Shona vernehmen. „Der Schock sollte heilsam sein. Sonst kann es ganz schnell passieren, dass wir die Befehle einer Königin befolgen werden." Sie ließ die verblüfften Männer stehen und wandte sich wieder ihrem Tagwerk zu.

„Ich fürchte, sie hat recht." Sir Ian bekam hierfür die volle Zustimmung seines Vaters.

Die junge Lady zog es vor, alle paar Tage um mehrere Zentimeter zu wachsen, Sir Cedric und ihre Eltern auf Trab zu halten. Recht schnell wechselte sie von der Kleinkindtrotzphase zur Pubertätstrotzphase über und testete die mentale Stärke ihres zukünftigen Gatten auf eine Weise, für die sie jeder andere vielleicht im Zorn erwürgt hätte. Sir Cedric gelang es hingegen immer öfter, sich ihren magischen Attacken zu widersetzen. Als er es ihr auf den Kopf zu sagte, dass er das Spiel durchschaut habe, warf sich die widerborstige junge Dame auf den Boden und kreischte aus Leibeskräften. Im Nu waren Lady Fran und Sir Jim zur Stelle.

„Ich schwöre, ich habe ihr kein Haar gekrümmt!", beteuerte Cedric immer wieder, weil ihm die besorgten Eltern anklagende Blicke zukommen ließen. „Ich habe es nur gewagt, ihre magischen Spielchen zu ignorieren."

„So läuft also der Hase!" Lady Fran runzelte die Augenbrauen und zog ihren Gatten an der Hand aus dem Zimmer.

Sir Cedric atmete einmal tief durch. „Nun ist Schluss mit dem Unfug! Noch sind wir nicht verheiratet. Vielleicht überlege ich es mir noch einmal, mein Leben mit einer Kratzbürste, wie Euch, zu verbringen." Er drehte sich um und ließ Tessa liegen, die ihm aus großen entsetzten Augen hinterherschaute, als er die Tür von außen schloss.

Er wandte sich der Schmiede zu, um seine Waffen zu schleifen, wie immer, wenn er Zeit zum Nachdenken brauchte. Seine zusammengezogenen Augenbrauen sprachen Bände. Lady Fran hätte Tessa am liebsten geohrfeigt. Alte Seele hin oder her.

Sir Jim zog sie an seine Schulter. „So, wie es aussieht, hat er ihr ein paar passende Worte geflüstert. Vielleicht fallen sie ja auf fruchtbaren Boden."

In den nächsten Tagen verhielt sich Tessa auffallend still, um ihn nicht zu reizen, während Cedric noch intensiver trainierte. Als Schnee und Eis das Land erstarren ließen, bat er Sir Jim, ihm als Drache nützliche Lektionen zu erteilen. Das ging nicht ohne Brandwunden und sonstige Blessuren ab, selbst wenn Drache Jim nie mit voller Kraft agierte.

Auch heute wanderte Sir Cedric ein Paarhundert Meter von der Burg weg, um frei mit dem riesigen gelben Drachen trainieren zu können. Er hatte den Kampfplatz noch nicht erreicht, als das typische Rauschen von Drachenschwingen erklang.

Cedric drehte sich um und stand unversehens einem fremden pechschwarzen Drachen gegenüber, der mit rauchenden Nüstern zu taxieren schien, ob er den Happen mit einem Mal verschlingen könne. Cedric hob geistesgegenwärtig den Schild, ging in die Knie und tauchte unter der plötzlich auf ihn zu schießenden Flamme weg. Auch dem zuschnappenden Maul entkam er immer wieder, ehe sich die nächste Flamme anschickte, ihn zu verbrennen.

Sir Jim war unverwandelt stehen geblieben und beobachtete den ungleichen Kampf, denn Cedrics einzige wirksame Waffe war seine Schnelligkeit. Das Schwert war von einer Flammengarbe getroffen worden und der junge Ritter hatte es losgelassen, um nicht seine Hand durch das glühende Metall einzubüßen. Jim konnte sich nicht erinnern, den fremden, ziemlich kleinen Drachen jemals gesehen zu haben.

Da gelang es Cedric, seinen Dolch zu ziehen, und zwischen die Schuppen des nach ihm greifenden Vorderbeins des Gegners zu treiben. Mit einem spitzen Aufschrei ließ der fremde Drache von ihm ab, um hoch in den Wolken zu verschwinden.

Nun erst näherte sich Sir Jim. „Wer war das?"

„Ich habe gehofft, Ihr könntet mir das verraten!",
rief Sir Cedric, sein abgekühltes Schwert vom Boden
aufnehmend.

„Diesen Drachen habe ich nie gesehen!" Sir Jim
schaute in den Himmel, als könne er den Fremden
entdecken. „Wundersam zudem, dass solch ein kleiner Drache die Flammen beherrscht. Wir sollten
heute Nachmittag nach Emerald Castle fliegen und
Sir Timothy befragen. Warum hat er Euch überhaupt
angegriffen?"

„Keine Ahnung." Sir Cedric wirkte ratlos. „Er kam
und ging gleich mit Feuer auf mich los."

„Eine merkwürdige Art, unter Rittern", schnaufte
Sir Jim.

„Falls es ein Ritter war", warf Cedric ein. „Ihr habt
ja auch festgestellt, dass er für einen Drachen
erstaunlich klein war."

„Wie dem auch sei, Euer Training habt Ihr für
heute hinter Euch. Gehen wir heim und verarzten
eure Wunden!" Sir Jim stützte Cedric, der doch
etwas mehr abbekommen hatte, als es auf den ersten
Blick ausgesehen hatte.

Lady Fran, die nichts von dem Kampf mit dem
fremden Drachen ahnte, schlug die Hände über dem
Kopf zusammen, als Cedric in die Burg hinkte.
„Musstest Ihr es so übertreiben?!", herrschte sie Sir
Jim an.

Beide Männer schauten sich an und begannen zu
lachen.

„Was ist daran so lustig?", schnaufte Fran, die Salbentiegel auf den Tisch stellend.

„Dass das ein uns völlig unbekannter Drache angerichtet hat", schmunzelte Jim. „Oder könnt Ihr uns

den Namen von einem tiefschwarzen, kleinen Drachen nennen, der bissig wie Straßenköter und im Besitz der Flamme ist?"

„Und der dann ganz einfach so verschwunden ist?", fügte Lady Fran sarkastisch fragend hinzu.

„Nicht ganz. Ich habe ihn am rechten Vorderbein verwundet, gleich oberhalb des Fußgelenkes", verriet Cedric. „Damit dürfte er, als Mensch, einige Tage aus dem Rennen sein."

„Wie Ihr, mein Lieber. Stauchungen, Quetschungen, Brand- und Risswunden – das wird dauern, ehe es abgeheilt ist!" Fran trug eifrig Salbe auf. „Eigentlich sollte man Lady Tessa damit beauftragen, damit sie weiß, was auf sie zukommt!"

„Wo steckt sie überhaupt?", fragte Sir Jim. „Sie ist doch sonst sofort zur Stelle, wenn Sir Cedric vom Training kommt."

Als eine Magd die Waschschüssel wegbrachte, bat Fran, Tessa zu holen.

Die junge Dame war aschfahl im Gesicht, als sie schließlich die schwere Eichentür ins Schloss drückte und schwankend stehen blieb. „Ihr habt nach mir gerufen."

Cedric war mit einem Satz auf den lädierten Beinen. „Oh nein, was ist denn mit Euch passiert? Kommt! Setzt Euch!" Er führte sie zu einem Sessel und nahm sich selber einen Schemel.

„Ich ... ich ... ich habe mir den Magen verdorben", flüsterte Lady Tessa matt.

Da hatten Cedrics scharfe Augen auch schon erspäht, was ihr wirklich Schmerzen bereitete und rasch zählte er eins und eins zusammen. „Ich bin als Drachenfutter ungeeignet, wie Ihr jetzt sicher wisst."

Tessa zuckte so deutlich zusammen, dass Sir Jim zu ahnen begann, was Cedric meinte und kurzerhand den Umhang von ihrem rechten Arm streifte. Ein großer Verband kam zum Vorschein, der wenig fachmännisch, weil wohl mit einer Hand, angelegt worden war.

„Ach herrje!", stöhnte Lady Fran, die plötzlich auch im Bilde war. „Ihr habt doch nicht etwa ohne jedes Kampftraining versucht, Ritter Cedric zu ärgern?! Dafür sieht er aber doch erstaunlich gut aus, im Gegensatz zu Euch."

„Ich werde es nicht wieder tun. Versprochen", jammerte Tessa, ihren schmerzenden Arm haltend. „Ich werde Sir Cedric niemals wieder Kummer bereiten. Niemals! Ich schwöre!"

„Na gut, dann flicken wir Euch erst mal wieder zusammen", schmunzelte Cedrik, ihr geschickt mit Salbe und Leinentüchern einen ordentlichen Verband anlegend. „So, ab ins Bett! Ich bringe Euch dann noch einen lindernden Kräutertrunk."

Sie nahm mit der Linken seine Hand, legte sie an ihre Wange und schlich sich still davon.

„Sie muss sich heute zum ersten Mal verwandelt haben", überlegte Fran laut, „Was im Normalfall ein Grund zu feiern wäre. Nur ist bei Lady Tessa nichts ein normaler Fall."

„Sie wird hoffentlich nun etwas zahmer werden", freute sich Cedric. „Zumindest mir gegenüber. Na, immerhin etwas und mein zweiter Erfolg für heute."

„Den er sich verdammt hart verdient hat", fügte Jim hinzu, als Cedric hinaus hinkte, um den versprochenen Tee zu besorgen. Dann erzählte er Fran, wie er den ungleichen Kampf, ohne einzugreifen, beobachtet und wie der nach Cedrics Worten überhaupt begonnen hatte.

„Ich werde froh sein, wenn Tessa endlich ein Stadium erreicht, in welchem man mit ihr vernünftig reden kann", stöhnte Fran.

„Wenn das die Mutter von Zwillingen sagt, muss die Lage wirklich ungewöhnlich sein", witzelte Jim.

„Ist sie, mein Lieber. Ist sie." Lady Fran schüttelte unwillig den Kopf. „Ich bewundere Sir Cedrics Gleichmut." Dann ging ein lauschender Zug über ihr Gesicht. „Für den Nachmittag kündigen sich die Drachen der Smaragdburg an."

„Sie sind mir herzlich willkommen!" Sir Jim eilte davon, um den Koch zu informieren. Auf dem Rückweg traf er auf Cedric und überbrachte ihm die Nachricht. „Ihr solltet bis dahin etwas ruhen!", forderte er mit Nachdruck und Cedric gehorchte.

So wirkte die Burg wie ausgestorben, als die Gäste ankamen, und Sir Timothy erkundigte sich besorgt, ob alles in Ordnung sei.

„Sagen wir, fast alles", seufzte Lady Fran, die Gäste hereinbittend.

„Ach herrje!", rief Sir Ian, als sich vom Ende des Ganges humpelnd Ritter Cedric näherte. „Mit wem habt Ihr Euch geschlagen?!"

„Mit meiner zukünftigen Gattin", gab der junge Ritter Auskunft und wurde angeschaut, als habe er erzählt, er sei auf dem Mond gewesen.

„Glaubt es ruhig, ich war Zeuge", bestätigte Sir Jim und ließ nach Tessa schicken.

„Muss ja eine mächtige Prügelei gewesen sein", wisperte Sir Ian seiner Mutter zu, als die junge Dame mit bleichem Gesicht und dickem Verband erschien.

Lady Fran hob beinahe hilflos die Schultern, während Lady Shona einen überraschten Laut von sich gab. Die beiden Männern hatten gar nicht bemerkt, dass statt eines Kleinkindes ein halbwüchsiges Mädchen erschienen war, das ganz offensichtlich Probleme hatte, das alte Blut zu kontrollieren.

„Wann habt Ihr euch das erste Mal verwandelt, Schwesterchen?", fragte sie teilnahmsvoll, was die Herren Timothy und Ian erst aufhorchen ließ.

„Heute Morgen", erwiderte Tessa leise und fügte hinzu. „Dann habe ich gleich die größte Dummheit begangen, die ein Drache überhaupt begehen kann. Bin froh, dass ich nicht mehr Schaden angerichtet habe, und hoffe, dass mir Sir Cedric und meine Eltern eines Tages verzeihen können."

„So schlimm?"

Tessa nickte traurig.

„Habt Ihr mit Mutter darüber gesprochen?"

Diesmal schüttelte Tessa den Kopf.

„Das solltet Ihr aber. Sie ist die gefürchtetste Kämpferin des Clans, hat schier unendliche Geduld und schon verdammt viel Schlimmes erlebt. Wenn Euch einer helfen kann, dann sie." Shona drückte den Kopf ihrer Halbschwester tröstend an ihre Schulter.

Tessa nickte erneut und zog mit der gesunden Hand ihre Mutter zu sich heran. Fran umfing ihre Töchter mit den Armen und beide spürten den wohltuenden warmen Energiestrom, der von ihr ausging. Bei Tessa sammelte sich die Wärme an der verletzten Stelle und wenig später spürte sie keine Schmerzen mehr.

„Ihr könnt den Verband nun abnehmen", ermunterte sie Shona und Tessa gehorchte.

Die Wunde hatte sich vollständig geschlossen. Tessa kuschelte sich dankbar in Frans Arme. „Ritter Cedric?", flüsterte sie fragend.

„Würde meine Hilfe nicht annehmen", erklärte Fran mit fester Stimme.

Tessa biss sich auf die Lippen. „Es ist alles meine Schuld!" Nach Cedrics Hand fassend, schluchzte sie: „Ich würde es sofort rückgängig machen, wenn ich könnte. Wenn ich Euch doch wenigstens irgendwie helfen könnte! Irgendwie! Ich will, dass Ihr keine Schmerzen mehr habt!" Ihre blauen Augen nahmen einen stählernen Glanz an.

„Euer Wunsch hat funktioniert! Herzlichen Dank, schöne Dame!" Sir Cedric stand auf und machte zehn Kniebeugen.

„Wirklich?", stotterte Lady Tessa ungläubig.

„Ihr solltet beide in den Nebelwald schicken", schlug Sir Timothy vor. „Dann findet Lady Tessa heraus, wer sie wirklich ist, und Sir Cedric dürfte es ähnlich ergehen. Vor allem, wenn ich ihm eine meiner Schuppen mitgebe."

„Wäre es hilfreich, bekäme er von mir eine Zweite?", fragte Sir Jim sofort, der ahnte, was der Gefleckte Drache versuchen wollte.

„Schaden kann es nicht", schmunzelte der, „erst recht nicht, wenn beide Herzschuppen sind."

Sir Cedric wurde blass. „Nur, wenn beide Herren schwören, bis zum vollständigen Nachwachsen einen Brustharnisch oder ein Kettenhemd zu tragen!"

„Verdächtig, wie sich die Worte ähneln", kicherte Sir Timothy. „Warum sollten es nicht auch die Schicksale tun?" Er nickte Cedric zu: „Mitkommen!"

Auch die anderen erhoben sich, um dem Ritual beizuwohnen. Sir Cedric schaute sich suchend um.

„Was habt Ihr?", fragte Sir Ian.

„Ich suche einen Dolch, der würdig ist, solches tun zu dürfen."

„Nehmt den von heute Morgen", flüsterte Lady Tessa. „Der geht durch Drachenpanzer, wie durch Butter."

„Ein guter Tipp. Damit wird das Anheben der Schuppen kurz und vielleicht auch etwas schmerzärmer."

Sir Timothy verwandelte sich, Cedric setzte die Spitze seiner Waffe an und riss im nächsten Moment mit einem Ruck die riesige schwarze Schuppe aus dem Panzer.

„Ihr seid geschickt, mein Lieber! Es blutet nicht einmal. Auch das erinnert mich an einen kleinen Jungen, der eine Königsschuppe ziehen durfte." Sir Timothy streifte sofort ein Kettenhemd über, um die wunde Stelle zu schützen.

Auch bei Sir Jim konnte er die Schuppe lösen, ohne die Unterhaut ernsthaft zu verletzen. Und auch Sir Jim legte auf der Stelle ein Kettenhemd an. „Dass Ihr die Schuppen auf der Haut tragen solltet, müssen wir sicher nicht betonen, das habt Ihr in den alten Chroniken gelesen", blinzelte der gelbe Drache.

„Darf man ein oder mehrere Löcher hinein piken?", fragte Lady Tessa aufgeregt.

„Kommt darauf an, was man vorhat", antwortete der Gefleckte Drache vorsichtig.

„Wenn sie nebeneinander verbunden sind, kann Ritter Cedric sie wie ein Schutzschild an einer Kette unter dem Hemd tragen, denn beide werden seine Brust bedecken", beschrieb Tessa ihre Idee.

„Dann darf es man es natürlich!", gab Sir Timothy erleichtert bekannt.

Cedric nickte erfreut Lady Tessa zu. „Ich werde noch heute den Vorschlag in die Tat umsetzen." Für den Augenblick steckte er beide einfach so unters Hemd, um die unglaublichen Kräfte spüren zu können.

„Endlich lächelt sie wieder!", seufzte Fran erleichtert.

Sir Timothy kniff die Augen zusammen. „Ich werde trotzdem von meiner Befehlsgewalt als Heerführer Gebrauch machen müssen, weil die junge Dame ein Kampfdrache zu sein scheint, wie Mutter, Vater und die wundervolle alte Seele, die in ihr wiedergeboren ist. Ich erwarte, dass Ritter Cedric ihr die Turnier- und Ehrenregeln beibringt, damit sie sich und andere Clanmitglieder nicht gefährdet." Dass die Erwartung ein eindeutiger Befehl war, musste niemand betonen.

„Verstanden!", erwiderte Ritter Cedrik.

Tessa nickte kaum merklich. „Ich gehorche."

„Nachdem wir das geklärt hätten, werden wir gebührend die erste Verwandlung feiern!", rief Sir Jim und ließ auftafeln.

Shona legte Tessa den Arm um die Schulter. „Keine Sorge, alles wird gut. Ich war auch ein Wildfang, ganz im Gegensatz zu unserer Schwester Caitlin."

Tessa genoss die Fürsorge ihrer großen Halbschwester. „Das sind Dinge, die ich erst noch lernen muss. Ich habe bis heute nicht wirklich gewusst, dass ich zwei Schwestern habe."

„Das ist mir völlig klar. Ihr seid doch erst vor ein paar Monaten geboren und hattet bisher andere Sorgen, als die Verwandtschaftsverhältnisse zu studieren." Shona küsste sie auf die Stirn. „Caitlin ist meine Zwillingsschwester."

„Und ich bin vermutlich das schwarze Schaf der Familie", seufzte Tessa.

Lady Fran schmunzelte. „Der schwarze Drache, meine Liebe! Für ein Schaf seid Ihr nicht zahm genug."

Die Männer lachten, Shona hob lustig die Schultern und Tessa begriff, dass Mutter sie nur ein bisschen necken wollte. Und so, wie ihr Ritter Cedric zublinzelte, war er ganz bestimmt nicht mehr böse auf sie. Genau genommen war es ja auch gar nicht gewesen. Er hatte sich mehr Sorgen wegen ihrer Hand gemacht, als um seine vielen Blessuren. *Ein schlechtes Gewissen ist schlimm!*

Gehört aber hin und wieder zum Erwachsenwerden, gab Lady Shona mit unbewegter Miene zurück.

In diesem Moment bat Sir Timothy, Tessa in der Drachengestalt sehen zu dürfen. Sie sprang sofort auf und eilte auf den Hof, der wegen der Kälte völlig verwaist war. Sie breitete die Arme aus, die Luft flimmerte kurz, dann hockte auch schon der schwarze Drache vor dem Fenster. Als er sich leicht bewegte, gab Sir Ian einen Laut des Staunens von sich.

„Die Schuppen glänzen wie flüssiges Pech!", rief er und eilte hinaus, das Phänomen von Nahem zu betrachten. Wieder im warmen Palas am Kamin stellte er fest: „Ihr werdet zu Pferd in den Nebelwald reisen müssen, denn Lady Tessa kann nicht Pferd und Reiter tragen."

Lady Shona lächelte vergnügt. „Ich kenne aber einen, der das kann. Der wäre genau der richtige Geleitschutz für einen Jungdrachen und einen Ritter. Der eine bekommt eine schöne Aussicht und die andere ein paar gute Tipps zum kraftsparenden Fliegen."

„Tja, mein Lieber, Mutter hat gesprochen", grinste Sir Timothy.

„Als braver Sohn werde ich gehorchen", stöhnte Ian gespielt theatralisch. „Spaß beiseite. Mir liegt ja selber auch alles daran, dass beide heil ihr Ziel erreichen."

Während die Männer gemütlich über die neuesten Turniere sprachen, zogen sich die Frauen in die Kemenate zurück, wo Tessa endlich erfuhr, was es mit dem Nebelwald auf sich hatte.

„Das ist der beste Ort auf der ganzen weiten Welt, wo Ihr den plötzlichen Sprung vom Kind zur Frau schaffen könnt, ohne innerlich zu zerbrechen", betonten Mutter und Schwester. „Sir Cedric wird Euch helfen, das alte Blut zu kontrollieren, bis Ihr endlich herausfindet, wer Ihr wirklich seid – Tessa oder doch Lilian. Wie auch immer Euch die Magie leitet, Ihr seid, und bleibt, meine geliebte jüngste Tochter. Wenn Ihr wirklich Hilfe braucht, dann ruft nach mir. Ich werde es hören, egal wo Ihr gerade seid."

Tessa flog Fran in die Arme und überschüttete sie mit ganzen Sturzbächen von Freudentränen.

Shona nahm das zum Anlass, über ihren Vater, König William, zu erzählen, wodurch Tessa auch erst erfuhr, dass ihre Mutter eine ehemalige Königin und ihre Schwestern Prinzessinnen waren. „Lasst Euch die Geschichte der Drachen von Sir Cedric erklären. Der hat alle Chroniken studiert, kennt sämtliche Familienlinien auswendig und weiß mehr über den Clan, als manche Drachen selber. Wenn es einer verdient hätte, einer zu werden, dann er. Das sieht der Große Drache, der meinen Gatten beseelt, ganz genau so. Deshalb auch das Ritual mit den Herzschuppen, dessen Sinn Euch Sir Cedric ebenfalls verraten kann."

„Wenn die Drachen der Smaragdburg nach Hause fliegen, werden wir beide sie begleiten. Ihr müsst die Burg gesehen haben, bevor Ihr den Worten Sir Cedrics lauscht, damit Ihr ein Bild bekommt, weshalb manche Drachen im Clan ganz besonders verehrt werden", erklärte Lady Fran.

Als Millionen von Sternen am klaren schwarzen Himmel prangten, stiegen fünf Drachen aus dem Burghof auf, um majestätisch ihre Bahn zu ziehen. Sir Timothy flog an der Spitze, dahinter Tessa, die von Shona und Fran flankiert wurde. Die Nachhut bildete Sir Ian, um Tessa beobachten zu können.

Ganz ruhig atmen, flüsterte Fran, weil Tessa zu Beginn sehr hektisch die Flügel bewegte, um mitzuhalten.

Nach wenigen Augenblicken passte sie die Schlagfrequenz Mutter und Schwester an. Gemeinsam auf, gemeinsam ab ...

Hervorragend, lobte Fran. *Da vorn ist schon die Burg.*

Die ist ja riesig, staunte Tessa, die nur das kleine Kuckucksnest kannte.

Einer der Ritter begrüßte die Drachen und bekam große Augen, weil ein völlig Unbekannter mit dabei war. Noch mehr staunte er, als sich der Jungdrache in ein hübsches Mädchen verwandelte.

Genau so schaute Tessa, als sie den Rittersaal betrat. Die prächtigen Smaragde funkelten im Licht der Öllämpchen. Fran ließ ihr viel Zeit, sich umzuschauen.

„Ich möchte mit ihr gern die Gruft besuchen", bat sie Sir Timothy.

Der nickte wissend. „Ein Schuft, wer es Euch verwehren wollte."

„Begleitet Ihr mich an einen besonderen Ort?", wandte sich Fran an Tessa, ihr die Hand reichend.

Tessa nickte, fasste zu und folgte ihrer Mutter zum Tor im Berg. Zuerst erhellten die Sterne und der Schnee ihren Weg, dann die strahlenden Augen von Lady Fran. Vor dem prunkvollen smaragdgeschmückten Sarkophag blieben sie stehen. Tessa war zwischen Furcht und Faszination hin und her gerissen, wobei die Faszination immer mehr die Oberhand gewann. Still beobachtete sie, wie ihre Mutter die Hände über die Kristalle gleiten ließ, als wolle sie diese streicheln. Auch fühlte sie, dass Mutter eine stumme Zwiesprache mit dem Toten zu halten schien. Ein Geräusch wie leichter Hagelschlag ertönte, und ein Körnchen rollte ihr bis vor die Füße. Fran verwehrte ihr nicht, es aufzuheben. Sie drückte sogar Tessas Hand fest zu, damit sie es nicht auf dem Rückweg verlöre. Frans Augen leuchteten sogar noch, als sie die Burg wieder betraten, um sich zu verabschieden.

„Alles in Ordnung?", fragte Sir Timothy besorgt.

Fran lächelte. „Es war nie besser."

Im Licht der kleinen Flämmchen versuchte Lady Tessa, das Kügelchen auf ihrer Handfläche zu betrachten.

Shona wurde aufmerksam. „Was ist das?"

„Ich weiß es nicht. Es ist mir in der Gruft vor die Füße gerollt", erklärte Tessa. „Mutter hat mir nicht verboten, es mitzunehmen."

Sir Timothy genügte ein einziger Blick. „Eine Drachenträne", flüsterte er erstaunt. „Sie ist überaus wertvoll. Passt gut darauf auf!"

Den Rückweg legten Mutter und Tochter stumm zurück. Jede hing ihren Gedanken nach. Tessa sogar noch fast bis zum Morgengrauen, weil ihr Mutter einen innigen Gutenachtkuss auf die Stirn gegeben hatte, wie seit Tagen nicht mehr. *Ich war so kratzbürstig, dass ich Mutter sicher sehr wehgetan habe,* kam ihr plötzlich die Erleuchtung. *Es tut mir so leid.*

Ich habe es überlebt, kam prompt die Antwort, denn Lady Fran war schon wieder auf den Beinen. *Schlaft ein bisschen. Ihr habt einen langen Flug vor Euch.*

Während Tessa dem guten Rat folgte, packte Fran zusammen, was am ersten Tag im Wald vonnöten war, ehe man sich selber versorgen konnte. Ein Dolch, ein Schwert …

„Einen Harnisch muss sie sich in der Rüstkammer aussuchen", hörte sie Sir Jim hinter sich sagen.

Fran wirbelte erschreckt herum. Sie war so auf den nahen Abschied fixiert, dass sämtliche Drachensinne versagten.

Jim nahm sie in den Arm. „Ihr wart in der Gruft, vermute ich."

Lady Fran nickte.

„Und Ihr habt Botschaften empfangen", merkte Jim an.

Fran fasste nach seinem Arm. „Woher wisst Ihr das?"

„Von Euren Augen. Die leuchten noch immer, jede Dunkelheit durchdringend."

Das Paket verschnürend, versprach Fran: „Wenn Sir Ian aus dem Nebelwald zurück ist, sprechen wir mit den Smaragddrachen und Sir Patrick darüber. Hoffen wir, dass der König in den nächsten Wochen, nicht nach uns rufen lässt, damit der Zauber des Waldes wirken kann."

Lautes Poltern auf dem Hof ließ Fran verstummen und mit Jim aus dem Fenster schauen. Draußen trat Sir Cedric allein gegen die Schneemassen an, die über Nacht gefallen waren.

„Er nennt es Kampftraining", erklärte Sir Jim. „Ab morgen werden die Knechte lange Gesichter machen, wenn sie seinen selbst gewählten Job wieder übernehmen müssen. Aber was ist das?!"

Ein dunkler Schatten bewegte sich über den Hof und entpuppte sich als Drache Tessa. Mit ihrem schieren Gewicht presste sie den Schnee zu Blöcken, riss mit den Krallen riesige Teile heraus und schleppte sie über die Burgmauer davon. Nach einer halben Stunde war der ganze Hof beräumt und Cedric hieß den Stallburschen, ein wenig Asche verstreuen, damit niemand auf dem holprigen vereisten Pflaster stürzte. Dass das Gesinde vor Staunen

Mund und Augen aufsperrte, schien Tessa nicht zu bemerken.

„Und dann wollt Ihr noch hundert Meilen fliegen?", fragte Sir Jim erstaunt.

„Ich habe nur probiert, wie viel ich tragen kann, wie ich es fasse und wann ich es absetzen muss, ehe es mir aus den Klauen fällt", erwiderte Tessa lächelnd.

„Ein Punkt für die Lady", stellte Fran blinzelnd fest.

Sie saßen noch beim Frühstück, als Drache Ian in den Hof schwebte. Er fand den Weg ins Haus als guter Freund der Familie auch allein, sowie einen Platz mit einem Teller. Fröhlich „Guten Morgen" wünschend, setzte er sich und dankte herzlich, als ihm Fran heißen Kräutertrank einschenkte. „Eure Methode, den Hof zu räumen, werde ich morgen auch in Angriff nehmen. Der Schnee türmt sich schon zwei Meter hoch neben den Wegen."

„Ihr seid als Drache größer, schwerer und kräftiger als Lady Tessa. Wenn sie eine halbe Stunde gebraucht hat, dann werdet Ihr beim doppelt so großen Hof vermutlich die gleiche Zeit einplanen müssen", überrechnete Sir Cedric.

Sir Ian schaute irritiert in die Runde.

„Es war mein freier Wunsch und Wille", beruhigte ihn Tessa. „Zudem waren die verdatterten Gesichter der Mägde und Knechte recht lustig."

„Der Besuch im Berg hat Euch eindeutig gutgetan", stellte Sir Ian erfreut fest.

Tessa nickte. „Es war so aufregend, dass ich glatt vergessen habe, zu fragen, wessen Grablege sich dort befindet."

„Die meines Vaters, Sir Emerald. Er war der reichste, aber auch der unzugänglichste Drache des Clans. Sir Timothy hat ihn, als er einst bei König Williams Sohn Knappendienst tat, sogar als bösen Bergkobold bezeichnet. Da wusste er weder, dass Sir Emerald mein Vater war, noch dass er selber einst dessen Erbe sein werde", erzählte Fran mit vergnügtem Lächeln. „Aber auch das wird Euch Ritter Cedric in chronologischer Reihenfolge erzählen. Als einfaches Drachenkind wärt Ihr langsam und mit wohldosierten Informationen im Clan aufgewachsen. Nur seid Ihr eben eine sehr besondere junge Dame, die zudem einen sehr besonderen Vater hat und nun alles auf einmal lernen muss. Der Wald wird Euch helfen. Ich bin neugierig, wer Ihr sein werdet, wenn Ihr nach Hause kommt."

Eine halbe Stunde später standen alle im Waffenarsenal und suchten die optimalen Rüstungsteile für Lady Tessa zusammen.

„Wenn Ihr wieder da seid, passt Euch Sir Timothys Plattner einen Harnisch nach Maß an", versprach Sir Jim.

„Ich werde die Rüstung gleich anbehalten", legte Tessa fest. „Dank der nützlichen Tipps von Sir Cedric weiß ich, dass ich dann doppelt geschützt bin. Transportieren muss ich sie so wie so."

Cedric war noch dabei, sein Pferd aufzuzäumen, als die Männer alles auf den Hof trugen, was mit musste.

„Wir werden mindestens drei kurze Pausen machen", legte Sir Ian fest. „In der schneidenden Kälte stirbt uns sonst das Pferd weg."

Sir Cedric hatte Stiefel aus Bärenfell an und einen langen Überwurf mit Kapuze aus dem gleichen Material. Die Beine seines Pferdes waren mit Stroh und Nesseltüchern bandagiert, damit sie nicht erfroren. Fran und Jim schlossen sowohl Tessa als auch Cedric zum Abschied fest in die Arme. „Passt gut auf Euch auf!"

Sir Jim versprach Cedric: „Ich werde Euern Vater dann gleich unterrichten, dass Ihr plötzlich abreisen musstet, und ihm Grüße bestellen."

„Herzlichen Dank, Sir Jim!" Ritter Cedric nahm auf Drache Ians Rücken Platz. Das gut geschulte Pferd ließ sich willig greifen und schon verschwanden beide Giganten mit rauschenden Schwingen über die Mauern.

Fran schaute melancholisch hinterher und murmelte zweideutig: „Kaum geboren und schon flügge."

Jim nahm sie in den Arm. „Ich kann es mir nur so erklären, dass sie bei uns wiedergeboren wurde, weil Ihr keine wirkliche Kindheit und keine schöne Jugend hattet. Ihr konntet von allen am besten damit umgehen, einem innerlich zerrissenen Geschöpf Liebe und Halt zu geben."

„Das Kompliment gebe ich gerne zurück." Fran kuschelte sich an. „Ihr und Sir Timothy kennt genau so alle Höhen und Tiefen. Genau wie unser junger Held, Sir Cedric. Wir fliegen beide rüber, seinen Vater und Eure Mutter besuchen, um ihnen zu sagen, dass er auf Reisen ist."

Die Burg auf dem Gipfel, noch mehr dem eisigen Wind ausgesetzt, als Kuckuckstein, mutete wie aus Bergkristall erschaffen an. Meterlange glitzernde Eiszapfen bedeckten die Außenmauern. Sir Benjamin hatte schon am Vortag das rege Drachentreiben im Tal beobachtet und bewundert. Auch heute waren ihm weder ein Start noch eine Landung entgangen. Was sollte man sonst auch anderes tun, wenn der Winter alles im Würgegriff hielt? Er legte gerade Holz im Kamin nach, als er den gigantischen gelben und den zierlichen roten Drachen in gerade Linie auf die Burg zukommen sah. „Ich glaube, sie wollen zu uns!", freute er sich.

Lady Anne legte sofort das Strickzeug beiseite. Sir Benjamin eilte zur Tür, vor der es plötzlich laut rauschte. Als er sie öffnete, verwandelten sich die Gäste gerade in Menschen und huschten rasch durch den Spalt, um bloß nicht zu viel Kälte mit hinein zu nehmen.

„Wir hoffen, wir kommen nicht ungelegen", sagte Sir Jim, Lady Anne herzlich begrüßend.

„Niemals!", rief Sir Benjamin. „Und wenn, dann würde ich es Euch nicht merken lassen. Was gibt es Neues, aus der Welt da unten?"

„So viel, dass wir gerade deswegen herauf gekommen sind!", lachte Lady Fran. „Ich fange am besten von hinten an. Also: Wir sollen Euch ganz lieb von Sir Cedric grüßen, der heute Morgen auf Sir Ians Rücken zum Nebelwald aufgebrochen ist, wo er etwa vier Wochen bleiben wird."

„Oh je, wer passt denn gerade auf die kleine Lady auf?!", fragte Lady Anne erstaunt.

„Die kleine Lady ist der Grund, weshalb Sir Cedric verreisen musste", erklärte Sir Jim. „Ihr habt doch sicher auch den zweiten, den kleineren schwarzen, Drachen fliegen sehen?"

Benjamin nickte.

„Das war sie."

Sir Benjamin riss die Augen auf, hielt eine Hand in Kniehöhe, um einen Dreikäsehoch anzudeuten, und zeigte mit der anderen stumm die Flugrichtung an.

„Wir haben uns durch das Wetter ja schon fast einen Monat nicht mehr gesehen, da ist viel passiert", erzählte Fran. „Unter anderem eben auch, dass die kleine Lady nun schon eine junge Dame ist, auf dem Stand einer etwa Dreizehnjährigen. Mehr kann ich Euch im Moment auch nicht sagen. Vor drei Tagen hat sie sich das erste Mal verwandelt und aus lauter Übermut Ritter Cedric angegriffen. Der hat ihr eine ordentliche Lektion erteilt und kann sich mit gutem Gewissen rühmen, seinen ersten Drachenpanzer durchschlagen zu haben. Gestern war ich mit ihr im Smaragdberg am Sarkophag meines Vaters und heute fliegt sie neben Sir Ian zum Nebelwald, wo Sir Cedric ihr Lehrmeister in allen Dingen sein wird, die mit dem Clan und der Ritterehre zu tun haben, was den Schwert- und Bogen-Kampf mit einschließt."

Anne fasste nach Benjamins Hand. Es gab nicht viele Menschen, die den Nebelwald jemals betreten hatten. Sie sah es als riesgroße Auszeichnung an, die es in der Tat ja auch war.

„Was macht eigentlich die Verwandtschaft?", fragte Sir Jim.

Benjamin lachte auf. „Die kuschen wie Hunde mit eingezogenem Schwanz! Ich lasse sie links liegen, sofern sie sich mir nicht mit Gewalt aufdrängen. Sonst läuft alles in geordneten Bahnen. Nur eine Sache geht mir nicht aus dem Kopf – ein Vetter hat einen Bierbrauer als Leibeigenen. Wie der Mann in diese Lage gekommen ist, weiß ich nicht. Ich möchte ihn aber freikaufen und vom König das offizielle Braurecht erwerben."

„Das gefällt mir", blinzelte Lady Fran. „Ich werde gern Eure Fürsprecherin sein. Nur will gut Ding Weile haben."

„Die kann es haben. Der Winter ist noch lang", winkte Sir Benjamin ab. „Ich bin schon froh, dass Ihr mein Vorhaben nicht als Hirngespinst abtut."

Dann erklärte er, wo er den Hopfen anbauen wolle, und dass er eine kleine Quelle entdeckt habe, deren Wasser besonders köstlich schmecke. „Das ist der Punkt, an dem ich mit Euch in Verhandlungen treten muss, denn sie liegt genau auf der Grenze der beiden Landstücke."

„Ein Zehntel vom Bier als Tribut", bot Sir Jim an und Sir Benjamin schlug erfreut ein.

Die Magie des Nebelwaldes

Die fliegenden Drachen machten nach einer Viertelstunde die erste Pause, um das Pferd zu wärmen.

„Gut sieht es auch!", staunte Sir Ian. „Euer Turnierüberwurf leistet ganze Arbeit. Es fühlt sich richtig warm darunter an. Sogar bis an die Spitzen der Ohren."

Ritter Cedric begann zu lachen. „Hmm, schaut Euch mal das unbeteiligte Gesicht von Lady Tessa an! Dann ahnt Ihr vielleicht, wie die Wärme da drunter gekommen ist."

Tessa hob die Hände. „Mir das tat das frierende Pferdchen leid, da habe ich es ihm ein bisschen kuschelig unterm Mäntelchen gemacht."

„Und ich dachte glatt, Euch verließe schon die Kraft, als Ihr Euch absinken ließt", murmelte Ian kleinlaut.

Die Lady blinzelte und pustete in Menschengestalt so heiße Luft auf ihre Hände, dass der Ritter erschreckt zusammenzuckte.

„In ihrem ersten Leben galt sie vielen Menschen als Hexe, wegen ihrer unglaublichen Fähigkeiten", berichtete Sir Cedric. „Dazu gehört auch, dass man ihre Schritte nicht hören kann, als schwebe sie. Oder habt Ihr auch nur ein einziges Knirschen im Schnee vernommen?"

Sir Ian schüttelte den Kopf – einerseits, weil er wirklich nichts gehört hatte, andererseits aus purer Verwunderung, dass Sir Cedric die alten Chroniken Wort für Wort verinnerlicht hatte. Zudem suchte Cedrics Streitross auffallend die Nähe der Lady, um sich durch Streicheln wärmen zu lassen.

Auf dem Weiterflug wunderte sich Ian auch nicht mehr, wenn Tessa abtauchte. Sie machten wirklich nur sehr kurze Pausen, um nach dem Pferd zu sehen und ein paar Schlucke Wasser zu trinken. Im Waldhäuschen, so versprach ihnen Tessa, werde sie ihnen reichlich auftafeln.

Am Rand des Waldes, als Sir Ian feststellte, dass er im Nebel nicht mal einen Baum erkennen konnte, übernahm Lady Tessa die Führung, als sei sie schon tausend Mal hier gewesen. Ihre Augen begannen wie blaue Laternen zu strahlen, erhellten und zerteilten die wabernden Schwaden. Zielsicher landete sie am Rand der Wiese, um dem großen Drachen Ian genügend Platz zum Aufsetzen zu lassen.

Rasch verwandelte sie sich in Menschengestalt, breitete die Arme aus, legte den Kopf in den Nacken und flüsterte Worte in einer unbekannten Sprache. Sofort verzog sich die feuchte Kühle, die Sonne kam heraus und unzählige Blumen öffneten ihre Blüten, obwohl andernorts tiefer Winter war. Cedric brachte sein Pferd zum Stall und sammelte die herumliegenden Eier ein, welche die Hühner gelegt hatten, die schon immer hier lebten.

Ian trug das Gepäck ins Haus, holte Wasser vom Brunnen und Brennholz aus dem Schuppen.

Lady Tessa legte ihren Harnisch ab und das graue Kleid der Kräuterfrauen an. „Ich erinnere mich", flüsterte sie, die uralten Truhen streichelnd. Im nächsten Augenblick werkelte sie auch schon in der Küche, als habe sie nie anderes getan. Und das, obwohl sie selbst die Küche in der Burg ihrer Eltern nie von innen gesehen hatte.

„Hervorragend! Da kann ich mich auf alle groben Arbeiten konzentrieren. Ich hatte mich innerlich schon auf den Küchendienst eingerichtet, weil Lady Tessa, die Erfahrung fehlte", verriet Sir Cedric. „Obwohl ich ja genau weiß, dass die Magie des Waldes jede Drachendame sofort in den Stand setzt, einen Haushalt zu führen, Heilsalben und Tränke anzufertigen und im Einklang mit der Natur zu leben."

Tessa lächelte vergnügt. Sie goss heißen Kräutertrank in drei Becher, briet mit etwas ausgelassenem Speck mehrere Eier in der Pfanne und reichte dazu Brot, welches ihr Lady Fran eingepackt hatte. Es wurden wirklich alle satt.

Sir Ian erhob sich. „Für mich wird es Zeit, zu Eis und Schnee zurückzukehren. Passt gut auf Euch auf. Auf Wiedersehen, in vier Wochen!"

Er verwandelt sich schon beim Laufen, hob mit dem ersten Schritt als Drache ab, drehte eine Runde über dem Häuschen und flog mit mächtigen Flügelschlägen davon.

Tessa fasste nach dem Kräuterkörbchen, Cedric nach der Axt. „Wollt Ihr im Wald allein sein oder duldet Ihr mich in Eurer Gesellschaft?"

Sie hielt ihm einfach die Hand hin, Cedric fasste zu und ließ sich auf kaum sichtbaren Pfaden in den düsteren Wald führen. Hin und wieder bückte sich einer der beiden und langsam füllte sich das Körbchen mit duftenden Kräutern.

„Oh, Pilze! Und gleich so viele!", freute sich Tessa.

„Hmm!", brummte Cedric, überlegend, wie man sie denn nach Hause bringen konnte. „Ich wüsste ja einen Rat, aber das tut man nicht in Gegenwart einer Dame."

„Dame?" Tessa schaute sich um. „Ich sehe keine. Hier gibt es nur eine Kräuterfrau, die sicher nicht in Ohnmacht fällt, wenn etwas Unschickliches passiert."

„Na, dann wollen wir mal", schmunzelte Cedric, streifte sein Hemd ab, knotete die Ärmel zu und packte die Pilze hinein. Tessas funkelnde Augen ignorierte er, so gut es ging, weil es für ihn sehr verschiedene Dinge waren, ob ihn die Mägde mit nacktem Oberkörper am Brunnen sahen, oder Lady Tessa.

„Der Drachenbrustschutz steht Euch gut", flüsterte sie. „Ich kann mich kaum sattsehen."

„Animiert mich nicht über Gebühr, schöne Dame", bat Cedric. „Ihr wisst, dass mir nicht nur Euer Vater die Funktion eines Sittenwächters zugeteilt hat."

Sie schaute ihn harmlos von der Seite an. „Wirklich? Ich dachte, junge Herren Eures Alters suchen schon eifrig die Dirnen auf, um Erfahrungen zu sammeln."

„Das steht auf einem anderen Blatt und berechtigt mich nicht, mich an Euch zu vergreifen. Nicht einmal dann, wenn Ihr es sehnlich wünscht und Lady Lilian aus Euch spricht. Das Beste wäre, Ihr akzeptiert das. Ihr seid die Tochter meines Dienstherrn und damit bis zur Hochzeit doppelt tabu."

Tessa senkte den Blick. „Tut mir leid. Ich habe Euch wahrlich schon genug Ärger eingebrockt." Froh darüber, dass er widerstand und auch nicht ungehalten reagiert hatte, hängte sie sich den Korb an den Arm, um die Axt tragen zu können, weil Cedric Mühe hatte, das Hemd mit den Pilzen zu schleppen. Sie führte ihn auf schnellstem Weg zum Häuschen, wo sie begann, Kräuter und Pilze zu verarbeiten, während sich Cedric das schmutzige Hemd wieder überzog, um Holz zu hacken, wobei es sicher nicht sauberer werden würde.

Kurz darauf hallten Axtschläge durch den Wald. Wenige Augenblicke, nachdem sie verklungen waren, tauchte Sir Cedric auf, um sein Pferd zu holen. Der Stamm war so gewaltig, dass er ihn hätte vor Ort in Stücke schlagen müssen, um ihn transportieren zu können. Mit der Kraft des Pferdes war der Transfer hingegen kein Problem.

Lady Tessa belohnte das Pferd mit etwas Hafer, den sie in einem Säckchen entdeckt hatte, blinzelte Cedric zu und schnitt weiter Pilze zum Trocknen. „Morgen bringe ich einige Kräuterbündel auf den Markt. Für Nachschub ist ja gesorgt", erklärte sie nebenbei.

Ritter Cedric atmete tief durch. Er wusste, dass er sie nicht überallhin begleiten durfte, sollte die Magie des Waldes Gutes bewirken. Der Markt gehörte zu jenen Orten, die tabu waren. „Ich werde auf die Jagd gehen. Hübsche Knöpfe aus Hirschhorn bringen auch gutes Geld."

Nach einem kurzen Blick auf sein Hemd und einem Schulterzucken, zerlegte er den Baumstamm in kurze Stücke, die sich gut zu Scheiten für den Herd verarbeiten ließen. Als die Sonne die Lichtung fast überquert hatte, lief er zum Bach, um im letzten Licht des Tages sein Hemd zu waschen. Er hatte in den alten Schriften gelesen, dass man mit dem feinen weißen Sand vom Grund fast jeden hartnäckigen Schmutz aus der Kleidung reiben konnte. Der Plan ging auf und schon bald hing das Kleidungsstück zum Trocknen überm Zaun. Cedric holte sich aus seinem Bündel ein anderes Hemd zum Anziehen.

Tessa war schon dabei, das Abendbrot vorzubereiten. Es sollte gebratene Pilze geben, gewürzt mit wildem Lauch, den sie gesammelt hatte. Cedric freute sich darauf. Zwei warme Mahlzeiten an einem Tag waren, wie alle Feiertage auf einem Mal feiern.

Er machte sich Sorgen um Tessa, die beim Essen immer stiller wurde. Schließlich gab sie ehrlich zu: „Ich kann vor Müdigkeit kaum noch klar denken."

„Geht zu Bett. Es bringt nichts, wenn ich Euch heute noch mit Berichten aus alter Zeit quäle."

Sie ließ sogar alles stehen und liegen und schlich die Treppe hinauf. Als Cedric etwas später nach ihr schaute, war sie quer über dem Bett liegend eingeschlafen. Schmunzelnd schob er sie richtig ins Bett, zog die Decke vorsichtig unter ihr heraus, bettete sich neben Tessa und breitete die Decke über beide aus. Dann musste ihn wohl auch gleich der Schlaf ereilt haben.

Mit dem ersten Hahnenschrei öffneten beide die Augen, wünschten sich gegenseitig einen guten Morgen und begannen ihr Tagwerk. Cedric mistete den Stall aus, versorgte die Tiere, wobei er die Tür offen ließ, damit sich sein Pferd frei auf der Wiese bewegen konnte. An einer Stelle vor dem Waldrand, wo besonders viele Blumen wuchsen, blieb es mit gesenktem Kopf stehen, ohne auch nur ein Hälmchen anzurühren. Die beiden jungen Leute wurden gleichzeitig aufmerksam.

„Ist es das, was ich denke?", murmelte Cedric halblaut, langsam hinübergehend.

Tessa folgte ihm. „Ich erinnere mich", flüsterte sie, wie nun schon so oft. „Hier habe ich die unglückliche Lady Ann begraben. Der Wald hält ihr Andenken zuverlässig wach." Sie fasste nach Cedrics Hand, der sofort einen deutlichen und sehr angenehmen Energiestrom durch seinen Körper fluten fühlte. „Der Markt kann warten. Holt die Waffen, Herr Ritter, und macht Euch auf einen harten Kampf gefasst!"

„Euer Wunsch ist mir Befehl, Mylady!" Cedric trug ihre und seine komplette Ausrüstung auf die Wiese, half ihr beim Anlegen der Rüstung und staunte, welch gediegene Waffen Lady Fran für ihre Tochter eingepackt hatte.

Tessa schwang das Schwert locker aus dem Handgelenk, obwohl sie in diesem Leben noch nie eines geführt hatte. „Denkt bitte daran, dass ich mich erinnere", wiederholte sie eindringlich, sich zum Kampf stellend, erklärte aber auch, keine Magie anwenden zu wollen.

Nach wenigen Sekunden hatte Cedric bereits das Gefühl, gegen seinen Dienstherrn, Sir Jim, angetreten zu sein, denn die zierliche Lady schlug mit der Kraft einer Ramme zu.

Ich bin seine Tochter, hörte er Tessas Stimme mit halb stolzem, halb belustigtem Unterton in seinem Kopf, worauf er den Ernst der Lage begriff und seine Gegnerin nicht schonte.

Er ließ die Waffen sinken, als Lady Tessa das Training für beendet erklärte, um beider Quetschungen, Prellungen und Schnittwunden versorgen zu können. Mit verschmitztem Lächeln verkündete sie: „Ich bin wieder da! Ein herrliches Gefühl! Und wisst Ihr was,

Herr Ritter? Ich freue mich auf den Tag, wo ich Euch gehören werde."

Cedric lächelte blinzelnd zurück. Er hatte viele Gründe, sich ebenfalls auf diesen Tag zu freuen. Einer davon war nun, mit einem wirklichen Kampfdrachen liiert zu sein. „Wie wollt Ihr gerufen werden, jetzt, wo Euer altes Ich erwacht ist?"

„Tessa. Ich bin und bleibe Lady Tessa, die Tochter von Lady Fran und Sir Jim. Und ich bin stolz darauf, gerade in dieser Familie wiedergeboren zu sein." Tessa packte die Salbentiegel zurück ins Regal.

Cedric ging zum Brunnen, um Wasser zu schöpfen. So, wie er sich über den Rand beugte, prallte er auch schon zurück – aus dem Wasser schaute ihn das Spiegelbild eines bärtigen Recken an. Den Eimer fallen lassen und mit beiden Händen sein Kinn betasten, geschahen im Bruchteil eines Wimpernschlags. Das, was er im Wasser gesehen hatte, war wirklich vorhanden! Mit dem vollen Eimer in die Küche tretend, fragte er: „Ist das Euer Werk oder das des Waldes?"

Tessa legte ihm beide Hände auf die Schultern, betrachtete sein Gesicht mit erfreutem, warmherzigen Blick, ließ die Fingerspitzen über den Bart gleiten und sagte: „Ja, wer weiß das schon so genau? Gut seht Ihr aus, Herr Ritter. Ich werde auf Euch aufpassen müssen."

„Oh je! Ich habe befürchtet, dass Ihr mich daran erinnern werdet!", rief er, an Lady Mo denkend.

Tessa brach in schallendes Lachen aus. „Sie wird nur eine von vielen sein."

„Ach herrje!"

Über das verdatterte Gesicht musste Tessa gleich noch mehr lachen. Dann wurde sie ernst. „Ihr werdet mich auch heute im Wald begleiten, und beginnen, mir unterwegs über den Clan zu erzählen, was seit dem Tod von Lady Lilian geschehen ist. Ich glaube nämlich, uns läuft die Zeit schneller davon, als uns lieb sein dürfte."

„Da beginne ich am besten mit der aktuellen Lage und erzähle später, wie es dazu gekommen ist", legte Sir Cedric fest und berichtete über bestehende Strukturen, Familienverbände und Zwistigkeiten mit Menschen und Königsgegnern. Während er sprach, pflückte er eifrig Kräuter, sammelte Pilze und Beeren.

Lady Tessa lauschte intensiv, warf hin und wieder eine Frage ein, nickte ab und zu eher wissend als nur verstehend. Manchmal schaute sie Cedric amüsiert von der Seite an. Er hatte genau die Prise Humor, die den trockensten Bericht zu einem Erlebnis machte. „Ich habe gut gewählt", schmunzelte sie, als sie Hand in Hand zum Häuschen zurück strebten. „Ihr müsst mir heute Abend unbedingt ein bisschen mehr über Lady Anne und Euren Vater erzählen", bat sie.

Mit dem Ort, den sie dafür wählte, schockte und begeisterte sie Cedric gleichermaßen: Der junge Ritter lechzte nach einem heißen Bad und Lady Tessa suchte besondere Kräuter für das Wasser heraus. Als er kaltes und kochendes Wasser mischte, wuchs bei Tessa auch der Wunsch nach etwas mehr Wärme. Cedric hatte sich gerade wohlig in dem großen Holzzuber niedergelassen, als sie aus ihren Kleidern und zu ihm in die Wanne schlüpfte. „So, nun bin ich ganz Ohr!"

Es dauerte einen Moment, ehe sich Cedric von der Überraschung erholt hatte, dann erzählte er von Tessas Großmutter, Lady Anne, und seinem Vater.

„Verrückt", murmelte Tessa. „Ich hatte schon ernsthaft die Befürchtung, dass wir zu nahe verwandt wären."

„Glücklicherweise ist es nicht so. Wir sind nur Stiefgeschwister", freute sich auch Cedric.

Tessa lächelte mit geschlossenen Augen. „Es macht mich stolz und glücklich, dass auch heute noch edle Menschen zu Drachen werden können. Traurig und fast unglaublich ist hingegen, dass sich Drachen vom Clan abwenden."

„Verräter wird es wohl zu allen Zeiten geben", erwiderte er und erzählte, wie ihre Eltern, Schwestern und einige Getreue den König vor einem perfiden Anschlag gerettet hatten. „König Vincent hat mir damals seinen Dolch geschenkt, ich trage ihn immer bei mir." Der junge Ritter deutete auf die Truhe an der Wand. „Außer beim Baden natürlich."

Lady Tessa betrachtete die riesigen Drachenschuppen, die er nicht mal in der Wanne ablegte. Sie musste daran denken, was Cedric berichtet hatte, auf welche Weise ihr Vater zum Drachen geworden war. Sir Cedric würde die Drachenkrankheit sicher auch überstehen ...

„Versucht es nicht erst. So etwas funktioniert nur, wenn es ungeplant passiert. Durch den dritten, den geplanten, Biss hätte Euer Vater ein Wesen bleiben können, das weder Mensch noch Drache und auch keine Fledermaus ist."

Tessa zuckte erschreckt zusammen.

„Ich habe Eure Gedanken laut und deutlich in meinem Kopf gehört", schmunzelte er.

„Eine neue Stufe? Ich hätte nichts dagegen!" Sie streichelte liebevoll seine Hand, die auf dem Rand des Zubers ruhte. „Gehen wir schlafen", schlug sie ganz plötzlich vor, „das Ausschöpfen der Wanne hat bis morgen Zeit."

Im Bett kuschelte sie sich in seine Arme. „Es ist Vollmond", flüsterte sie geheimnisvoll, wobei sie ihre rechte Hand auf seine Brust legte, beide Drachenschuppen berührend.

Cedric konnte deutlich den Wärmestrom fühlen, der daraufhin seinen Körper durchflutete. Tessa begann, in einer unbekannten Sprache Worte zu flüstern, die Cedric innerhalb weniger Augenblicke in einen tiefen Schlaf fallen ließen. „So ist es gut, Herr Ritter", wisperte sie, drehte ihn auf den Rücken, passte die riesigen Drachenschuppen exakt mittig seiner Brust an, und begann, damit die Kraft gleichmäßig wirken konnte, auf seinen Oberschenkeln hockend, mit beiden Händen sanft über die Schuppen zu streichen. Kurz vor Mitternacht weckte sie Cedric und bat ihn, sie sofort auf die Wiese zu begleiten.

Zwar erstaunt über den seltsamen Wunsch, aber ohne nach dem Zweck zu fragen, folgte er ihr.

„Legt Euch genau hier her!", forderte sie und dirigierte ihn ein paar Zentimeter weiter, bis der Mond genau auf die Drachenschuppen schien, die, wie festgewachsen, genau noch dort klebten, wo sie diese platziert hatte. Dann verwandelte sie sich und begann mit ihrer gespaltenen Zunge die Ränder der Schuppen zu belecken.

Zuerst spürte Cedric nur die Feuchtigkeit, dann begannen die Stellen zu jucken und schließlich zu brennen, als drücke ihm jemand ein Brandeisen auf die Brust.

Nicht bewegen, hörte er Tessas telepathische Stimme.

Cedric gehorchte, obwohl er das Gefühl hatte, jeden Augenblick vor Schmerz ohnmächtig zu werden. Schweiß drang aus allen Poren, er keuchte, schließlich schrie er seine Pein in die Nacht hinaus. Sofort endete die Qual und sein stoßweiser Atem klang wie das tiefe Grollen eines Drachens.

Seid vorsichtig, wenn Ihr Euch erhebt, hörte er Tessa flüstern.

Cedric versuchte, sich auf die Seite zu wälzen, was ihm unendliche Mühe bereitete.

Ihr liegt auf Eurem Flügel, warnte Tessa.

Cedric hielt inne. *Auf was?!*

Auf Eurem linken Flügel. Ihr solltet versuchen, Euch auf die andere Seite zu drehen.

Der junge Ritter erstarrte.

Gut, dann anders, kicherte Tessa. *Schaut Euch Eure Hände an.*

Cedric hob sie vor seine Augen und gab einen Laut von sich, der ein Zwischending von Schluckauf, Kicksen und Stöhnen war, der Tessa hell auflachen ließ. Das, was Cedric im Mondlicht zu sehen bekam, waren riesige geschuppte Klauen mit dolchscharfen Krallen. Nun begriff er auch, was sie meinte, er läge auf seinem Flügel.

Drache Tessa kroch auf seine Brust, kuschelte sich fest an, rieb ihren Kopf an seiner Wange und meinte: *Ihr sehr gut aus, Herr Drache. Die Farbe Eures Panzers werde ich mir morgen ganz in Ruhe anschauen.*

Viele Meilen vom Nebelwald entfernt, waren mitten in der Nacht Lady Fran und Sir Timothy aus dem Schlaf geschreckt und hatten ihre Partner zutiefst erschreckt, weil sie pfeilschnell aus den Betten sprangen und ausriefen: „Es gibt einen neuen Drachen!"

Sir Jim brauchte nur wenige Augenblicke, dann bestätigte er Frans Worte. „Ich kann ihn spüren. Zudem ist die Stelle auf meiner Brust ganz heiß, wo die Schuppe noch nicht nachgewachsen ist."

Eine Viertelstunde später meldeten die Turmwachen: „Zwei Drachen kommen!"

„Das können nur die Smaragddrachen sein. Sie werden es wohl auch gespürt haben", schmunzelte Fran, sich rasch ein Kleid überstreifend, um die Gäste empfangen zu können. Da landeten die beiden Drachenmänner auch schon im Hof.

„Mit so frühen Gratulanten haben wir nicht gerechnet", witzelte Lady Fran, womit sie Sir Timothy etwas irritierte.

„Ich weiß nicht, ob es im Nebelwald mit rechten Dingen zugeht", versuchte der zu erklären, worauf die Kuckucksteiner Drachen herzlich zu lachen anfingen.

„Ging es dort jemals mit rechten Dingen zu?", schmunzelte Sir Jim. „Was habt Ihr erwartet, wenn eine wiedergeborene Zauberin darin zugange ist?"

Sir Timothy atmete tief durch. „Ich habe einen neuen Drachen gespürt."

„Wir auch!", winkte Lady Fran ab. „Aber wenn es Euch beruhigt, können wir ja alle auf einen Kurzbesuch zum Waldhäuschen fliegen."

„Das hatten wir nach dem Zwischenstopp hier auch vor", gab Sir Timothy zu. „Meine Brustschuppe wächst nämlich in einer anderen Farbe nach, als die verschenkte."

„Ihr seid nicht der Einzige", erwiderte Sir Jim. „Meine neue ist auch nicht gelb, sondern rotbraun, wie ein Buchenblatt im Herbst. Wir vermuten, dass der neue Drache die gleiche Farbe hat."

„Fliegen wir los, ehe Sir Timothy noch ganz kribbelig wird", forderte Lady Fran, worauf Sir Ian heftig nickte. Unbemerkt gab sie den beiden im Wald Bescheid, dass Besuch im Anflug sei.

Tessa empfing den Ruf ihrer Mutter und half Cedric, der noch immer auf dem Rücken lag, sich zurückzuverwandeln. „Rasch, Herr Ritter! Versucht, die Schwingen unter den Köper zu ziehen! Ich bitte Euch sehr!"

Cedric, in einem Zustand zwischen Wachen und Träumen, gelang es tatsächlich, seinen Schwingen zu befehlen, sich zusammenzufalten, obwohl sein ganzes Gewicht auf ihnen ruhte. Dann wälzte er sich auf den Bauch und folgte der neuen Anweisung: „Schwingen drei Mal fest an den Körper pressen!"

Aufatmend zog ihn Tessa auf die Beine. „In wenigen Augenblicken kommt Besuch, dem wir unser Geheimnis lieber noch nicht verraten sollten."

Rasch leerten sie gemeinsam den Badezuber, räumten auf und bereiteten ein leckeres Frühstück für alle vor. Im ersten Licht des Morgens tauchten die vier Drachen auf.

Nach einer überaus herzlichen Begrüßung bat Sir Cedric alle herein. Die Verwunderung über seinen neuen Alterszustand verwirrte die Gäste reichlich.

„Was ist passiert, dass Ihr im Großaufgebot erscheint?", fragte er gut gespielt erstaunt. „Hat der König etwa schon rufen lassen und wir haben es überhört?"

Tessa schmunzelte vergnügt in sich hinein. Sie stand am Herd, um den Kräutertrank zu holen, wo niemand ihr breites Grinsen sehen konnte.

Sir Timothy schaute ihn prüfend an. „Nein, wir haben nur ungewohnte Energien von hier gespürt."

Sir Cedric hob die Hände. „Das war zu erwarten gewesen, wenn Lady Tessa ihr wahres Ich entdeckt."

Tessas Mundwinkel wanderten noch ein Stück höher. Cedric würde sein Geheimnis nicht so schnell preisgeben. Und irgendwie fielen alle auf seine Unschuldsmiene herein. Es leuchtete ja auch ein, wie überrascht er gewesen sein musste, als er über Nacht ein paar Jahre älter aussah. Noch etwas gab den Besuchern zu denken – dass die Kette, welche die Drachenschuppen hielt, immer wieder aus seinem Hemdausschnitt lugte. Es ahnte ja keiner, dass sie nun einfach geschlossen war und gar nichts mehr hielt.

Selbst Lady Fran war am Ende nicht mehr sicher, ob es nicht doch Tessas neue Kräfte waren, die sie gespürt hatte. Und die junge Dame hielt auch nicht hinterm Berg, dass ihr nun all das Wissen zur Verfügung stand, das Lady Lilian angesammelt und rege genutzt hatte.

„Ja, das sieht man", gab Lady Fran zu, Sir Cedric neugierig betrachtend. „Ihr habt ihn Euch also ganz nach Wunsch im Alter zurechtgerückt."

„Ich bekenne mich schuldig", erwiderte Tessa blinzelnd. „Doch ich akzeptiere seinen Willen und hüte mich, Dinge zu tun, die ihm missfallen würden."

Sir Ian glaubte zuletzt auch, dass die Veränderungen, die er deutlich bei Cedric spürte, nur auf dem neuen Alterszustand beruhten. Die Drachenaura schien von den geschenkten Schuppen herzurühren, welche durch die Magie des Waldes verstärkt wurde.

Als die Gäste den Heimflug antraten, wischte sich Cedric theatralisch über die Stirn. „Puh, das war knapp!"

Tessa flog in seine Arme. „Ihr wart umwerfend! Ich liebe Euch, Herr Ritter!"

„Ich weiß ja selber nicht, was heute Nacht mit mir passiert ist, wie sollte ich es da anderen erklären?", wandte Cedric ein. „Wie wäre es, schöne Zauberin, wenn Ihr mir ein bisschen auf die Sprünge helft? Habe ich mich wirklich verwandelt? Oder war es nur ein wundervoller Ausblick auf die Zukunft, den Ihr mir gewährt habt? Die grässlichen Schmerzen schienen aber sehr real gewesen zu sein."

„Das waren sie", gab sie kleinlaut zu. „Genau so real, wie die Tatsache, dass an Eurer Kette nichts mehr hängt, was Euch selbst noch nicht mal aufgefallen zu sein scheint. Dass es die Kette noch gibt, dürfte nun wieder die anderen auf die völlig falsche Spur geführt zu haben. Was uns ja nur recht sein konnte. Immerhin hattet Ihr ja nicht einen Funken Zeit, Euch mit Euren neuen Kräften zu befassen. Einen Überfall durch den Clan hatte ich nicht im Kalkül."

Cedric musste lachen. Überfall war genau das richtige Wort. „Nun sind wir gewarnt und sollten schön darauf achten, dass immer nur einer ein Drache ist, damit unser Spiel nicht auffliegt, bevor wir für den Clan einen Nutzen daraus ziehen können."

Diesmal schaute Tessa überrascht. „Habt Ihr Informationen, die mir entgangen sind?"

„Ich hatte heute Nacht einen merkwürdigen Traum", so möchte ich es bezeichnen, versuchte Cedric, zu erklären. „Ich habe mich mit Sir Patrick unterhalten und konnte sehen, was er mir erzählte. Zwei Drachensöhne, unfähig, sich selber zu verwandeln, standen hinter unserem König und manipulierten seinen Willen durch zuckersüße, falsche Worte. Lady Maya war wie vom Erdboden verschluckt. Sir Vincent schien sie aber nicht einmal zu vermissen. Ich hörte deutlich die Worte: Es ist nur ein Platz im Clan frei. Schickt Sir Cedric mit Sir Ian fort. Vielleicht kommen sie ja nie mehr wieder. Dann habt Ihr mich geweckt."

„Darauf bereiten wir uns ja gerade vor, dank Sir Patricks Visionen", überlegte Tessa laut. „Aber wer sind die windigen Ratgeber? Und was wird mit Lady Maya geschehen? Wir sollten dringend mit Sir Patrick sprechen. Doch erst, wenn Ihr Euch als Drache kontrollieren könnt! Auf die Wiese, Herr Ritter, wir trainieren!"

Beide legten komplette Rüstung an, aber nur Tessa nahm Schwert und Dolch mit hinaus.

„Verwandelt Euch!", forderte sie.

Cedric schaute sie hilflos an. „Wie?"

„Gute Frage", gab Tessa zu. „Wie hat es denn der Gefleckte Drache gemacht?"

„Von ihm weiß ich, dass er als Mensch, um Kraft zu bekommen, auf die Königsschuppe auf seiner

Brust schlug", erwiderte Cedric sofort. „Etwa so!" Er ballte die linke Hand zur Faust und ließ sie auf seinen Brustkorb krachen. *Oh, warum seid Ihr plötzlich so klein,* staunte er mit weit aufgerissen Augen.

„Weil Ihr plötzlich so groß seid, Herr Drache!", lachte Tessa, den rotbraunen Riesen begeistert musternd. „Wehrt Euch, wenn Ihr könnt!" Sie drang mit vollem Körpereinsatz auf den Giganten ein.

Oh ha! Drache Cedric führte einen Tanz auf, um seine Beine von Tessas Waffen fernzuhalten.

Die Lady wurde immer schneller. Endlich breitete der Drache die Schwingen aus und fegte mit dem Sog die Angreiferin von den Füßen.

Ich fliege!

Tessa lag auf dem Rücken und lachte herzlich über den halb erschreckten, halb freudigen Ausruf des über ihr schwebenden Riesen. „Nicht übel für den ersten Versuch!"

Zu einem zweiten sollte es dann nicht mehr kommen, denn Lady Fran teilte Tessa mit, dass der König seine Ritter am nächsten Tag zu sehen wünsche und Sir Ian bereits auf dem Weg sei, sie nach Hause zu begleiten.

„Wir ziehen das Spiel durch, dass ich ein einfacher Ritter bin", erklärte Cedric. „In zwei Tagen im Wald kann ja auch keiner ernsthaft erwarten, dass ich ein Drache werde."

„So soll es sein", sagte Tessa feierlich. „Meine Belohnung für die Zauberei will ich aber sofort haben!" Sie hielt ihm die gespitzten Lippen entgegen.

Cedric zog sie an seine Brust und küsste sie so sinnlich, dass Tessa vor lauter Glück weiche Knie bekam. *Meine wundervolle Zauberin,* hörte sie ihn flüstern. *Ich liebe Euch!*

Wer weiß, welche Kräfte gegen Euch arbeiten, sagte Ritter Ian traurig, als Cedric auf seinen Rücken stieg.

Macht Euch um mich keine Sorgen, gab Sir Cedric zurück. *Zumindest verstehe ich jetzt die Drachensprache. Lady Tessa ist eine gute Lehrmeisterin.*

Das behalten wir aber für uns, rief Ian, *wer weiß, wozu es gut ist!*

Ich schwöre, kam es von Lady Tessa und Sir Cedric zurück.

Weil keine Zeit blieb, um zu landen, legte Tessa die letzten Meilen nach Hause allein zurück, während Ian mit Cedric den Weg zur Königsburg einschlug. Sir Jim und Sir Timothy hatten sich bereits vor Stunden auf den Weg dahin gemacht.

Hochverrat

Lady Fran empfing ihre Tochter mit einer liebevollen Umarmung. „Es tut mir so leid, dass man Euch die Zeit im Wald verwehrt. Es steht leider nicht in meiner Macht, den Willen des Königs zu ändern."

„Aber etwas anderes könnt Ihr bewirken", erwiderte Tessa sofort. „Nämlich, dass mich Lady Shona in die Grotte im Berg gehen lässt."

„Das hat nur Sinn, wenn Euch ein Mensch begleitet, der stark genug wäre, Euch zu beschützen", warf Fran ein.

Tessa winkte mit funkelnden Augen ab. „Daran soll es nicht scheitern. Ich kenne einen Ritter, den der König für zu schwach hält, ihn einzuladen, der aber über sich hinauswachsen würde, um seinen eigenen Sohn vor jeglichem Übel zu bewahren. Holen wir uns den Ritter von Greifenstein und dann nichts wie hin, zur Smaragdburg!"

Sir Benjamin ließ sofort alles stehen und liegen, um die Bitte der jungen Lady zu erfüllen. Lady Anne brachte ihm Pelzstiefel und -umhang, dann hoben die Drachendamen auch schon mit ihrem Begleiter ab, der seinen ersten Drachenflug sichtlich genoss. Wieder etwas, das ihn von vielen anderen menschlichen Rittern unterschied, die niemals solch ein Erlebnis haben durften, mochten sie auch noch so reich sein. Tessa warf ihrer Mutter einen triumphierenden Blick zu. *Ich bin sicher, dass er dem Grauen widerstehen wird.*

Lady Shona begrüßte den unerwarteten Besuch sehr erfreut. Besonders innig umarmte sie ihre kleine Halbschwester, die nun ein Wissen in sich trug, das kaum ein Drache wirklich ermessen konnte. „Ich möchte in die geheime Grotte im Berg", erklärte Tessa auch sofort den Grund des Besuchs. „Je eher, desto besser."

„Ich habe es beim Anblick Eures Ritters schon vermutet, junge Dame. Folgt mir!" Shona bat aber zuvor ihre Mutter ins Haus und ließ sie mit Speise und Trank versorgen, bis sie in wenigen Augenblicken zurück sei.

„Ihr kennt den Weg?", fragte sie Tessa.

Die schüttelte den Kopf. „Nein, aber ich werde ihn finden, wenn ich den Spuren der Magie folge."

„Auch das habe ich erwartet", schmunzelte Shona, das Tor im Berg öffnend. „Viel Glück, für alles, was Ihr vorhabt."

„Danke, Mylady", antworteten beide und blieben in völliger Dunkelheit zurück, weil Shona das Tor sofort wieder schloss. „Folgt mir und weicht nicht vom Weg ab, egal was passiert. Beobachtet nur, was geschieht, ohne selbst einzugreifen, solange ich nicht darum bitte."

Als Sir Benjamin noch angestrengt überlegte, wie man in der Finsternis etwas erkennen könne, erhellten auch schon Tessas strahlende Augen den Weg. Am Sarkophag ihres Großvaters verharrte sie einen Moment. *Ich bitte um Euren Segen für meine Mission, lieber Großvater.*

Sogar Ritter Benjamin konnte erkennen, dass einer der Smaragde plötzlich den Schein der blauen Augen widerspiegelte, worauf Tessa dankend den Kopf senkte und weiterschritt. Für eine Sinnestäuschung hielt es der Ritter allerdings, dass das Leuchten von Himmelblau zu Türkis wechselte. Das lag sicher an den vielen Smaragdsplittern im Gestein. Tessa zwängte sich durch den Spalt im Berg und bat Benjamin, die Wände keinesfalls zu berühren. Schließlich erreichten sie die Grotte.

„Bleibt genau hier stehen", forderte sie ihn auf, selber genau ins Zentrum gehend und sich dort auf den Boden setzend. Dann ließ sie den Schein ihrer Augen erlöschen, breitete beide Arme aus und begann mit einem monotonen Singsang, dessen einschläfernder Wirkung sich Sir Benjamin nur unter größten Mühen entziehen konnte.

Rufe, die wie Drachenschreie klangen, machten ihn schlagartig munter, dann erschienen Bilder an den Wänden. Ein Meer, ein weißer Strand, der in einen Urwald aus Pflanzen überging, die der Ritter noch nie gesehen hatte. Ein schriller Schrei aus dem Wasser, dann kroch ein Wesen hervor, welches Lady Mo unglaublich ähnlich sah, nur dass es feuerrot statt goldfarben leuchtete. Noch einer der Wasserdrachen erschien. Und nicht einfach so, sie tauchten in der Grotte auf, schlichen um Lady Tessa herum, beschnüffelten Sir Benjamin, der einen gewaltigen Schreck bekam, aber, dem Befehl seiner jungen Herrin gehorchend, auf dem Fleck stehenblieb.

Das kleinere Wesen, welches der Ritter für ein Weibchen hielt, umschlang Tessa mit seinem ganzen Körper, wie eine Würgeschlange, legte seine Stirn an ihre, und beide schienen, einen regen Gedankenaustausch zu führen. Der große Drache starrte weiter den Ritter an. Erst als der kleine Drache Tessa losließ, wandte sich der große Drache ab, beide hoben eine Vorderklaue und das Bild verblasste.

Tessa erhob sich, ließ ihre Augen erstrahlen und winkte Ritter Benjamin stumm, sie hinaus zu begleiten. Am Grab des Großvaters blieb sie erneut stehen, um ihm zu danken. Nun erst führte sie Benjamin aus dem Berg direkt in den Palas. Der konnte sich gar nicht erklären, warum beide Drachendamen bei seinem Anblick aufsprangen und aufgeregt zu flüstern begannen.

Tessa lachte herzlich. „Ich bin fast unschuldig. Das ist Großvaters Dank an den Ritter, der mich im Berg beschützt hat und dessen edle Gedanken die fremden Drachen überzeugt haben."

Benjamin verstand die ganze Aufregung erst, als er seinen Helm abnahm. Auf dessen Vorderseite prangte nämlich ein großer Smaragdkristall, der eines Königs würdig gewesen wäre. Dankbar küsste er Tessas Hand.

„Ich habe zu danken, Herr Ritter. Ihr habt nämlich bewirkt, dass uns die anderen nun wohlgesonnen sind." Tessa amüsierte sich über das ungläubige Staunen.

„Ich habe doch nur gestaunt, dass sie wie Lady Mo aussehen und es vielleicht einen Funken Hoffnung gibt, ihre Linie zu erhalten", stotterte Benjamin verwirrt.

„Eben drum!", lachte Tessa. „Dadurch war es mir ein Leichtes, um zwei Eier zu bitten, deren Küken Lady Mo wie eigene Kinder aufziehen kann."

„Das habt Ihr getan?!", stammelte Lady Shona erschreckt.

„Ja, sogar mit gutem Gewissen. Sie legen viele Eier, weil es viele Feinde gibt und meist nur ein oder zwei Kleine überleben. Sie sehen es als große Ehre an, wenn wir zwei junge Drachen mit unseren Leben beschützen und zu Trägern einer neuen Dynastie machen wollen." Tessa strahlte ihre große Halbschwester fröhlich an. „Das Schwierige wird sein, dorthin zu reisen, um die Eier in Empfang zu nehmen und vor dem Schlupf hierher zu bringen. Nun wisst Ihr, wohin es Sir Ian und Sir Cedric verschlagen wird, wenn ihnen der König aufträgt, neue Ländereien für die Krone zu entdecken. Fliegen wir nach Hause und warten ab, ob die Männer auch Nachrichten mitbringen, die wir noch nicht kennen."

Der besorgte Blick Lady Shonas zu Sir Benjamin war Tessa nicht entgangen. „Darüber, dass er über das Gesehene schweigen muss, bis er von mir die Erlaubnis bekommt, darüber zu sprechen, muss ich ihn nicht aufklären."

„So ist es, Mylady." Benjamin verbeugte sich sehr tief vor seiner jungen Herrin.

Shona schaute den beiden Drachendamen nach, bis sie nur noch winzige Pünktchen in der Ferne waren. Tessas Magie war einfach unglaublich. Der türkisfarbene Schimmer in deren Augen war auch ihr aufgefallen. Der Geist Sir Emeralds schien gutmachen zu wollen, was er dem Clan stets verwehrt hatte.

Lady Anne bereitete dem heimkehrenden Gatten einen begeisterten Empfang und die beiden Drachendamen flogen zufrieden nach Hause. Als die Männer drei Tag später völlig frustriert aus der Königsburg zurückkamen, fand sie Mutter und Tochter am Kamin zusammengekuschelt vor, wo sie in den alten Chroniken des Clans blätterten.

„Sir Ian und Sir Cedric müssen übermorgen schon aufbrechen", erklärte Sir Jim unendlich traurig. „Ich weiß nicht, was in unseren König gefahren ist. Warum arbeitet er gegen den eigenen Clan?"

„Habt Ihr mit Lady Maya darüber gesprochen?", fragte Lady Fran.

Jim schüttelte den Kopf. „Wir haben sie nicht ein einziges Mal, zu Gesicht bekommen. Sie sei unpässlich hieß es. Sir Patrick ist außer sich vor Sorge!"

Die Sache schmeckt mir nicht. Haltet mir sämtliche Drachen von Hals, hörte Fran die Stimme Tessas. *Ich werde mit Sir Cedric nach Lady Maya schauen.*

Kurz darauf verschwand Tessa mit ihrem Reiter in den Wolken, die unerwartet aufgezogen waren. Nur Fran ahnte, dass Tessa dabei ihre zarten Finger im Spiel hatte. Nach ein paar Stunden erreichten sie den Burgbezirk. *Jetzt zeige ich Euch, was eine richtige Wetterhexe ist,* erklärte sie Cedric, einen Nebel erzeugend, der dem im Zauberwald in nichts nachstand. Ungesehen krallte sich Tessa von außen an den höchsten Turm. *Fallt jetzt bloß nicht runter,* mahnte sie und begann, wie ein Bluthund zu schnüffeln, einmal den ganzen Turm umrundend. Ein kurzer Gleitflug zum nächsten Turm, dann schien sie eine Spur zu haben. Ganz langsam kletterte sie ein paar Meter tiefer, um durch das vergitterte Fenster spähen zu können. *Hab sie!*

Freiwillig scheint sie nicht da drin zu sein. Warum verwandelt sie sich nicht und flieht? Cedric runzelte die Stirn.

Keine Zeit für Fragen. Fasst die Gitterstäbe und lasst bloß nicht los!

Cedric gehorchte und hing im nächsten Moment außen am Turm neben Tessa, die klare Anweisungen gab. „Sie liegt nah genug, dass Ihr sie als Drache greifen könnt. Ihr verwandelt Euch, biegt die Gitter auf, holt Lady Maya da raus, greift auch mich und macht, dass Ihr, bitte ohne zuzudrücken, mit uns möglichst weit wegkommt. Los!"

Cedric schlug sich auf die Brust. Sein Gewicht als Drache sprengte einen der Gitterstäbe glatt aus dem Mörtel und er beeilte sich, seine Krallen in den Stein zu schlagen, um nicht abzustürzen, als er den zweiten Stab herausriss. Lady Maya schien im Tiefschlaf zu liegen. Sie reagierte auf gar nichts. Cedric hob sie aus dem Bett und Tessa half ihm, sie durch das Fenster zu fädeln.

Weil Cedric Bedenken hatte, Tessa im Fallen zu greifen, kletterte sie lieber auf seinen Rücken, klammerte sich fest und schon schwebte der Riese lautlos durch den Nebel davon.

Weiter, wenn Ihr könnt, bat sie, als er landen wollte.

Kurz vor der Smaragdburg zog soeben der gleiche zähe Nebel auf, damit sie ungesehen einen Rollentausch machen und auch dort unbemerkt landen konnten. Cedric nahm Maya auf die Arme, während Tessa ans Tor klopfte und nach Sir Timothy fragte. Die Wachen ließen die Schutzsuchenden ein und benachrichtigten den Hausherrn. Als Sir Timothy kam, lüftete Tessa kurz ihre Kapuze, worauf der Burgherr die *Fremden* aufforderte, ihm zu folgen. Sofort erschienen auch Sir Ian und Lady Shona.

„Wer ist sie?", fragte Timothy beunruhigt, eine Laterne hebend, um das Gesicht erkennen zu können. Er zuckte zurück, als habe ihn eine Viper angegriffen.

„Ich weiß nicht, unter welchem Einfluss Sir Vincent steht", beantwortete Lady Tessa seine Reaktion. „Es ist auf alle Fälle kein guter, wenn er seine eigene Gemahlin unter Drogen setzen und im Turm einsperren lässt. Findet einen sicheren Platz für sie. Wir müssen uns sputen, die Reise ins Nirgendwo vorzubereiten." Cedric legte die schlafende Königin Sir Ian in die Arme, Tessa verwandelte sich und verschwand mit ihm im Nebel, die Smaragddrachen ratlos zurücklassend.

Shona erholte sich als Erste vom Schock. „Schnell ins Warme! Ich habe eine Idee, wo sie der König garantiert nicht suchen lassen wird. Aber sie muss dem Plan zustimmen, damit er funktionieren kann. Wundert mich kein bisschen, dass Lady Lilian gerade jetzt und als Tochter meiner Mutter wiedergeboren ist."

Als sich der Nebel verzogen hatte, brach Sir Timothy nach Kuckuckstein auf, um sich mit Lady Fran und Sir Jim zu beraten.

„Hat Euch das junge Volk erzählt, welchen Hochverrat es begangen hat?", fragte Sir Timothy sofort nach der Landung.

Jim schmunzelte. „Den Ihr offenbar unterstützt, mein Lieber. Kommt rein, meine Herren! Wir überlegen auch gerade, wo wir die Königin verstecken. Wobei mir Lady Frans Plan am besten gefällt."

„Was habt Ihr denn vor?", wollte Timothy von Fran wissen.

„Ich würde sie in der Kleidung einer adeligen Gesellschafterin auf Greifenstein unterbringen. Da sucht sie garantiert niemand und schon gar nicht unterm Gesinde. Sie ist weit genug vom königlichen

Hof weg und nah genug bei uns, um wirksamen Schutz zu haben."

„Genau das hat Mutter auch gesagt!", rief Sir Ian erstaunt.

Tessa lachte. „Kein Wunder, sie ist ja auch die Tochter meiner Mutter. Meine Großmutter auf Greifenstein wird sicher auch nicht böse sein, wenn sie eine persönliche Gesellschafterin bekommt."

Lady Maya erlangte erst kurz vor Mitternacht das Bewusstsein zurück. Ihr Blick streifte Lady Shona und sie rief aus: „Wie kommt Ihr denn hier her und warum hat man Euch eingesperrt?"

Shona lächelte trotz aller Sorgen. „Ich wohne hier, Lady Maya, und Ihr seid endlich wieder frei. Wir müssen Euch aber gut verstecken, damit das auch so bleibt."

Noch in derselben Nacht huschte ein einsamer Drache über den Himmel, landete auf dem Hof von Greifenstein und niemand sah, wie eine zierliche Gestalt durch den Türspalt schlüpfte, um im Haus mit allen Ehren empfangen zu werden.

Die übrigen Bediensteten erfuhren am Morgen nur, dass Lady Anne eine junge Dame aus dem Hochadel als Gesellschafterin eingestellt habe, und ihr Name Minna von Weißenstein sei. So wunderte sich auch keiner, dass sich Lady Minna vorwiegend im Haus aufhielt und auch dort mit den Herrschaften speiste.

Sie stand mit Lady Anne und Sir Benjamin am Fenster, als Lady Tessa, Sir Ian und Sir Cedric zum Tor hinaus ritten, um auf Befehl des Königs ans Ende der Welt zu ziehen. „Was für ein Wahnsinn!", murmelte sie traurig.

Sir Benjamin stützt vor ihr ein Knie auf den Boden, nahm Ihre Hände und sprach: „Verzagt nicht, meine Königin, ich weiß, dass alles gut werden wird."

Sie schaute ihn nachdenklich an. „Wenn Ihr das sagt, dann muss ich es wohl glauben. Schließlich ist es Euer Sohn, der da draußen mitreitet." Dass der dritte geharnischte Reiter Lady Tessa, die Enkelin Lady Annes, war, hatte ihr niemand verraten. Kein anderes Clanmitglied sollte vorerst erfahren, dass aus dem Kleinkind eine junge Frau geworden war, die ein halbes Heer aufwiegen konnte, spielte sie ihre Zauberkraft aus.

Gegen Abend trafen die Reiter auf die beiden Männer des Königs, um gemeinsam zu lagern. Lady Tessa ließ die Kettenhaube auf dem Kopf, um sich nicht als Frau zu verraten. Cedric und Ian sprachen sie als Sir Theodor an. Die Sticheleien, wegen seiner Bartlosigkeit, nahm Theodor völlig emotionslos von den fremden Ritter hin, wobei ihre Begleiter nur darauf warteten, wann und wie sie es ihnen heimzahlen werde.

Diese Widerlinge haben einen Anstand wie bemooste Baumstümpfe – schmierig und dreckig, erboste sich Sir Ian nach einer Weile. *Ich weiß nicht, wie lange ich mir das Spiel noch mit anschauen kann.*

Ruhig Blut, gab Lady Tessa zurück, während Sir Cedric die Zähne aufeinanderbiss. Sie wendete scheinbar seelenruhig ein Stück Braten überm Feuer. Einer der Fremden spießte es mit seinem Dolch auf, um es ihr vor der Nase wegzustehlen. Ein kurzer Griff, Knochen krachten, das Fleisch fiel zu Boden und der Kerl jammerte: „Ihr habt mir den Arm gebrochen!"

Tessa hob das Fleisch auf, schaute den Mann von unter her an und zischte: „Das nächste Mal breche ich Euch das Genick." Dann putzte sie den Braten sauber, hielt ihn noch mal übers Feuer und begann schließlich, genüsslich zu essen. Die hasserfüllten Blicke scherten sie nicht. Auch Cedric und Ian reagierten, als sei nichts geschehen, was die anderen beiden veranlasste, sich absolut ruhig zu verhalten. Der eine schiente den Arm des anderen und wagte nicht, auch nur ein Wort an die drei zu richten. Keiner ahnte, dass sich die drei intensiv telepathisch unterhielten, weil die Mienen völlig unbeteiligt wirkten. Die große Frage des Tages: Was mochte nur in den König gefahren sein, ihnen solches Gelichter als Wegbegleiter zu schicken.

Am nächsten Morgen fand Sir Ian zufällig die Antwort heraus. Als sich die beiden unbeobachtet wähnten.

„Wenn ich könnte, würde ich dem Mistkerl, der mir den Arm gebrochen hat, mein Messer zwischen die Rippen jagen!", grollte der eine.

„Die sind zu gut ausgerüstet und immer auf der Hut. Die lassen sich nicht so leicht abmurksen, wie die beiden anderen. Hoffentlich fliegt es nicht so bald auf, dass wir gar nicht die Ritter des Königs sind", flüsterte der andere.

Ian gab die Information weiter und Tessa, sowie Cedric waren nun noch mehr auf der Hut, ohne es sich anmerken zu lassen. Brenzlig wurde die Situation erst, als zwei Abende später noch vier Galgenvögel zu ihnen stießen, die behaupteten, im Auftrag des Königs zu kommen. In dieser Nacht war Cedric mit Wachdienst an der Reihe und damit, genügend Holz ins Feuer zu legen.

Alle schliefen. So holte er zwei neue Äste vom Vorrat, den sie am Abend gesammelt hatten. Als er sich umwandte, starrte er auf sechs gezogene Schwerter, bereit zuzuschlagen. Er schlug zuerst zu, nämlich auf seine Brust. Die Entsetzensschreie der Lumpen weckten Sir Ian und Lady Tessa, die nur noch sehen konnten, wie nach einem Feuerstrahl Rußpartikel und schmelzendes Metall zur Erde fielen.

„Gute Arbeit, Herr Ritter", lobte Tessa, den gigantischen Drachen liebevoll streichelnd, während Ian mit offenem Mund den Drachen anstierte und die Welt nicht mehr verstand.

Cedric verwandelte sich zurück. „Tut mit leid, deren ganze Ausrüstung verbrannt zu haben, aber ich wusste mir auf die Schnelle keinen besseren Rat."

„Ich werde weder den Kerlen noch deren Habe eine Träne nachweinen", erklärte Tessa. „Wir sollten nur Sir Ian eine Herzstärkung reichen, ehe er uns aus den Stiefeln kippt." Sie zog einen kleinen Weinschlauch hervor, den der Ritter mit zitternden Händen entgegennahm, um einen großen Schluck zu trinken. „Was glaubt Ihr wohl, Sir Ian, wie wir Lady Maya aus dem Turm befreit haben. Ohne meine fliegende Wunderwaffe wäre ich machtlos gewesen. Ich musste mich schließlich um anständigen Nebel kümmern, damit wir unentdeckt blieben."

„Das heißt, Euch haben die paar Stunden im Wald gereicht, um Euch zu verwandeln", flüsterte Ian fast ehrfürchtig.

„Fragt aber nicht nach den Begleiterscheinungen", seufzte Tessa. „Folter mit einem Brandeisen fühlt sich bestimmt ähnlich an. Nur konnte ich es ihm nicht ersparen, weil ich wusste, dass uns keine Zeit blieb. Ihr seid übrigens der Einzige, der weiß, dass sich Sir Cedric in einen Drachen verwandeln kann. Dabei wollen wir es auch erst einmal belassen, nachdem wir im Waldhäuschen so überzeugend waren, dass alle glauben meine Energien gespürt zu haben."

„Wir hatten uns nicht mal abgesprochen", lachte Cedric. „Auf alle Fälle werden wir morgen etwas schneller reisen können, wenn wir die Pferde der Gauner zu Geld gemacht haben. So, nun schlaft noch ein paar Stunden, ich passe schon gut auf."

„Da bin ich absolut sicher", strahlte Sir Ian. „Ich werde wundervoll vom stattlichen neuen Drachen träumen."

„Ich auch!", prophezeite Tessa, ihrem Schatz einen zärtlichen Kuss gebend, ehe sie sich wieder in ihre Decke wickelte.

Der Morgen begann mit leichtem Bodennebel.

„Ich war es nicht!", rief Tessa, als Ian fragend schaute.

Sir Cedric streckte sich. „Es ist seit ein paar Stunden warme Luft herangezogen, die uns vielleicht sogar Tauwetter bringen wird."

Sie frühstückten gemeinsam, löschten das Feuer, packten zusammen und führten die Pferde in das nächst gelegene Dorf, wo sie die Tiere samt Sätteln für wirklich gutes Geld verkauften. Jene Pferde, die sie für sich selber beanspruchten, stellten sie bei einem Ritter unter, der dem König treu ergeben war und sich gut um die Rösser kümmern werde. Lady

Tessa drückte ihm drei Goldstücke in die Hand, um die Futterkosten zu decken, weil keiner wusste, wie lange sie fortbleiben würden.

Einer nach dem anderen schwang sich in die Lüfte, um nach Norden zu ziehen, wie es Lady Tessa verlangte.

Woher wisst Ihr, wie wir fliegen müssen, fragte Ian.

Von Großvater Emerald, verriet sie. *An seinem Grab hat er mir den langen Weg beschrieben, weil wir auf dem kurzen über riesige Meere müssten. Ohne Flügel wären wir sicher Jahre unterwegs.*

Und mit Flügeln?

Vielleicht zwei Wochen? Ich weiß es nicht genau. Tessa zog unbeirrt ihre Bahn. Dabei achtete sie sehr darauf, möglichst unbewohntes Gebiet zu überqueren. Im Schutz der Dunkelheit jagten sie Großwild, welches sie nach Drachenmanier hinunterschlangen. Es waren fast acht Wochen, ehe sie ein Meeresufer erreichten, das Tessa irgendwie vertraut vorkam.

„Den dichten Urwald habe ich schon einmal gesehen", stellte sie sehr zufrieden fest. „Lasst uns hier lagern und schauen, ob sich die Wasserdrachen blicken lassen."

Hin und wieder plätscherte es laut und vernehmlich in den Wellen, es waren aber nur große Fische. Nach drei Tagen wurde Tessa ungeduldig. „Ich weiß, dass wir hier richtig sind. Vielleicht muss ich es auf meine Art versuchen, die anderen zu locken. Zudem ist heute wieder einmal Vollmond, in den ich meine Hoffnung setze."

„Gestaltet es aber nicht ganz so schmerzhaft", murmelte Cedric.

„Aber nicht doch!", lachte Tessa. „Schließlich möchte ich die begehrten Eier haben."

Als der Mond endlich aufging, watete sie ins flache Wasser und begann den monotonen Singsang, der auch in der Smaragdgrotte zum Erfolg geführt hatte.

Diesmal wühlte etwas das Meer auf, als koche es, dann schnellten zwei riesige langgestreckte Leiber auf Tessa zu. Gehörnte Köpfe tauchten aus den Wellen und endlich krochen die Giganten auf den Strand. Sie ähnelten wirklich Lady Mo. Auch Tessa kam aufs Trockene, wo sie zuschaute, wie die beiden Ritter beschnüffelt wurden. Der große Drache untersuchte eingehend Sir Cedric, dann stupste er Tessa mit der Nase an.

Ja, das ist richtig, hörten sie die Männer sagen. *Das ist der Sohn des Mannes, den Ihr beim ersten Besuch gesehen habt. Der Zweite lebt dort, deshalb kommt Euch sein Geruch bekannt vor. Sie sind hier, damit ich die Eier sicher nach Hause bringen kann.*

Ein wenig später, Tessa hatte eifrig mit den fremden Drachen kommuniziert, befahl sie: „Verwandeln wir uns! Sie können nicht glauben, dass wir wirklich Drachen sind."

Beim Anblick der riesigen männlichen Drachen flohen die Wasserbewohner ins Meer, tauchten aber sofort wieder auf, weil die großen Drachen still sitzen geblieben waren. Nur Tessa verwandelte sich zurück und bat inständig, man möge ihr, wie versprochen, zwei Eier schenken.

Das Weibchen kroch ins Unterholz und Tessa folgte ihr. Ian und Cedric legten die Drachengestalt ab, um den männlichen Wasserdrachen zu beruhigen. Ehe alle drei Männer kribbelig wurden, kamen die Frauen zurück. Tessa trug vier Eier in den Armen. Die Wasserdrachen berührten noch einmal jeden der Fremden mit der Nase, ehe sie wieder in der Tiefe verschwanden.

„Ihr habt es tatsächlich geschafft!", staunten die Ritter, während Lady Tessa schon warmen Atem über die Eier blies.

„Holt bitte ein paar große Blätter, damit ich sie gut einpacken kann!" Sie betrachtete mit strahlenden Augen den Schatz, den man ihr überlassen hatte.

Cedric breitete seinen Umhang auf dem Sand aus, Tessa legte die eingewickelten Eier hinein und probierte, wie sie alles am besten tragen konnte. „So geht das nicht", seufzte sie.

„Vielleicht kann man damit etwas anfangen", meinte Cedric auf die Palmenblätter in den Bäumen zeigend. Er verwandelte sich und pflückte, was er erwischen konnte. Ian begann sofort, ein festes Netz zu flechten. Groß genug, den gut gefüllten Umhang zu tragen und über Tessas Drachenhals zu passen.

Als sie zufrieden war, legte sie sich mit dem Netz um den Hals schlafen, bat aber Ian, der Wache schob, immer wieder warmen Atem über die wertvollen Eier zu blasen. Und der tat das mit einer Präzision, dass Tessa sicher nichts zu Mäkeln gefunden hätte.

Mit den ersten Sonnenstrahlen wachten die beiden Schläfer auf und alle verschwanden mit der wertvollen Fracht am Himmel. Damit Tessa ohne Störungen fliegen konnte, wechselten sich die Drachenmänner ab, die Eier zu wärmen. Sie war sogar so auf ihre Aufgabe fixiert, dass sie nicht einmal telepathisch mit den Männern sprach.

Erst am abendlichen Lagerfeuer erzählte sie über das Nest im Wald. „Es war riesig! Bestimmt fünf Schritte lang, genau so breit und ebenso hoch! Es bestand aus mehreren Lagen Blättern, zwischen denen jeweils zehn Eier steckten. Die stolze Mutter hat mir jene herausgesucht, die vom Vortag stammten."

„Und wer bewacht das Nest, wenn die Eltern im Meer sind?", staunte Ian.

„Keiner. Das ist ja das Problem. Deshalb hat sie mir vier statt zwei Eier gegeben, damit ihre Art fortbestehen kann. Es scheint nicht mehr viele der roten Meerdrachen zu geben. Sie freut sich, dass ihre Kleinen als Kinder einer Königin aufwachsen werden."

„Falls wir sie heil nach Hause bringen", meldete sich Ian. „Da drüben schleicht Raubgesindel durch den Wald."

„Wir haben keine Zeit für Spielchen", grollte Cedric, verwandelte sich und brach offen durch das Unterholz. Die Entsetzensschreie quittierte er mit einem Feuerstoß, ohne jedoch ernsthaft auf die Menschen zu zielen. „Schon herrscht Ruhe. Zumindest für eine Weile. Ich denke, wir sollten verschwinden."

Ein paar Meilen weiter lagerten sie inmitten einer Steppe, deren Raubtiere den unbekannten Wesen lieber aus dem Weg gingen. Der Rauchgeruch, den diese mit sich brachten, machte sie nervös.

Tessa kontrollierte zwei Mal am Tag gewissenhaft die Eier, wobei sie darauf achtete, sie nicht zu wenden, weil sie auch im Nest immer gleich lagen. Womöglich starben die kleinen Drachen sonst, bevor sie schlüpfen konnten. Das leuchtete auch den Männern ein.

Ian stieß Cedric vorsichtig an, als Tessa um Mitternacht nach den Eiern schaute. Ja, der Schein ihrer Augen war eindeutig grün, statt blau und er durchdrang die Schalen der Eier.

Auf die fragenden Blicke schmunzelte sie. „Ihr seid ja genau so neugierig wie ich! Schickt sich das für edle Ritter?"

Das völlig synchrone Nicken ließ sie hell auflachen. „Alle vier Küken bewegen sich und wachsen kräftig. Bald wird es eng da drinnen."

„Wir sind in spätestens drei Tagen zu Hause", tröstete Sir Ian. „Ich kenne die Gegend. Morgen erreichen wir einen schmalen Meeresarm, den wir überfliegen müssen. Dann folgen wir der Küste und kommen genau an Sir Patricks Wasserburg heraus. So lange müssen sich die Kleinen noch gedulden."

„Das heißt, ich sollte noch heute mit Kuckuckstein und Emerald Castle Verbindung aufnehmen, damit sich alle bei Sir Patrick und Lady Mo versammeln", überlegte Tessa laut.

„Tut das, meine Liebe", freute sich Sir Cedric.

Lady Fran und Sir Timothy fielen bald aus allen Wolken, über das, was sie zu hören bekamen. Die Nachricht verbreitete sich wie ein Lauffeuer bei den Königstreuen. Sir Timothy, Sir Elliot und Sir Andrew flogen gemeinsam nach Drachenstein, um den König zu einem Kurzausflug einzuladen, wie sie es nannten.

Ein paar unbedeutende Ritter maßten sich an, ihnen den Zutritt zum Palas zu verwehren, sodass es Sir Timothy für ratsam hielt, die betreffenden Herren für immer aus dem Verkehr zu ziehen. Auch die Wachen vor dem Thronsaal machte er persönlich nieder und stieß machtvoll die Tür auf.

„Schämt Ihr Euch nicht, die Edlen des Landes, die Eure Herrschaft sichern, wie Dreck zu behandeln?!", herrschte er Sir Vincent an, der seit dem letzten Besuch nur noch ein Schatten seiner selbst zu sein schien. „Euer Vater hat Euch nicht die Königswürde übertragen, damit Ihr sie mit Füßen tretet! Hoch, vom Thron! Es warten Regierungsaufgaben auf Euch!"

Sir Andrew half seinem Bruder beim Aufstehen und führte ihn hinaus. Sir Elliot hielt die Speichellecker in Schach, die sich nicht einmal trauten, ernsthaft nach ihren Waffen zu fassen.

Sir Timothy ließ den Kommandierenden der Wache rufen. „Ihr sichert die Burg und des Königs Eigentum. Ihr seid mir persönlich dafür Rechenschaft schuldig! Werft die schmarotzenden Weichlinge hinaus. Das ist ein Befehl!"

Er verwandelte sich, was für die anderen das Zeichen zum Abflug war. Sir Andrew trug seinen völlig apathischen Bruder sicher in der Klaue zum Sammelplatz vor der Burg Sir Patricks, wo sich seiner Lady Fran und Lady Shona annahmen, die recht schnell herausfanden, womit man den König außer Gefecht gesetzt hatte, um ihn zu einem willenlosen Werkzeug zu machen.

Lady Anne hielt sich mit Lady Maya abseits, damit diese nicht zu rasch von den anderen gesehen wurde. Fran hatte einen färbenden Sud zubereitet und die blonde Lady Maya kurzerhand in einen Rotschopf

verwandelt, den nicht einmal die eigene Zwillingsschwester, Lady Faye, erkannte.

Die meisten Versammelten hatten dem Befehl
gehorcht, ohne zu wissen, was sie hier erwartete.
Auch Mo und Patrick waren ahnungslos. Sie wussten
nur, dass Sir Ian zurückkommen werde. Das Zweite
Gesicht des Ritters hatte Lady Tessa aus der Ferne
außer Gefecht gesetzt, um den bevorstehenden Auftritt dramatischer zu gestalten.

Kleine und große Überraschungen

„Drei Drachen?", murmelte Sir Timothy völlig verdattert, als sich die dunkle Wolke auf Sichtweite näherte. Und schlug sich, als er die Farbe des Dritten erkannte, mit der Faust in die offene Hand. „Also doch! Na warte, Bürschlein!"

Ian landete unter dem Jubel des Clans zuerst, dann Lady Tessa, die die meisten gar nicht kannten, aber nicht minder herzlich begrüßten. Wobei sich alle wunderten, was die junge Dame für einen unförmigen Sack um den Hals trug. Der dritte Drache setzte sehr vorsichtig genau vor Tessa auf und blies zum Erstaunen der Versammelten seinen heißen Atem in den merkwürdigen Sack. Erst dann verwandelte er sich in Sir Cedric, der mit breitem Grinsen die Glückwünsche zur Drachenwerdung entgegennahm. Den drohenden Zeigefinger von Sir Timothy beantwortete er mit einem verschmitzten Blinzeln. König Vincent hockte auf einem Sessel und beobachtete stumm die Vorgänge, ohne darauf reagieren zu können.

Lady Mo taxierte schon die ganze Zeit aufgeregt die junge Dame, die ihnen endlich als Lady Tessa, Tochter von Sir Jim und Lady Fran vorgestellt wurde, ohne zu wissen, warum deren Anwesenheit sie so unruhig machte. Tessa blies noch einmal in Menschengestalt heißen Atem in den Beutel, womit sie einige aus dem Clan vollends aus dem Konzept brachte.

Sie ging auf Lady Mo zu. „Ich habe ein Geschenk für Euch! Sir Patrick, seid so lieb und lasst einen großen Weidenkorb bringen!"

Der Korb war schnell zur Stelle und Lady Tessa legte ihren Tragesack fast übervorsichtig auf den Boden. Sie hob etwas grün Eingepacktes heraus, löste die Blätter und hielt ein riesiges Ei hoch. „Es sind vier Dracheneier, aus denen in wenigen Tagen kleine Wasserdrachen schlüpfen werden. Seid ihnen eine gute Mutter und lehrt sie alles, was auch Ihr wisst."

Mo ringelte sich dankbar um Tessa und den Korb, schaute zu, wie Tessa das Ei wieder genau so hinlegte, wie sie es aus dem Sack genommen hatte. *Sie dürfen nicht gedreht werden und müssen auf dem Land ausgebrütet werden. Haltet sie gut warm.*

„Ich werde sie sofort hinein tragen!", rief Sir Patrick mit kratziger Stimme, den Korb sanft aufnehmend. Lady Mo folgte ihm, um sich um die junge Brut, den Grundstein für ihr neues Volk, kümmern zu können.

„Nun, Schwesterchen, jetzt wisst Ihr, was ich mit Ritter Benjamin in der magischen Grotte gemacht habe", wandte sich Tessa lachend an Lady Shona. „Und noch besser, Sir Cedric hat erst im Land der Wasserdrachen davon erfahren, dass sein Vater auch die Finger mit im Spiel hatte."

„Wenn Ihr gerade dabei seid, Geheimnisse zu lüften, erklärt uns doch endlich, wodurch sich Sir Cedric verwandelt hat, obwohl Ihr nur drei Tage im Nebelwald wart", bat Sir Timothy.

„Jetzt habe ich fast ein bisschen ein schlechtes Gewissen. Aber nur ein bisschen. Er war, als Ihr in den Wald kamt, gerade zum Drachen geworden. Ihr, mein Vater und meine Mutter hattet also vollkommen richtig getippt, dass es einen neuen Drachen gab. Ihr könnt Euch aber auch denken, warum wir diese Information für uns behalten wollten, solange es ging. So haben wir alles auf meine Energien geschoben."

„Damit jetzt auch alle wissen, worüber wir sprechen", rief Sir Timothy in die Menge, „Lady Tessa ist die wiedergeborene Lady Lilian Greyham of Dragonforest, die Urmutter unseres Clans."

Es wurde schlagartig still. „Deshalb also die unglaubliche Ähnlichkeit", erklang es sehr zufrieden von weit hinten. Die Drachen öffneten eine Gasse, um die rothaarige Fremde durchzulassen.

Lady Tessas Augen nahmen einen milden Smaragdschimmer an: „Ihr habt damals so um mich geweint, dass ich es für richtig hielt, mit Sir Cedric zu kommen und Euch aus dem Turmzimmer zu befreien. Sollte es unser König wirklich als Hochverrat ansehen, werde ich ihn persönlich in die Grotte der toten Drachen zerren und die Seelen der verstorbenen Clanmitglieder über ihn richten lassen!" Ihre Augen sandten nun durchdringende smaragdgrüne Blitze aus, die einige erschreckt zusammenzucken ließ. „Woher die Farbe meiner Augen kommt? Ich habe mich mit Großvater Emerald beraten, der einen großen Anteil daran hat, dass wir die Dracheneier bekommen haben. Nun wird er endlich Ruhe finden können."

Lady Faye hatte sich inzwischen zu ihrer Schwester Maya durchgedrängelt, die sie nun stumm an sich drückte.

„Ich glaube, ich bin ein bisschen abgeschweift", kicherte Tessa. „Als mein altes Ich im Nebelwald untrennbar mit dem neuen verschmolz, standen mir auch meine alten Hexenkräfte wieder zu Verfügung. Die sagten mir, dass man uns die Zeit im Wald nicht gönnen werde, und so habe ich Sir Cedric zuerst ein wenig altern lassen und dann mit Hilfe der beiden Drachenschuppen, die ihm von Sir Timothy und Sir Jim geschenkt worden waren, nachgeholfen, dass er ein Drache werden konnte. Liebe versetzt bekanntlich Berge."

„Das ist wahr, Lady Tessa, obwohl ich im Augenblick am liebsten Großmutter zu Euch sagen würde", seufzte Lady Maya. „Gebt mir bitte Kraft, damit Sir Vincent wieder er selber werden kann." Sie nahm das Gesicht ihres Gatten, der sie fast hätte umbringen lassen, in beide Hände und küsste ihn zärtlich.

Tessas Augen leuchteten intensiv grün auf, dann regte sich König Vincent, schaute sich um, als sei er soeben aus tiefem Schlaf erwacht und fragte Maya: „Seit wann habt Ihr rote Haare?"

„Seit Ihr es vorgezogen habt, mich und einige andere umbringen zu wollen", lautete die kurze Antwort.

Vincent erstarrte, doch die Reaktionen der anderen, zeigten, dass Lady Maya wahre Worte sprach. „Was ist das für ein Fest?", lautete seine nächste völlig erstaunte Frage, um dann festzustellen, dass er keine Ahnung habe, wie er hierher gekommen sei.

Sir Patricks Knechte waren noch immer dabei, Sitzgelegenheiten für die vielen Gäste zu beschaffen, in der Küche wirbelte das Personal und Mägde gingen mit Weinkrügen herum.

Sir Timothy bat um Ruhe und begann, für alle zu erklären, was sich auf den beiden letzten Besuchen in der Königsburg zugetragen hatte. „Wir mussten

Euch entführen, Sire, damit man Euch nicht zugrunde richtet", beendete er seinen Bericht.

König Vincent hatte immer wieder ungläubig mit dem Kopf geschüttelt. Er konnte sich beim besten Willen weder erinnern, was mit Lady Maya geschehen war, noch, dass er die Ritter Ian und Cedric auf Jahre praktisch vom Hof verbannt hatte, indem er sie auf eine sinnlose Reise geschickt hatte, welche ihm missgünstige rangniedere Ritter eingeflüstert hatten.

Tessa ergriff das Wort. „Ich habe dafür gesorgt, dass wir sowohl dem Befehl unseres Königs folgten, als auch, der Order einen Sinn zu geben, indem wir nach Hilfe für Lady Mo gesucht haben. In wenigen Tagen wird Lady Mo wieder über ein winziges Volk gebieten, das unter unserem Schutz gute Chancen hat, in Frieden zu gedeihen."

Sie blinzelte Königin Maya fröhlich zu. „Vorher war ich aber so frei, die Gitter am Turmzimmer der Königsburg demolieren zu lassen, um meiner eigenen Königin das Leben zu retten. Wenn Ihr dann schon mal Mörtel einrühren lasst, um den Schaden zu reparieren, lasst doch gleich die Drachenkratzspuren an der Wand mit ausbessern." Unter dem Gelächter der Clanmitglieder über den letzten Satz nahm Lady Tessa wieder ihren Platz neben Sir Cedric ein.

Der nutzte die günstige Gelegenheit: „Weil wir gerade alle so schön beieinander sitzen und auch wirklich keiner fehlt, möchte ich zu meiner Hochzeit auf Burg Kuckuckstein einladen. In zwei Wochen?" Er schaute Tessa fragend an.

„Jaaaaaa, in zwei Wochen!", jubelte die, fiel ihrem Ritter völlig undamenhaft um den Hals und erklärte laut: „Ich darf das. Ich bin nämlich noch nicht mal drei Jahre alt."

Lady Fran blinzelte, Sir Jim hob lustig die Schultern und Sir Timothy meinte: „Er ist zumindest genau der Richtige, um einen Sack Flöhe im Zaum halten zu können." Dann zog er scherzhaft den Kopf ein, als erwarte er den Angriff der streitbaren Lady. „Ich darf das sagen, eben weil Ihr noch nicht mal drei Jahre alt seid."

Shona zog Caitlin am Arm hinter sich her. „Kaum zu glauben, dass Ihr mein Zwilling seid! Wenn Ihr unsere kleine Schwester wirklich kennenlernen wollt, müsst Ihr auch zu ihr hingehen! Sie beißt nicht. Im Normalfall jedenfalls nicht. Wobei es bei ihr eigentlich keine Normalfälle gibt."

Tessa lachte herzlich und reichte Caitlin beide Hände. „Keine Sorge, heute bin ich fast handzahm. Es ist wundervoll, zwei große Schwestern zu haben. Kommt mit, wir schauen nach Lady Mo!"

Arm in Arm liefen die drei ins Haus, wo sie baten, vorgelassen zu werden. Mo kam persönlich an die Tür, um die Schwestern zum Nest neben dem Kamin zu führen. Sie hatte die Eier mitsamt den Blättern auf ein großes Samtkissen gelegt, damit sie nicht wegrollen konnten, wenn sie sich mit ihrem ganzen Körper darum ringelte. Auch jetzt prüfte sie alle paar Sekunden mit der Zunge die Temperatur der Schalen.

Ich bin so glücklich, strahlte sie. *Die Kleinen rufen schon nach mir und antworten, wenn ich ihnen etwas vorsinge.*

Tessa lächelte zufrieden. *Ich habe sie ausschließlich warm gehalten, um sie nicht auf mich zu prägen. Ich bin hocherfreut, dass sie Euch als Mama ansehen.*

Ich kann auch die Stimmen in den Eiern hören, hauchte Caitlin entzückt.

Lady Mo nickte begeistert.

Sir Patrick kam herein, um ebenfalls nach Lady Mo und den Eiern zu schauen. Er durfte gleich die ehrenvolle Aufgabe der Brutpflege übernehmen, weil Mo dringend für ein paar Minuten ins Wasser musste, um nicht auszutrocknen.

Lady Tessa berichtete, wie das Nest im Urwald ausgesehen hatte und dass die Kleinen sich dort völlig selbst überlassen waren, wodurch es in manchen Jahren bestimmt gar keinen Nachwuchs gab, weil Räuber die Eier fraßen. „Sicher werden die Kleinen nach dem Schlüpfen gleich das rettende Meer aufsuchen wollen, wie es die Vorfahren seit Jahrhunderten getan haben."

„Oh je! Ihr habt recht! Na, wir werden schon eine Lösung finden." Sir Patrick bat Tessa, die Eier zu wärmen, weil er sich hätte verwandeln müssen.

Lady Mo lugte aus dem Wasser und nickte verständnisvoll. Außer Lady Tessa hätte sie nur noch die Ritter Cedric und Ian an ihren wertvollen Schatz gelassen.

Wieder draußen, seufzte Tessa: „Nun müssen es nur noch Männlein und Weiblein sein, dann wäre es perfekt und mein Vater, sowie Sir Cedric endlich gewiss, dass man sie in Ruhe lässt. Aber das sind Dinge, aus denen ich mich heraushalten werde."

„Mich bewegt eine ganz andere Frage", gab Caitlin zu. „Werden es denn die Schneider in zwei Wochen schaffen, ein Brautkleid zu nähen?"

Tessa lachte hellauf. „Wenn nicht, dann heirate ich im Harnisch oder gleich in Drachengestalt. Das wäre wirklich mal was Neues im Clan."

„Wenn das Euer Wunsch sein sollte, schlage ich ihn Euch nicht ab, mit allen Konsequenzen", hörte sie Sir Cedric hinter sich sagen.

Sie drehte sich um und schaute in zwei Augen, die das Gleiche erklärten. Sie nickte und verkündete: „Dann ist es beschlossen. Wir werden mit dem Drachentanz den Bund fürs Leben schließen."

Faye und Sir Elliot wechselten einen langen innigen Blick. Sie waren die Einzigen im Clan, die lange vor ihrer Hochzeit einen leicht abgewandelten Drachentanz zelebriert hatten, weil Elliot da noch nicht ahnte, sich verwandeln zu können. Seitdem wussten sie ganz genau, dass sie füreinander bestimmt waren. Tessa und Cedric schien auch so nichts trennen zu können und jeder der beiden hatte für den anderen schon Kopf und Kragen riskiert.

Viele hatten schon vom Drachentanz gehört und gelesen, aber keiner ihn mit eigenen Augen gesehen. Man würde noch in vielen hundert Jahren von der Hochzeit sprechen, so viel stand fest.

König Vincent hatte sich inzwischen mit den ranghöchsten Rittern beraten, und ihnen aufs Herzlichste gedankt, ihm die Herrschaft erhalten zu haben. „Ich habe einen Entschluss gefasst. Noch heute werde ich die Drachengrotte in Burg Blackstone aufsuchen." Beifälliges Murmeln quittierte die Ankündigung. „Sir Ian wird Anstelle von Sir Patrick, der mich begleiten soll, mit seinem Leben Lady Mo und die Kleinen schützen. Hat noch jemand einen Wunsch oder Fragen, ehe wir fliegen?"

Sir Benjamin fasste sich ein Herz. „Ich, Sire, habe eine Bitte. Ich möchte von Euch das Braurecht erwerben."

„Lasst mich nachdenken ..." Sir Vincent bat Sir Patrick um Pergament und Siegelwachs, und tuschelte mit Sir Timothy, so dass es Sir Benjamin nicht hören konnte.

Lady Anne biss sich auf die Unterlippe, Lady Maya hielt den Atem an. Da begann der König auch schon zu schreiben, drückte sein Siegel auf, überflog noch einmal den Text und gab bekannt: „Hiermit schenke ich Euch das Recht, Bier zu brauen. Euer Sohn hat mit seiner Braut die Königin gerettet und Ihr habt sie vor Häschern versteckt und für sie gesorgt. Das Braurecht ist das Mindeste, was Ihr verdient habt!" Er reichte Sir Benjamin den Bogen. Ritter Benjamin verneigte sich bis zum Boden vor dem Königspaar.

„Habt Ihr denn schon einen Brauer?", wollte der König wissen.

„Noch nicht." Ritter Benjamin erzählte ihm die Geschichte, wie er überhaupt auf das Brauen gekommen war.

„Da werde ich wohl ein klein wenig nachhelfen", schmunzelte Sir Vincent und fertigte noch ein gesiegeltes Schriftstück aus. „Holt Euch Euren Brauer! Wenn er sein Handwerk versteht, werdet Ihr Hoflieferant werden."

Lady Maya nickte erfreut. Ja, das war die richtige Entlohnung für wirklich treue Dienste. Sie verabschiedete sich von den Greifensteinern besonders herzlich, bei denen sie sich sehr wohlgefühlt hatte.

Sir Andrew, mit allen Vollmachten seines Bruders versehen, trug Lady Maya zurück zur Königsburg, um dort im Auftrag des Königs mit harter Hand die alten Regeln wiederherzustellen. Einige hatten sich bereits aus dem Staub gemacht, als die Drachenritter den König aus der Burg holten, die restlichen Möchtegernberater zogen es vor, nun ihr Heil in der Flucht zu suchen. Der Hauptmann der Wache atmete auf. Die Nachricht verbreitete sich wie ein Lauffeuer und noch vor Einbruch der Nacht kamen vier Ritter, die dem Königspaar stets die Treue gehalten hatten, zurück, um wieder Dienst für den König zu tun. Sir Andrew gab ihnen die alten Ränge und Würden zurück.

Lady Maya fühlte sich gleich etwas wohler, bekannte und geschätzte Gesichter wiederzusehen. Einer der Herren bezog mit den üblichen Burgwächtern Posten vor ihren Gemächern, damit die Königin sicher und geborgen schlafen konnte.

Andrew verhörte bis in die Morgenstunden die Dienerschaft, um herauszufinden, welche Herren die treibenden Keile gewesen waren, sich des Königs und seiner Gemahlin zu entledigen. Keiner wusste alles, aber jeder ein bisschen. Sir Andrew notierte, verglich und konnte sich rasch den Rest selbst zusammenreimen.

Eine Nebenlinie Alberichs, gegen den man vor vielen Jahren gekämpft hatte, hatte die Regentschaft im Königreich hinter dem Dunkelwald übernommen und von daher stammten die meisten der plötzlich aufgetauchten Ritter. Sie waren auch nicht allein gekommen – in ihrem Schlepptau erschien ein Kräuterweib auf der Burg, das Speisen und Tränke des Königs mit Pülverchen versah, die ihn fast willenlos machten. Wohin die alte Vettel verschwunden war, konnte keiner sagen, aber man vermutete, sie sei zur Burg Wolkenfels geflohen, wo jene Drachenfamilie hauste, die dem König nicht wohlgesonnen war.

Sir Andrew beschloss, mit Lady Tessa darüber zu sprechen, der einzigen Dame im Clan, welcher gigantische Zauberkräfte zur Verfügung standen. Sie würde ihm sicher guten Rat geben können. „Es kann kein Zufall sein, dass sie gerade jetzt wiedergeboren ist."

Lady Maya nickte. Tief im Inneren sah sie Lady Tessa als ihre Großmutter Lilian, an der sie sehr gehangen hatte und für die sie alles tun werde. Es fühlte sich so gut an, die uralte Magie wieder spüren zu können. Was mochte sich wohl gerade in der Drachenhöhle abspielen?

Geschichte und Geschichten

Drei Drachen waren zu den Versammelten vor Sir Patricks Wasserburg gekommen und drei Drachen bewegten sich nun von ihnen weg. Sir Patrick, der Seher, hatte darauf bestanden, Ritter Cedric zur Drachenhöhle mitzunehmen. So strebten die beiden im Gefolge des Königs der alten Burg Blackstone zu.

Die Kuckucksteiner und die Smaragddrachen wechselten zufriedene Blicke. Mit Sir Cedric hatte es einen getroffen, der würdig war, das alte Heiligtum zu besuchen. Tessa lächelte seitdem still in sich hinein. Ihr zukünftiger Gatte werde ganz sicher sämtliche Chancen am Schopf packen.

Lady Faye packte auch eine Gelegenheit bei den Hörnern, die bestimmt so schnell nicht wiederkam, sie hakte Lady Tessa unter, um mit ihr ein Stück die Steilküste entlang zu schlendern und sie dabei ein bisschen zu testen. Spätestens nach der Frage nach der Farbe ihrer Lieblingsrosen, war auch sie überzeugt, ihre Großmutter leibhaftig vor sich zu haben, denn Tessa hatte geantwortet: „Euer ist der dunkelrote Strauch. Der im zarten Rosa gehört Lady Maya. Hättet Ihr damals nicht Euern ersten Drachenzauber getan, der Mayas Rose rettete, wäre Eure Schwester wohl an Schwermut vergangen."

„Das steht nicht mal in den Chroniken", hauchte Faye, Tessa schluchzend um den Hals fallend. „Scheltet mich nicht, wenn ich Euch vielleicht doch versehentlich Großmutter nenne!"

„Aber nicht doch!" Tessa streichelte sanft Fayes Wange, wie sie es auch, als Lady Lilian, stets getan hatte. „Erst recht nicht, weil ich weiß, dass Ihr das erste Wesen wart, das meiner Mutter Wärme und Zuwendung entgegenbrachte, die sie nie gespürt hatte. Weder sie noch ich vergessen so etwas."

Lady Fran und Sir Jim beobachteten beide neugierig.

„Sie genießt es offensichtlich, ihre Großmutter wiederzuhaben", schmunzelte Sir Elliot.

„Das gönne ich ihr von ganzem Herzen", freute sich Fran. „Ihr wisst ja, wie dankbar ich Eurer Gemahlin bin und immer sein werde."

Inzwischen hatten der König und seine Begleiter Blackstone erreicht. Die Rosen am Turm öffneten die ersten Blüten und der legendäre Duft ließ sich schon erahnen. Die drei verwandelten sich zurück und Sir Patrick übernahm die Führung, wobei er jedem eine Fackel in die Hand drückte, um die Finsternis zu erhellen. Dann geschah das, was er erhofft hatte – Sir Cedric berichtete dem König, was sich beim ersten Besuch der Menschen in der wiederentdeckten Grotte zugetragen hatte. Hier, am Ort des Geschehens, hatte das auf Sir Vincent eine völlig andere Wirkung, als die Chroniken des Clans auf dem Papier zu studieren.

Obwohl die Skelette und Mumien nicht mehr existierten, konnte er ihre Umrisse sehen und der fettige Rußteppich, der die ganze Höhle überzog, erinnerte ihn an die verheerende Feuerkraft einiger weniger Drachen im Clan, die meist weiblich waren. Eben Drachenmütter, die für ihre Liebsten über sich hinaus wuchsen.

Sir Vincent leuchtete mit der Fackel, soweit es ging, in die Grotte, hockte sich an den Rand des Abgrunds und strich mit dem linken Zeigefinger über den rußig-schwarzen Stein. „Unglaublich, so frisch, als sei es gestern erst geschehen", flüsterte er, den Ruß zwischen den Fingerspitzen reibend.

„Und vermutlich genau so magisch, wie damals", sagte Sir Cedric leise, als die Rußpartikel von des Königs Hand aufgesogen wurden. „Möge Euch der Geist des uralten Geschlechts beseelen, wie Euren Vater!"

Sir Patrick warf ihm einen dankbaren Blick zu.

„Was ist das für ein Geräusch?", fragte Sir Vincent, als ein lautes, gleichmäßiges Pochen ertönte.

„Euer Herzschlag, Sire", erklärte Cedric. „Mein Wunsch scheint sich zu erfüllen. Ihr seid der Sohn eines wahrhaft legendären Königs. Ihr seid selber eine Legende und ein König, umgeben von den stärksten Drachen, die es je gab."

„Ich glaube, einer von denen steht genau hinter mir", blinzelte Sir Vincent und Sir Patrick nickte.

„Ich danke Euch von Herzen, Sire", stammelte Ritter Cedric ergriffen, denn der Besuch in der Grotte ging nicht spurlos an ihm vorüber. Er konnte die alte Magie fühlen, sie prickelte in seinen Adern und jagte ihm wohltuende Schauer über die Haut.

Als sie die Grotte schließlich verließen, schaute ihn Sir Vincent von der Seite an. „Eure Augen leuchten blau. Das habe ich bei einem zum Drachen gewordenen Menschen auch noch nicht gesehen."

„Davon steht auch nichts in den Annalen", staunte Cedric.

Beim Abschied klopfte ihm der König auf die Schulter. „Es war gut, dass ich auf Sir Patrick gehört habe. Ich habe übrigens auch einen Vorschlag für Euch: Begleitet Euren Vater, um den Brauer abzuholen. Ihr könnt doch zwei Männer tragen, oder irre ich mich?"

„Ihr irrt Euch nicht, mein König. Ich werde Euer Ansinnen mit Vergnügen in die Tat umsetzen."

Alle drei begaben sich gleichzeitig auf den Weg nach Hause, in drei verschiedene Richtungen. Drache Cedric wurde von seiner Liebsten und deren Familie wie ein siegreicher Feldherr empfangen. Sie akzeptierten aber auch, dass er vor Müdigkeit nicht einmal etwas essen wollte, stattdessen lieber sofort zu Bett ging. Natürlich nicht, ohne Tessa einen zärtlichen Kuss auf die Stirn zu hauchen.

„Für die Hochzeit können wir auch morgen noch konspirieren", lachte Sir Jim. „Es war heute sowieso viel zu viel Aufregung, um auch nur noch einen klaren Gedanken zu fassen."

Sir Patrick eilte, kaum gelandet, zum Nest neben dem Kamin und löste Sir Ian ab, der auch sofort nach Hause flog. Der König hatte den weitesten Weg. Als er im Morgengrauen die Burg erreichte, brütete Sir Andrew noch über den Aufzeichnungen der Befragungen, zog sich aber in sein Gemach zurück, als Vincent signalisierte, dass alles in Ordnung, er nur sehr müde sei.

Lady Tessa machte auf dem Weg zu ihren Gemächern eine interessante Entdeckung: Ihre Augen konnten sowohl grün als auch blau leuchten. Wobei das Grüne ausschließlich der Familie vorbehalten schien, zu welcher sie, außer ihrem Liebsten, auch ihre Halbschwestern zählte, sowie die Enkelinnen Faye und Maya aus ihrem ersten Leben. Beim Gedanken an andere Drachen wechselte der Schein sofort die Farbe. „Wer weiß, wozu es gut ist", murmelte sie, sich unter die Bettdecke kuschelnd.

In dieser Nacht träumte sie von Großvater Emerald. Sie sah ihn als riesigen smaragdgrünen Drachen auf der Spitze seines Grabmals hocken. Bei jeder Bewegung funkelten seine Schuppen, als bestünden sie aus Smaragdkristallen. Die Traumsequenz endete, als alles gleißend gelb und feuerrot wurde.

Die Herren Cedric und Jim trafen morgens am Brunnen aufeinander, wo sie sich vor dem Morgentraining waschen wollten. Doch sollte es völlig anders kommen ...

„Drachenschwingen?", fragte Sir Jim erstaunt, als lautes Rauschen erklang.

„Zu dieser frühen Stunde?", staunte Ritter Cedric.

Da rief auch schon Lady Fran aus dem Fenster: „Sir Patrick steht vor dem Tor!"

Cedric beeilte sich, den edlen Herrn der Wasserburg hereinzulassen und herzlich zu begrüßen. „Warum seid Ihr nicht einfach im Hof gelandet?"

„Ich wollte zu so früher Stunde nicht für Chaos sorgen", erwiderte er lächelnd.

Der Koch bekam in der Tat einen gewaltigen Schreck, als Lady Tessa in die Küche huschte, ihm ein Kräutersäckchen in die Hand drückend. „Brühe uns davon den Morgentrank!" Schon war sie wieder verschwunden.

„Wie geht es Lady Mo und den Kleinen?", fragten alle gleichzeitig, als Sir Patrick platzgenommen hatte.

„Ausgezeichnet! Ein Ei bewegt sich. Das Kleine wird wohl heute schlüpfen. Lady Mo hat den Zugang zum Meer mit einem provisorischen Tor verschlossen, damit uns niemand verlorengeht."

„Obwohl das wundervolle Nachrichten sind, ist das doch sicher nicht der Grund, aus dem Ihr hier seid", mutmaßte Sir Jim.

Sir Patrick schloss für einen Moment die Augen. „Es wird Krieg geben", sagte er kurz.

„Das wollte mir Großvater also mitteilen", murmelte Tessa halblaut und wunderte sich, dass alle sie erstaunt anschauten.

Genau in diesem Moment landete der nächste Drache im Hof. Sir Timothy, der große Augen bekam, den Herrn der Wasserburg zu so früher Stunde hier anzutreffen.

„Und welcher Wind weht Euch her?", fragte Sir Jim beunruhigt, gleich bei der Begrüßung.

„Schlimme Vorahnungen."

„Ich hätte es mir denken können, denn vor wenigen Augenblicken ist Sir Patrick gelandet", seufzte Sir Jim.

„Er und Lady Tessa sind auch deshalb schon so zeitig auf dem Plan", erklärte Lady Fran.

„Wartet bitte einen Moment, darüber zu sprechen", schlug Lady Tessa vor. „Ich habe einen besonderen Trank bereiten lassen, den erst alle zu sich nehmen sollten."

„Wie Ihr wünscht, Mylady." Sir Timothy war neugierig, was dann wohl geschehen werde.

Bis dahin sprachen sie über die bevorstehende Hochzeit, um den Tag doch noch mit etwas Schönem zu beginnen.

Der Koch brachte persönlich den Kessel mit Kräutersud herein.

„Hast du gekostet?", fragte Tessa.

Er schüttelte den Kopf und wehrte wild mit den Händen ab. „Ich werde mich doch nicht durch solch eine Dummheit um meinen Posten bringen!" Er fasste in die Tasche. „Hier ist der leere Beutel, damit die Küchenjungen kein Schindluder damit treiben."

Sie schenkte ihm dankbar eine Silbermünze, welche er freudestrahlend entgegennahm, um sofort wieder zur Küche zu eilen.

„Guter Mann!" Timothy nickte anerkennend.

„Sonst hätte er die Kräutermischung nicht mal anfassen dürfen", schmunzelte Tessa, die Becher eigenhändig füllend.

Der blumige, nicht unangenehme Duft erinnerte Fran an den Nebelwald und Tessa bestätigte, die Kräuter von da mitgebracht zu haben. Sie erklärte auch sofort, dass man die Gedanken direkt auf die bevorstehende Gefahr richten möge, um zu erfahren, woher sie komme.

Sir Patrick, der in die Zukunft schauen konnte, gelang das sofort. Seine Ahnungen manifestierten sich in Bildern, welche die anderen sehen konnten. Im Dampf, der aus dem Kesselchen aufstieg, ritt ein Heer gegen die Königsburg an, ein zweites, kleineres gegen die Smaragdburg. „Das ist das Banner König Bertrams, des Urenkels König Alberichs", erkannte Sir Timothy sofort.

„Nun zeige ich Euch, was ich heute Nacht gesehen habe", wisperte Lady Tessa, ihr Gesicht direkt über ihren Becher haltend. „Die Smaragdburg wird nicht fallen, genau so wenig wie die Königsburg. Das schwöre ich!"

Fran legte sofort die linke Hand auf die ihrer Tochter und auch die Ritter folgten ihrem Beispiel.

Das Dach bildete Sir Timothys Hand, des stärksten männlichen Drachens des Clans. „Das heißt auch, dass die Damen die Basis für unseren Sieg schaffen werden", erklärte er den Aufbau, der spontan entstandenen Struktur.

Tessa hob den Kopf. „Auf Whitecastle muss es noch meine alte siegreiche Rüstung geben. Die möchte ich haben!"

„Ich werde sie Euch persönlich bringen!", versprach Sir Timothy. „Auf meinem Flug werde ich die Ritter des Reiches gleich auf den bevorstehenden Kampf einschwören. Es könnte also sein, dass ich erst kurz vor Eurer Hochzeit wieder da bin." Er flog auch sofort los, stoppte kurz zu Hause, um Frau und Sohn zu informieren, dann suchte er Burg für Burg die *Drachennester* auf, wie es auch die Kuckucksteiner Damen stets liebevoll ausdrückten.

Sir Cedric benachrichtigte sofort seinen Vater über den Krieg und wiederholte die Worte des Königs, bezüglich des Brauers. Dann forderte er ihn auf: „Steigt auf, holen wir uns, was Euch der König zugedacht hat!"

Ritter Benjamin legte nur einen Brustharnisch an. Lady Anne brachte lächelnd den Helm mit dem grünen Kristall und einen Umhang in den Farben des Königs mit dem Wappen der Kuckucksburg.

„Genau richtig!", schmunzelte Cedric und verwandelte sich.

Nicht mal eine halbe Stunde später schauten die Mägde und Knechte des Landsitzes des Vetters zu, wie ein gigantischer rotbrauner Drache das Anwesen umkreiste, um mitten im Hof niederzugehen. Den Vetter selber kam das Zittern an. Er recht, als er kapierte, wer da gerade auf dem Rücken des Drachens erschienen war. Unterwürfig näherte er sich den beiden Männern, mit großen Augen den smaragdgeschmückten Helm betrachtend.

Sir Benjamin zog das Pergament hervor. „Befehl des Königs!"

Mit bebenden Händen rollte es der Vetter auf, las es drei Mal, betastete das Siegel und schickte einen Laufburschen zum Gesindehaus. Augenblicke später hinkte ein zerlumpter Mann heran, dem der Wind fast ungehindert durch die Rippen fuhr.

Benjamin steckte das Schreiben wieder ein, betrachtete den Dahinsiechenden beunruhigt und erklärte ihm: „Du bist frei, das ist der Wille unseres Königs. Wir werden dich sofort mitnehmen."

Da hockte auch schon der Drache mitten auf dem Hof, ließ Sir Benjamin aufsteigen und fasste nach dem Brauer, der einen Schock erlitt und fast in Ohnmacht fiel. Ganz ähnlich erging es dem Vetter, der froh war, dass der König nur einen lausigen Leibeigenen hatte holen lassen. Die Tatsache, Cedric als Drache gesehen zu haben, drang erst Tage später wirklich in sein Bewusstsein und sorgte für einen erneuten Zitteranfall, genau wie die Ankündigung, dass es Krieg geben werde.

Im Überflug von Kuckuckstein bat Cedric um Hilfe: „Lady Tessa, wir brauchen Euer Heilwissen!"

Sofort stieg der schwarze Drache auf, einen großen Beutel voller Salben und Kräuter in den Krallen. „Ach herrje! Hier hilft nur ein Bad, um zu erkennen, was Schmutz und was verschorfte Wunden sind!", rief die Lady entsetzt aus. „Ich war der Überzeugung, Folterkammern seien seit König William verboten worden!"

Sir Benjamin schüttelte mit finsterem Blick den Kopf. „So sehen die Leibeigenen meines Vetters aus, wenn er sein Mütchen an ihnen kühlt. Er lässt sie aus Spaß leiden, so wie er meinem Sohn stets das Leben vergällt hat. Die einen lässt er fast zu Tode hungern, die anderen verletzt er mit Worten."

Tessa knirschte mit den Zähnen, während sie Kräuter für das Bad heraussuchte. Ein Knecht holte heißes Wasser, eine Magd brachte frische Kleidung und bereitete eine Schlafstatt in einem separaten Zimmerchen im Gesindehaus vor. Lady Anne nahm ein Kräuterbündel entgegen, aus dem sie eigenhändig einen Sud bereitete, den der Neuankömmling trinken sollte, um wieder auf die Beine zu kommen. Sie ließ eine ganze Kanne voll neben das Bett stellen.

Cedric und Benjamin entkleideten den völlig apathischen Mann, setzten ihn vorsichtig in den Badezuber, wo endlich wieder Leben in die trüben Augen kam. Ganz langsam drang auch in sein Bewusstsein, dass sich vier sehr hohe Herrschaften um sein Wohlbefinden kümmerten, wie die erlesene Kleidung zeigte. Die Anwesenheit der jungen Lady trieb ihm die Schamröte ins Gesicht.

„Wenn du gesund werden willst, wirst du mich ertragen müssen", schmunzelte Lady Tessa. „Wärst du ein Pferd, hätte ich dir nämlich schon den Gnadenstoß gegeben."

Nur die Augen des armen Teufels lachten herzlich über die Wortwahl der Dame. Wirklich zu lachen, hätte er sich niemals gewagt.

„Kommt noch", sagte sie wie nebenbei und ihm war klar, dass da jemand Gedanken lesen konnte.

Sir Cedric reichte ihm nach dem Abtrocknen ein Tuch, damit er die nötigste Blöße bedecken konnte, ehe Lady Tessa ans Werk ging. Die meisten Krusten waren, wie sie erwartet hatte, Schmutz gewesen. Ein paar Stellen salbte sie ein und legte Verbände an, ehe sie das Gros des Körpers kräftig mit Fichtennadeltinktur einrieb, um die Durchblutung auf Trab zu bekommen. Er durfte sich ankleiden, bekam in der Küche einen ansehnlichen Napf Eintopf, in dem, zu seiner hellen Freude, viele große Fleischbrocken schwammen. Etwas, das er schon seit Monaten nicht zu sehen, und schon gar nicht zu beißen bekommen hatte. Bei seinem alten Herrn gab es nur Wassersuppe und an Feiertagen ein paar Graupen darin.

„Heute hast du einen freien Tag. Nach dem Abendessen erfährst du, was du für mich zu tun hast", erklärte Sir Benjamin. „Wie heißt du eigentlich?"

„Ich heiße Alfrid, mein Herr. Ich schwöre, Euch stets treu zu dienen. Ihr habt mich aus dem schlimmsten Albtraum befreit, wofür ich Euch mein Leben lang dankbar sein werde."

Sir Benjamin winkte ein kleines Bürschlein heran. „Du wirst dich heute ein bisschen um Meister Alfrid kümmern und ab morgen seinem Wort gehorchen."

Der Kleine guckte genau so völlig verdattert aus der Wäsche, wie Alfrid, der glaubte, sich verhört zu haben. Als sie allein waren, meinte der Kleine, namens Matt, mit einem skeptischen Seitenblick: „Ich besorge dir erst mal einen Stock, damit du besser gehen kannst." Er wieselte davon und war im

Handumdrehen mit einem geraden, festen Ast, wieder da.

„Dankeschön. Ich glaube, wir beide werden gut miteinander auskommen. Was muss ich als Wichtigstes wissen?"

„Wo unser aller Dienstherr, Sir Jim, der gelbe Drache, wohnt." Er führte Alfrid an die Mauer. „Das da unten ist seine Burg. Kuckuckstein. Dort ist auch der Sohn unseres Verwalters, des Ritters Benjamin, im Dienst. Das war der braune Drache, der dich hierher getragen hat. Der schwarze Drache war Lady Tessa, die Tochter von Sir Jim und Lady Fran. Lady Fran war einmal die Königin unseres Reiches", erzählte der Kleine munter weiter. „Lady Tessa und Sir Cedric werden in ein paar Tagen heiraten, so heißt es."

„Du bist ja richtig gut informiert", staunte Alfrid.

„Aber sicher doch!", lachte Matt. „Wenn gefeiert wird, dann feiern nämlich alle. Da gibt es auch für uns besonders leckere Sachen. Und wer mir Gutes tut, das vergesse ich nicht, mag ich auch noch so klein sein. Lady Anne hat mich vor einem Jahr auf einem Jahrmarkt aufgelesen, wo ich um Essen bettelte, weil meine Eltern tot sind und mich die Verwandten einfach vor die Tür gesetzt haben. Du siehst übrigens auch aus, als hätten sich dich einfach davongejagt."

Alfrid musste lachen. „Es gefällt mir, dass du sagst, was du denkst. Für mich wäre es Glück gewesen, fortgejagt zu werden. Heute kam plötzlich Ritter Benjamin mit seinem wundervollen Drachensohn und hat mich auf Befehl des Königs befreit. Ich habe aber keine Ahnung, woher der König von mir weiß."

„Ich auch nicht", erklärte Matt. „Das wirst du aber bestimmt noch erfahren."

„Ganz bestimmt. Und du wirst der Erste sein, dem ich es verrate. Versprochen." Alfrid setzte sich ein wenig auf die Bank an der Mauer, weil es doch recht anstrengend war, so lange auf den Beinen zu bleiben. Er machte sich große Sorgen, die Erwartungen seines neuen Herrn nicht erfüllen zu können.

„Der verlangt nie was, das nicht zu machen wäre", tröstete ihn Matt. „Du hast doch mich. Wir schaffen das!"

„So soll es sein", sagte Alfrid feierlich. Der Kleine war einfach goldig. Bis zum Abend wusste er umfassend über das Burgleben Bescheid und sah dem Gespräch mit Ritter Benjamin etwas ruhiger entgegen. Zwischendurch suchte er immer wieder seine Kammer auf, weil der Trank in seiner Kanne ein wahres Lebenselixier sein musste, so gut fühlte er sich. Zum Abendbrot gab es für alle reichlich Eintopf mit Fleisch und eine Scheibe Brot zum Einbrocken oder Auftunken. Ein Koch, vier Wächter, drei Knechte und zwei Mägde gehörten zum Haus, außer Alfrids dienstbarem Geist. Je nachdem, wie viel Arbeit anfiel, kamen morgens mehrere Tagelöhner aus dem Dorf und gingen abends wieder nach Hause. Leibeigene gab es nicht.

Matt begleitete Alfrid zum Herrenhaus, blieb aber mit dessen Gehstock draußen, während Alfrid auf das „Tritt ein!", die Tür öffnete.

„Wie ich sehe, seid ihr beide schon ein eingespieltes Team", stellte Sir Benjamin mit einem Blick aus dem Fenster fest. „Setz dich! Da lässt sich besser reden. Ich habe gestern von unserem König das

Recht erbeten, Bier zu brauen", erklärte er ohne Umschweife. „Und ich denke, es dürfte in deinem Interesse sein, hier dafür zu sorgen, dass gebraut werden kann."

Das begeisterte Nicken quittierte er mit einem zufriedenen Lächeln.

„Morgen zeige ich dir die Quelle, deren Nutzung uns Sir Jim erlaubt. Wenn du gut bist, so hat der König verlauten lassen, werden wir zu Hoflieferanten aufsteigen. Also gib dir bitte Mühe und blamiere mich nicht. Ich habe es nämlich gestern gewagt, ihm von dir zu erzählen, und er war so gütig, mir ein Schreiben auszufertigen, das dir die Freiheit garantierte. Dabei hatte ich nicht mal Ahnung, wie schlecht man dich wirklich behandelte."

„Woher wisst ihr von mir?", staunte Alfrid.

Benjamin atmete tief ein. „Dein Peiniger ist ein Vetter von mir. Ein besonders missratener, wie ich jetzt weiß. Er hat einmal im Rausch geprahlt, einen Braumeister zu haben, nur mit dem Bier hapere es."

Alfrid fasste sich an die Stirn. „Ach! Jetzt verstehe ich. Es begann vor drei Jahren, als die Hitze meinen Brunnen austrocknen ließ. Ich durfte sein Wasser nutzen. Doch dann hat er mich mit überteuerten Preisen, auch für Hopfen und Malz, um mein Stück Land gebracht und am Ende um all meine Rechte. Sogar das Recht zu leben, hat er mir verweigert. Ich habe mich seit vielen Monden von Abfall und Wurzeln ernährt, um nicht Hungers zu sterben."

„Zahlen wir es ihm heim, durch einen Platz auf des Königs Lieferantenliste!", forderte Sir Benjamin.

„Ich bin dabei!" In Alfrids Augen brannte das Feuer, der Beste werden zu wollen.

Als Lady Tessa und Sir Cedric am späten Abend noch einmal nach Alfrid sehen wollten, staunten sie über die Willensenergie, die dieser trotz körperlicher Schwäche freisetzte. Lady Tessa ließ ihm noch ein Beutelchen Kräuter da und ein Näpfchen Salbe. Huldvoll lächelnd nahm sie seine vielen Freudenbeugungen entgegen. Fasziniert schaute er der Verwandlung der beiden zu, als sie wieder nach Hause aufbrachen.

Den Ausflug zur Quelle legten sie am nächsten Morgen zu Pferd zurück, denn Alfrid wäre nicht in der Lage gewesen, solch eine weite Strecke zu gehen. Matt half ihm dabei, hinter ihm aufzusteigen, wo sich Alfrid gut an Matt festhalten konnte.

„Das wundervollste Wasser, das ich je getrunken habe!", jubelte Alfrid. „Das Bier wird ganz sicher eines Königs würdig sein!" Auch die Plätze, um den Hopfen und das Getreide zum Mälzen anzubauen, hieß er sehr gut. Zuletzt begutachtete er das noch leere Gebäude, in welchem er arbeiten sollte. Die Wunschliste benötigter Dinge übergab er Sir Benjamin, der nun die Gelder planen musste, um alles zu bekommen.

Der Ritter machte sich aber auch den Spaß, sofort etwas Hopfen und Hefe bei einem Händler zu kaufen, damit sich Alfrid rasch wieder ins Handwerk finden konnte.

Kaum stand der Sack auf dem Hof, rannte Matt davon, um ein paar Scheffel Gerste zu holen und mehrere Eimer Wasser zum zukünftigen Brauhaus zu tragen. „Wir machen Malz!", verkündete er seinem Herrn stolz.

Dann musste einer der Knechte beim Rühren helfen, weil Matt zu klein war und sich Alfrid ohne seinen Stock noch nicht mal wirklich auf den Beinen halten konnte.

Start mit Schwierigkeiten

In den Trubel platzte Sir Patricks Nachricht, dass am Morgen ein roter Jungdrache geschlüpft sei. So machte sich alles auf den Weg, was selber Flügel hatte, um den Kleinen herzlich willkommen zu heißen.

Die Kuckucksteiner kamen als erste Gratulanten und wurden Zeugen, wie auch die drei anderen aus den Eiern krochen. Und damit ging der Ärger los – die Kleinen versuchten, eine Hackordnung festzulegen, die leicht mit dem Tod hätte enden können, denn sie gingen aus Leibeskräften aufeinander los. Der Erstgeschlüpfte, Kräftigste hatte natürlich auch die besten Chancen, das zu überleben. Lady Mo war vollkommen ratlos, weil, kaum getrennt, die Kampfhähne wieder aufeinander einhackten, bis Blut spritzte.

„Schluss jetzt!", herrschte Lady Tessa die Jungdrachen mit finsterem Blick an.

Erschreckt fuhren die Kleinen auseinander und beäugten Lady Tessa, deren Aura sie sehr gut kannten. Tessa setzte sich auf den Sessel neben dem Nest und forderte die Kleinen auf, auf ihren Schoß zu klettern. Natürlich wollte jeder der Erste sein und so rangelten sie auch, als sie an ihrem Kleid nach oben krochen. Tessa schnappte sich jeden der 40 Zentimeter Winzlinge und setzte sie nebeneinander, um ihnen in die Augen sehen zu können. Dann ließ sie die eigenen Augen in hellem Blau aufstrahlen und flüsterte eine Beschwörung in einer fremden Sprache, als sei es das Normalste auf der ganzen Welt. Hypnotisiert vom blauen Schein, speicherten die kleinen Köpfe ab, was ihnen aufgetragen wurde.

Lady Tessa ließ das blaue Leuchten langsam abebben, dann stellte sie ein Baby nach dem anderen auf den Boden. „Nun sollte dauerhaft Ruhe herrschen, von den üblichen kleinen Reibereien zwischen Heranwachsen abgesehen. Sie werden sicher auf Mamas Worte parieren, weil sonst Tante Tessa kommt, und mit ihnen schimpft."

Die Erwachsenen hörten sie sagen: *Ich habe sie hierher gebracht und kann mich nicht aus der Verantwortung schleichen. Sie haben ja nur getan, was in ihrer Natur liegt. Nun hat Mama Mo beste Voraussetzungen, ihnen neue Werte einzupflanzen.*

Lady Mo nicke begeistert und sehr dankbar. Die Babys spielten friedlich miteinander im Wasser Fangen und prügelten sich auch nicht um den großen Fisch, den Sir Patrick neben den Kamin legte. Jeder suchte sich eine andere Stelle, um seine Zähne hinein zu schlagen und den Hunger zu stillen. Die plötzliche Vierfachmama Mo hatte trotzdem alle Krallen voll zu tun, die quirlige Bande zu beaufsichtigen. Die Gratulanten flogen deshalb auch ganz schnell wieder nach Hause, um Lady Mo die nötige Ruhe zu geben.

Auf Burg Kuckuckstein fanden sich bereits Spielleute ein, die zur Hochzeit musizieren wollten. Sie duften ihre kleinen Zelte am Rand der Wiese aufschlagen. Fliegende Händler eilten herbei, Mägde und Knechte, die von den Herren der umliegenden Burgen geschickt wurden, um die Kuckucksteiner zu unterstützen. Die Helfer von Greifenstein würden erst am Tag der Hochzeit kommen. Die vier, die zu Hause bleiben mussten, um die kleine Höhenburg zu schützen, wussten, dass sie nicht leer ausgehen würden.

Schon mancher hatte versucht, das Kleinod auf dem Felsen in seine Gewalt zu bringen, weil es doch nicht so schwer sein konnte, vier Männer zu überwältigen. Dumm nur, dass auf das Läuten der Alarmglocke jedes Mal sofort mehrere Drachen auftauchten, und dem Spuk ein jähes Ende bereiteten.

Zwei Tage vor der Hochzeit traf Sir Timothy ein, in den Krallen ein Paket, welches die komplette Rüstung Lady Lilians enthielt. Er wurde mit einem strahlenden Lächeln begrüßt.

Sir Timothy untersuchte den Plattenpanzer akribisch. „Unglaublich, dass sogar die Lederteile noch völlig intakt sind!"

Tessa hob neckisch eine Augenbraue.

Sir Jim sah das sehr wohl. „Ja, ich weiß, meine Liebe, nicht nur Euch selbst umgibt die Magie der alten Drachen. Es gilt übrigens noch immer, dass ich Euch eine Rüstung nach Maß anfertigen lassen will. Bisher war ja kaum eine Gelegenheit, das wirklich in Angriff zu nehmen."

„Angriff ist das Wort, auf das ich jetzt verweisen möchte", erwiderte Tessa. „Ich werde genau in dem hier vor mir liegenden Harnisch in den Kampf ziehen. Genauso, wie ich ihn morgen zu meiner Hochzeit tragen werde."

„Widerstand zwecklos", sagte Lady Fran resigniert. „Das einzige Zugeständnis, das sie macht, ist ein mit himmelblauer und smaragdgrüner Seide überzogener dünner Gambeson."

Am nächsten Morgen trafen auch der König und die anderen ranghohen Drachen mit ihren Gattinnen ein. Die bunte Zeltstadt wuchs, Banner wehten im Wind, Mägde begannen, die Burg und den Festplatz mit Blumengirlanden zu schmücken. Lady Maya erklärte, Burg Greifenstein besuchen zu wollen, und Sir Vincent schloss sich ihr an. Er war neugierig, ob Ritter Benjamin den Brauer schon zu sich geholt habe.

„Ein großer schwarzer und ein kleiner roter Drache kommen!", rief Matt ins Herrenhaus.

Lady Anne und Sir Benjamin eilten sofort auf den Hof, um die Gäste zu empfangen. Natürlich spähte auch das Gesinde nach den Drachen aus und im nächsten Moment war klar, dass der König persönlich gekommen war. Nach einer überaus herzlichen Begrüßung fragte der natürlich sofort nach dem Brauer.

„Er ist schon da." Sir Benjamin führte ihn zum Brauhaus, wo Meister Alfrid und sein Helfer Matt werkelten, die natürlich alles aus den Händen fallen ließen, um den hohen Gast zu begrüßen. Alfrid warf sich dem König zu Füßen und schwor ewige Treue, für das, was ihm Gutes widerfahren war.

„Was ist mit dir geschehen?", fragte Lady Maya, beunruhigt den noch immer knochigen Körper betrachtend.

Alfrid erzählte mit wenigen Worten, in welchem Zustand ihn Ritter Benjamin und Drache Cedric hierher gebracht hatten und dass ihm Lady Tessa eine Art Lebenselixier verabreicht hatte, durch welches er wohl überhaupt schon wieder in der Lage sei, zu arbeiten und ohne Stock zu gehen.

„Dann weiß ich doch, wen ich unter besondere Aufsicht stellen werde, wenn ich die Ritter zu den Waffen rufe", erklärte Sir Vincent. „Mal sehen, ob er dann noch Freude am Quälen hat, wenn er selbst das

Opfer ist. Du vergiss nicht, mir einen Probekrug von diesem allersten Bier bringen zu lassen."

„Ich werde es nicht vergessen!", strahlte Alfrid.

„Der König war hier!", hauchte Matt verzückt.

„Morgen kannst du ihn dann von Weitem sehen", erklärte Alfrid, sich eine Freudenträne aus dem Auge wischend. „Nicht einmal das gelingt jedem in seinem Leben."

Matt lugte durch den Türspalt, wo er der Verwandlung der beiden Drachen zusehen konnte. „Ich habe nicht gewusst, dass Lady Minna und Lady Maya, unsere Königin, ein und dieselbe Person sind."

Alfrid schaute Matt fragend an.

„Ach, das kannst du ja gar nicht wissen! Sie war eines Tages plötzlich da. Ritter Benjamin hat sie uns als Minna von Weißenstein vorgestellt. Sie sei eine hohe Adelsdame, hat er gesagt, und sie stets mit Schwert und Dolch begleitet, wenn sie überhaupt einmal das Haus verließ. Heute habe ich gesehen, dass sie sogar die höchste Dame im ganzen Land ist." Matt schaute sich um, ob jemand lauschen konnte, dann flüsterte er Alfrid zu: „Sie hat sich bestimmt vor irgendwem versteckt!"

„Das kann gut möglich sein, denn hier würde man wirklich zu allerletzt suchen", gab Alfrid zu, die Tür schließend, weil der Bieransatz nach Aufmerksamkeit verlangte.

Am Abend kam der gelbe Drache zu seinem Felsennest, um ein lecker duftendes Spanferkel zu bringen und letzte Anweisungen für den Morgen auszugeben. „Wie geht das Brauen voran?", fragte auch er.

„Sehr gut, mein Herr!", erklärte Alfrid mit zufriedener Stimme.

Ritter Benjamin lachte: „Ihr könnt den Anstich wohl kaum noch erwarten?"

„Erwischt!", kicherte Sir Jim. „Ich schätze, der König hat sich auch schon was reserviert."

„Genau so ist es!"

Drache Jim schwang sich wieder in den Himmel, denn in zwei Stunden sollte schon die Trauung sein. Ritter Benjamins Knechte spannten bereits die Pferde vor den Wagen, mit dem man hinunter ins Tal fahren wollte. Lady Tessa geisterte unruhig durch die Burg, erschreckte hin und wieder Wachen oder Mägde und steckte schließlich auch Lady Fran mit ihrer Unruhe an.

„Ihr sorgt Euch doch nicht etwa, dass Ritter Cedric kalte Füße bekommen könnte?", fragte Fran schließlich.

„Ganz bestimmt nicht", lächelte Tessa. „In mir ist ein Gefühl, wie vor einem schweren Unwetter. Ich kann die drückende Luft kaum atmen, weiß aber nicht, von welcher Seite das Gewitter kommt."

„Und das sagt Ihr? Die beste Wetterhexe, welche der Clan je hatte!" Fran schüttelte ungläubig den Kopf.

„Es war nur ein Vergleich", erklärte Tessa leise. „Ich befürchte, es wird mir ähnlich ergehen, wie meiner Tochter Mary-Ann."

„Oh, mein Gott!" Fran war augenblicklich im Klaren. Man hatte das junge Paar am Tag nach der Hochzeit auseinandergerissen, um Sir John in den Krieg um die Königsburg zu schicken. Die Damen Lilian und Mary-Ann, also Mutter und Tochter, hatten daraufhin ein zweites Heer zusammengestellt und in Drachengestalt den Krieg für den König entschieden. „Ja, ich weiß, wie sich die Bilder gleichen und im ähnlichen Fall auch gleichen werden", murmelte Lady Fran. Zudem hoffte sie inständig, dass Sir Cedric dauerhaft mit dieser merkwürdigen Mischung aus den Damen Tessa und Lilian klarkommen möge.

„Wird er, liebe Mutter, schließlich haben wir uns schon einige Wochen gemeinsam um die Ohren geschlagen, als wir am Ende der Welt waren. Da ging es bestimmt nicht so geordnet zu, wie auf einer Burg, und wir haben es gemeistert. Dabei wünsche ich mir doch nichts mehr, als Ruhe und Frieden für uns und den Clan."

„Deshalb seid Ihr ja sicher auch wiedergeboren, eben weil man uns beides missgönnt."

„Wird wohl so sein", orakelte Tessa, mit dem Anlegen ihres Harnischs beginnend, den sie am Ende unter einem gelben Umhang mit roten Säumen und dem Familienwappen der Kuckucksteiner verbarg.

Sir Cedric legte seinen besten Prunkharnisch an, der aber gleichzeitig die Beweglichkeit einer Kampfrüstung besaß, weil er aus Gliederplatten bestand. Für seine Tessa war ihm das Beste gerade gut genug. So kam es dann auch, als die beiden Elternpaare ihre Kinder zum Zeremonienort vor der Königstribüne begleiteten, dass Sir Vincent kaum die Augen von Cedrics Rüstung abwenden konnte. Der junge Ritter hatte nie mit seinen Erfolgen geprahlt und nun ahnten wohl alle, dass seine kleine Schatzkammer bestens gefüllt sein musste und er seiner zukünftigen Gattin ein wahrhaft standesgemäßes Leben ermöglichen konnte. Selbst die Drachen der Smaragdburg schüttelten beeindruckt die Köpfe.

In einer ergreifenden Zeremonie wurden Lady Tessa und Sir Cedric getraut. Sie wechselten die Ringe. Lady Tessa bestaunte den riesigen Aquamarin an ihrem Finger, der so klar war, wie sie noch keinen gesehen hatte.

Cedric zog einen Samtbeutel hervor. Mit den Worten: „Eines meiner Geschenke sollt Ihr sofort bekommen", legte er ihr ein breites goldenes Collier an, welches, über und über, genau die gleichen reinen Steine zierten, deren Kleinste die Größe einer Kirsche hatten.

Alle reckten die Hälse, um das in der Sonne funkelnde Kleinod zu erspähen. Dann bemerkten sie verwundert, dass das frischvermählte Paar auseinanderging, statt gemeinsam am Tisch platzzunehmen. Es wurde still. Selbst der Wind schien sich davongemacht zu haben. Beide erreichten gleichzeitig die sich gegenüberliegenden Enden des Festplatzes. Ein kurzes Nicken, schon hockten zwei Giganten vor den Gästen.

Lady Fran fasste aufgeregt nach Sir Jims Arm. „Seht Ihr das? Jede Schuppe unserer Tochter trägt plötzlich einen funkelnden aquamarinblauen Rand!"

Sir Jim nickte begeistert. „Ich ahne, welch grandioses Schauspiel uns gleich erwartet."

Mit einem einzigen mächtigen Flügelschlag hob jeder Drache ab. Wer die Anweisung ignoriert hatte, die Enden des Platzes zu meiden, wurde wie eine Strohpuppe durch die Luft gewirbelt. Und deren waren nicht wenige. Senkrecht stiegen die Drachen in den Himmel, bis sie kaum noch mit bloßem Auge wahrgenommen werden konnten, dann begannen sie, sich spiralig zu umfliegen, kamen sich näher und näher, um sich schließlich fest mit den Krallen beider Vorderklauen zu verhaken. Kopfüber ließen sie sich mit angelegten Schwingen in die Tiefe stürzen, wobei sie in trudelnde Bewegung gerieten.

Drachen und Menschen hielten den Atem an, als beide so dem Boden entgegenrasten. Frans Herz begann ebenfalls zu rasen, denn eigentlich war der Bruchteil der Sekunde vorbei, wo sie sich hätten voneinander lösen müssen, um überleben zu können. Es waren wohl nicht mal mehr zehn Fuß, als beide gleichzeitig, und ohne sich loszulassen, die Schwingen ausbreiteten, den rasenden Fall stoppten, sich regelrecht in die Höhe katapultierten und einen gemeinsamen Feuerstoß in den Himmel sandten, dessen mörderische Hitze sogar auf dem Festplatz zu fühlen war.

Nun ließen sie sich los, umkreisten noch einmal einander, um Gesicht zu Gesicht miteinander zu landen.

Das hysterische Kreischen, die Schreckens- und Angstschreie wichen einem Tumult der Freude, wie ihn die alte Kuckucksburg noch nie gehört hatte. Alle waren aufgesprungen und manch gestandener Ritter wischte sich Schweißperlen von der Stirn.

Matt hielt sich den Kopf und stammelte immer wieder: „Verrückt, völlig verrückt! So was geht doch gar nicht!"

Die Damen Maya, Faye, Shona und Caitlin eilten auf den Festplatz, um die ersten Gratulanten nach den Eltern zu sein, wobei sie sich nach dem Rang der Gatten einreihten, die ihren holden Damen schmunzelnd folgten. Es war zu erwarten gewesen, dass die vier völlig aus dem Häuschen gerieten.

Und langsam begriffen auch die Letzten, dass Sir Cedric noch keine Burg besaß, weil er einfach noch keine gebraucht hatte.

Als der König das junge Paar beglückwünschte, fragte er, welches Geschenk er ihnen zukommen lassen solle, um wirklich punkten zu können. Die Antwort, welche Sir Cedric gab, erschreckte die einen und erfreute die anderen, denn er gab auf die für alle hörbare Frage bekannt: „Ich erbitte für mich und meine Gattin das Recht, sollte es zum Krieg gegen König Bertram kommen, dessen Burg und Ländereien zu erobern, um unserem Clan dauerhaft Frieden zu garantieren."

„Ihr strebt Königswürde an?", fragte Sir Vincent.

„Ich strebe sie nicht an, werde sie aber auch nicht abweisen, so man sie mir anträgt", erwiderte Sir Cedric mit fester Stimme.

Die Smaragddrachen und die Kuckucksteiner wechselten einen kurzen Blick. Ehe sie sich austauschen konnten, gab der König bekannt: „Das Recht sei Euch gewährt!"

„Ach herrje!", murmelte Sir Benjamin.

Eine interessante Unterhaltung, hörte Sir Jim Sir Timothy sagen. *Er hat die Machtdemonstration des Fluges richtig gedeutet. Und er kennt die Feuerkraft der Kuckucksteiner Altdrachen.*

Nicht zu vergessen, dass er weiß, wer Lady Tessa wirklich ist, grinste Sir Jim. *Er wird froh sein, dass sie nicht auf seinen Thron spitzt. Den hätte sie schon lange im Handstreich nehmen können. Lege dich nie mit einer Zauberin an.*

Sir Timothy grinste zurück. *Ich weiß zumindest, wenn alles wirklich so kommt, wohin es meinen Sohn ziehen wird. Der kann ja nicht ewig die Beine bei uns unter den Tisch stecken.*

„Verkauft Ihr eine Bärenhaut?"

Die beiden Ritter kreiselten erschreckt herum. Hinter ihnen stand, sehr breit lächelnd, Sir Ian. „Ich habe ein bisschen gelauscht."

Sein Vater drohte ihm gespielt-entrüstet mit dem Finger.

„Dann sollte ich mir, statt eines Enkels, wohl eine Enkelin wünschen, die nach Großmutter und Mutter gerät, damit Ihr endlich auch einmal Interesse an Drachendamen zeigt", lachte Sir Jim.

„Egal, wie es und was kommt", erklärte Ian, „ich habe dem glücklichen Paar soeben geschworen, der persönliche Beschützer des Nachwuchses zu werden. Ob ich einen neuen Ritter ausbilden werde, oder einer jungen Dame Gesellschaft leiste, ist für mich zweitrangig. Ich vertraue auf die Magie der Minen von Sir Emerald, auf die Kräfte von Lady Tessa und die Freundschaft zu Sir Cedric, wie ich immer auf Eure vertraue, Sir Jim."

Sir Patrick war verständlicherweise allein erschienen, überbrachte aber die herzlichsten Grüße von Lady Mo. Er wirkte unter all den Feiernden auffallend bedrückt und so nahm ihn Lady Fran beiseite. „Wir wissen, was sich ereignen wird. Mein Harnisch liegt auch griffbereit neben meinem Bett, wie das bei meinem Gatten und dem jungen Paar der Fall ist. Selbst die geschliffenen Waffen haben wir im Schlafgemach."

„Wirklich?!" Sir Patrick glaubte, die Dame wolle nur seine Reaktionen testen.

Fran winkte eine Dienerin heran. „Erkläre du ihm, wo mein Harnisch aufbewahrt wird."

„Neben Myladys Bett, mein Herr", kam blitzartig die Antwort.

„Warum wird Sir Cedric wohl heute solch einen Wunsch beim König geäußert haben? Eben weil wir wissen, was auch Ihr kommen seht. Feiert mit uns, bis man uns wirklich an die Waffen ruft!" Sie goss ihm eigenhändig Wein in seinen Becher. „Ich weiß, dass es Euch nervös macht, das Ergebnis nicht vorhersehen zu können."

Der Parcours für das Turnier der Knappen wurde aufgebaut. Als Siegerpreis winkte ein Damaszenerdolch, wie ihn nicht mal jeder Ritter besaß. Nach Cedric hatte es keinen Knappen mehr gegeben, der wirklich von sich Reden gemacht hätte. Umso spannender war, wer wohl der Beste sein werde.

Zwei noch sehr junge Knaben lieferten sich ein hartes Kopf-an-Kopf-Rennen und stachen alle Älteren aus dem Feld, die angetreten waren. Das Stechen, weil beide punktgleich waren, unterband der König mit den Worten: „Sie haben beide den Sieg verdient. Bringt noch einen Dolch!"

Beide verneigten sich bis zum Boden, als er ihnen persönlich und zeitgleich die begehrten Preise reichte, worüber sich auch beide Ritter freuten.

„Die Herren von Schloss Bärensee und der Burg Kaltenberg haben die beiden in der Ausbildung", überlegte Sir Jim laut. „Wir brauchen gut ausgebildete Männer. Der König wird sich an die Namen erinnern."

Sie mischten sich wieder unter die Feiernden. Tessa und Cedric hatten inzwischen ihre Rüstungen gegen gediegene Festkleidung getauscht und schmausten mit ihren Elternpaaren an der langen Tafel. Gleich dahinter saß das Gesinde beider Burgen. Der Zufall wollte es, dass Alfrid und Matt ganz in der Nähe von Lady Tessa und Sir Cedric schmausten. Statt den König zu beobachten, tat das Matt nun mit den beiden, weil ihn das Spektakel des Drachenfluges zutiefst beeindruckt hatte. Auch werde er ganz sicher nie wieder solch ein wertvolles Geschmeide aus der Nähe sehen können. „Lady Tessa ist wunderschön", flüsterte er Alfrid zu.

Cedric blinzelte seiner Angetrauten lächelnd zu. „Recht hat er."

Matt wurde rot bis in die Haarspitzen. „Oh je, ich habe doch geflüstert. Vor Drachen kann man bestimmt nichts verbergen, die können sicher bis ins Herz sehen", wisperte er noch leiser.

„So ähnlich ist es wirklich. Wir können die Gedanken der Menschen lesen", erklärte Cedric genau so leise, sich zu dem Kleinen umdrehend, und gleichzeitig den Finger auf den Mund legend. Er blinzelte ihm und Alfrid vielsagend zu, dann widmete er sich wieder seinem Teller.

Tessa schmunzelte. Es gefiel ihr, wie rührend sich Matt um seinen Braumeister kümmerte, der noch einige Zeit brauchen werde, um zu vollen Kräften zu kommen. Auch wie Lady Anne immer wieder schaute, dass der Knabe im ganzen Trubel selber nicht zu kurz kam, erfreute sie sehr. Es störte Tessa auch kein bisschen, von Matt buchstäblich mit den Augen verschlungen zu werden. Selbst der König und seine

Ritter spähten immer wieder nach dem Schmuck aus, mit dem man locker hätte eine mittelgroße Burg kaufen können.

So fiel es ihnen auch auf, dass sich Tessa plötzlich versteifte, nach der Hand ihres Gatten fasste und beider Augen so intensiv zu leuchten begannen, dass einige an ihrem Tisch entsetzt aufsprangen. Das junge Paar stand ebenfalls auf, schritt auf den König zu, wo Tessa für alle hörbar verkündete: „In diesem Augenblick steht ein Heer kurz vor Eurer Burg!"

„Zu den Waffen!", rief der König, als Drache in den Himmel steigend. *Es tut mir so unendlich leid, dass man Euren großen Tag zerstört.*

Im nächsten Augenblick tobte das Chaos. Drachen stoben in alle Richtungen davon, Ritter und ihre Damen brachen eilig ihre Zelte ab, um nach Hause zu eilen und alle waffenfähigen Männer zu versammeln. Auch die Kuckucksteiner rannten davon, wobei Cedric Benjamin rasch nach Greifenstein trug.

Bei den Damen lag es nun, sich zu kümmern, dass der Festplatz geräumt wurde, wobei ihnen Mägde und Knechte beider Burgen Sir Jims zuverlässig halfen. Die Befehlsgewalt für die letzten Arbeiten übergaben die Kuckucksteiner Damen an Lady Anne und flogen dann eilig den Männern hinterher.

Die Rache der Lady Tessa

Als die Damen Fran und Tessa in den Rittersaal traten, konnten sie gute Nachrichten kundtun: Mehrere Haufen Bewaffneter ritten und marschierten bereits.

„Das habt Ihr Sir Timothys zu verdanken, der die Drachennester vor zwei Wochen schon in Alarmbereitschaft versetzt hat", fügte Lady Tessa noch hinzu.

Sir Vincent bedankte sich hocherfreut bei seinem Feldherrn und auch bei den Damen für den Spähflug.

„Wir haben gerade diskutiert, ob die Reiter von Wolkenfels kommen werden", gab Sir Timothy Auskunft.

„Erwartet Ihr das wirklich", erwiderte Lady Tessa, sich dem Tisch mit der Karte nähernd. „Ich glaube nicht, dass sie mit ihren beiden Speerschleudern Jagd auf Menschen machen wollen." Sie tippte zwei dichtbewaldete Gebiete an. „Haltet Euch fern von diesen Wäldern, wenn Euch das Leben lieb ist."

Vier Drachenritter erbleichten. „Die haben wir heute überflogen!"

„Ihr habt Glück gehabt, dass sich die Wolkenfelser noch nicht offenbaren wollten", grollte Lady Fran. „Dass sie Verräter sind, wissen wir seit dem Mordversuch an Sir Vincent. Ich habe nur nicht geahnt, dass keiner von denen einen Funken Ehre im Leibe trägt."

„Ich habe zwei Gruppen angewiesen, eine andere Route, als über Wolkenfelser Land, zu reiten, damit sie nicht schon aufgerieben werden, ehe sie zu uns stoßen können", berichtete Lady Tessa.

„Gute Arbeit, Mylady", lobte der König. „Wir rechnen damit, übermorgen angegriffen zu werden. Leider können wir keine Spähflüge mehr unternehmen, ohne mit Speerschleudern begrüßt zu werden."

„Ihr nicht. Ich schon." Tessa verengte die Augen zu Schlitzen. „Gebt mir drei Stunden. Dann kann ich Euch sicher berichten, wo genau König Bertrams Heer in Stellung gegangen ist."

Als sich Sir Cedric und Lady Fran erhoben, gebot Tessa: „Ich fliege allein."

Sie ging auch nicht zur Tür hinaus, sondern sprang direkt aus dem Fenster, vor welchem plötzlich dicke Nebelschwaden jede Sicht versperrten.

„König Bertram tut mir fast ein bisschen leid", schmunzelte Sir Vincent.

„Verdirb nie einer Frau den schönsten Tag ihres Lebens", bestätigte Lady Fran.

Sir Cedric nickte düster. „So ist es, Sire. Die Rache wird furchtbar sein."

Kurz vor Ablauf der erbetenen Zeit war Lady Tessa wieder da. Von oben bis unten mit Schlamm bedeckt, aber allerbester Laune. „Zwei Speerschleudern weniger und den anderen fehlt ein Großteil der Munition. Sie halten sich übrigens noch im Dunkelwald auf, der für sie völlig überraschend ein Nebelwald wurde", lachte sie. „Wenn König Bertram wüsste, dass ich nicht mal eine Schrittlänge hinter ihm gestanden und gelauscht habe, würde ihn wohl das Zittern ankommen."

„Ich gebe zu, da läuft es mir auch eiskalt den Rücken herunter", murmelte Sir Vincent. „Euch möchte ich wahrlich nie zur Feindin haben!"

Das denken jetzt wohl so einige, erklang Lady Frans Stimme in Tessas Gedanken.

„Was habt Ihr herausgefunden?", fragte Sir Timothy.

„Dass sie an zwei Stellen angreifen wollen, genau, wie wir es vorhergesagt bekamen", berichtete Tessa weiter. „Das Gros des Heeres soll Eure Burg belagern, mein König. Von Wolkenfels zieht ein Trupp nach Emerald Castle. Sie wollen die magische Grotte zerstören, woher immer auch sie davon erfahren haben mögen."

Sir Vincent lachte bitter auf. „Das kann ich Euch sogar genau sagen! Sie hatten monatelang Zeit, in den Chroniken zu suchen, was uns wirklich schaden kann, als ich unter dem Einfluss böser Kräuter stand! Lady Fran und Sir Cedric, seid so gut, Euch in der Bibliothek umzuschauen. Besonders Lady Fran dürfte es auffallen, ob ganze Bücher verschwunden sind."

Beide deuteten eine Verneigung an und begaben sich sofort an die Arbeit. Sir Timothy war trotz aller Sorgen erfreut, dass der Besuch auf Burg Blackstone Sir Vincent zu einem König gemacht hatte, der voller Energie steckte und alle Aspekte bedachte, wie eben auch, was die Spione noch erfahren haben könnten.

Sir Timothy, der König und Lady Tessa erarbeiteten einen Schlachtplan, dem die Ritter gern zustimmten. Der wabernde Nebel der streitbaren Zauberin, welcher immer wieder die feindlichen Stellungen umhüllen werde, würde ihnen helfen, Kräfte, Männer und Material zu sparen, weil sie ungesehen von einem Platz zum anderen wechseln konnten, um vorzugaukeln, ihr Heer sei ein Vielfaches größer.

Die Damen Fran und Shona sollten mit Sir Ian fast im Alleingang die Smaragdburg schützen. Was beide Familien als realistisch ansahen. Ehe man zum gemeinsamen Abendessen überging, traten Lady Fran und Sir Cedric in den Saal. Sie legten mehrere Bücher auf den Tisch.

„Hier fehlen überall Seiten", erklärte Lady Fran. „Es betrifft die Smaragdburg, Blackstone Castle und den Nebelwald."

„Also das geheimste Wissen des Clans", überlegte der König laut und Sir Cedric bestätigte die Befürchtungen.

Tessa schloss für einen Moment die Augen. „Erhebt jemand Anspruch auf Burg Wolkenfels?"

Erstaunte Gesichter.

„Keiner? Sehr gut! Es wird vielleicht nicht viel übrig sein, wenn wir mit denen fertig sind. Sobald sie uns angreifen, ist die Burg fällig." Sie lächelte ihrer Mutter sehr hintergründig zu und alle, die die alten Geschichten kannten, oder gar die Kämpfe um Wildforest selber erlebt hatten, waren sofort im Bilde. „Wir werden ihnen auf dem Weg zur Smaragdburg einen kleinen, aber unvergesslichen Besuch abstatten."

„Ihr glaubt, man bewahrt die gestohlenen Seiten dort auf", überlegte Sir Vincent laut.

„Ganz sicher sogar, mein König. Sie werden das Diebesgut als Druckmittel einsetzen wollen, weil sie die Schriften für unersetzlich halten", ließ sich Sir Cedric vernehmen. „Sie ahnen ja nicht, dass Lady Fran just von diesen Büchern Abschriften besitzt und ich den Inhalt zudem fast wörtlich in meinem Kopf gespeichert habe."

„Wovon ich mich in der Drachengrotte selbst überzeugen konnte", nickte Sir Vincent. „Meine Damen, tut, was getan werden muss!"

„Sehr wohl, mein König!", antworteten die drei völlig synchron und mit dem gleichen undefinierbaren Lächeln.

Die Tür des Rittersaals flog auf, ein Laufbursche keuchte schwer atmend herein: „Sie ... sie ... sie rücken vor, mein König! Und sie fackeln ab, was ihnen in die Quere kommt!"

Der König nickte den Versammelten zu, die sich sofort auf ihre Posten begaben. Den Knaben schickte er zur Küche, wo er sich Essen geben lassen sollte. Dann trat er auf den Hof hinaus und erhob sich an Sir Timothys Seite in die Lüfte.

Die drei Damen flogen Richtung Wolkenfels. Lady Tessa legte ihren Plan dar, die Herren der Burg zu zwingen, Farbe zu bekennen.

Ihr habt recht. Ein weißer Drache ist im Nebel wirklich nicht zu erkennen, stellte Lady Shona fest. *Ich werde Euch die Richtung sagen, Lady Fran ist Fängerin, dann pulverisieren wir die Speerschleudern.*

Tessa ließ feuchten Dunst aufziehen, der sich langsam ausbreitete. Nur so viel, dass Lady Shona, der weiße Drache, verborgen blieb, sie selber, als schwarzer Drache, aber noch gut zu sehen waren. Shona flog am höchsten und beobachtete das Ausrichten der ersten Speerschleuder auf Lady Tessa. Lady Fran glitt genau über die Baumwipfel, um unentdeckt zu bleiben.

Sie spannen den Mechanismus, verkündete Shona. *Schuss!*

Dieses Wort war zugleich der Befehl an Lady Tessa, scharf zu bremsen, gleichzeitig die Verwandlung in menschliche Gestalt einzuleiten, um dem Pfeil zu entgehen. Lady Fran fing Tessa auf, die sich sofort erneut in den schwarzen Drachen verwandelte und eine Feuerlohe in den Wald schickte, dass die Bäume in der sengenden Hitze knackten und krachten. Es gab für nichts und niemanden ein Entrinnen. Fran erzeugte schließlich das Gegenfeuer, um der ersten Flamme den Sauerstoff zu entziehen, dann ließ es Lady Tessa regnen.

Sie haben es wirklich getan! Lady Shona konnte den Verrat durch die Wolkenfelser noch immer nicht fassen.

Auf zur nächsten Speerschleuder, forderte Tessa und spielte erneut den Lockvogel.

Vorsicht, die ist noch größer, mahnte Shona. *Schuss!*

Der Speer zischte haarscharf an der fallenden Tessa vorbei und Fran hatte Mühe, sie zu fangen. Sie musste sogar auf dem Boden aufsetzen. Shona schickte ihre Lohe direkt senkrecht hinab, um die beiden zu schützen, denn es sprangen ein paar Kerle herbei, den gelandeten Drachen mit dem Schwert, den Garaus zu machen. Das plötzliche Inferno aus Flammen und explodierendem Holz gab Fran und Tessa die Gelegenheit, sich ungeschoren davon zu machen.

Jetzt bin ich in genau der richtigen Stimmung, grollte Tessa.

Na, fragt mal, wer noch! Fran schnaufte wütend. *Ich kenne das Gefühl zu gut, wenn ein Speer den Körper durchschlägt. Machen wir sie fertig!*

Auf sie! Niemand greift ungestraft meine Familie an, zischte Shona. *Meinetwegen kann der Wald niederbrennen.*

Es blieb auch keine Zeit, sich darum zu kümmern. Das musste der strömende Regen irgendwie erledigen, sonst verbarrikadierte man vielleicht die Burg so, dass der Angriff der Drachen ins Leere lief.

Der Nebel wurde inzwischen immer dichter und war am Ende ausschließlich von Drachenaugen zu durchdringen. Alle drei landeten und suchten möglichst weit unten nach Öffnungen in den Mauern. Es gab einige. Viel zu klein, als Durchschlupf für Mensch oder Tier, aber genau richtig, um die ganze Burg mit stinkendem, tödlichem Drachenqualm zu füllen.

Nach einer Stunde kletterten die Drachen an den Mauern bis in halbe Höhe, wo sie das Prozedere wiederholten. Nur etwa zehn Personen, darunter drei der Herren der Burg, gelang es, sich auf den höchsten Turm zu retten. Aus dem Treppenschacht quoll der wabernde Drachenbrodem und füllte langsam auch den Platz innerhalb der höchsten Zinnen.

Die Drachen begannen, um den Turm zu kreisen, während Tessa den Nebel zerteilte, damit die Verräter sehen konnten, wer ihnen das Ende bereiten werde. Fran und Shona hielten sich im Hintergrund, als Tessa daran ging, die restlichen Todesurteile zu vollstrecken. Im Überflug griff sie sich stets ein oder zwei Männer und schmetterte sie hinab. Das hilflose Gefuchtel mit Dolchen und Schwertern und das Gestammel um Gnade ließ sie kalt. Sie hätte auch keiner verschont, hätte man sie mit der Schleuder erwischt. Und keiner besaß die Kaltblütigkeit, nach den verwundbaren Stellen im Drachenpanzer zu suchen. Ganz zum Schluss pulte sie die drei Herren der Burg vom Boden, wo diese glaubten, dem Drachen entkommen zu können. Angewidert ließ sie die drei einfach fallen.

Fliegt zu Sir Ian nach Emerald Castle. Um die Burg Wolkenfels kümmern wir uns später weiter, befahl sie. *Ich ziehe jetzt in den Kampf um die Königsburgen.*

Burgen klingt gut, lachte Lady Fran. *Viel Glück und gutes Gelingen!*

Cedric und Jim atmeten auf, als Drache Tessa neben des Königs Zelt landete. Sie begab sich auch sofort zum Rapport, ließ Vater und Gatten aber mithören.

„Die Damen Fran und Shona sind auf dem Weg zur Smaragdburg", beendete sie ihren Bericht.

„Wunderbare Nachrichten", freute sich der König. „Wisst Ihr was? Ich schenke Euch die eroberte Burg. Sie wollte doch eh kein anderer haben und Ihr habt nun alle Zeit, die Ihr braucht, um die verschwundenen Texte zu suchen. Mit den herumliegenden Leichen müsst Ihr Euch allerdings auch allein arrangieren."

„Ich nehme das Geschenk dankend an!" Lady Tessa verbeugte sich.

„Setzt Euch!", bat der König. „Ihr hattet ja noch nicht mal Abendbrot."

Tessa fasste gern zu, obwohl es schon fast ihr Frühstück war. Dann bat sie, sich zurückziehen zu dürfen und begab sich zum Zelt ihres Gatten, der in den nächsten beiden Stunden ihren Schlaf bewachte.

„So schnell kommt man zu einem Häuschen", witzelte Sir Jim, als Sir Cedric das Thema Wolkenfels ansprach.

„Ich finde die Konstellation recht interessant", merkte Cedric an. „Meine Gattin hat ein Häuschen auf des Königs Land."

Jim grinste breit. „Sie wird das Beste daraus machen. Ihm scheint das gar nicht bewusst zu sein."

„Noch nicht, mein Lieber. Noch nicht", schmunzelte Cedric.

Einer der jüngeren Drachen kam vom Spähflug zurück. „Es sieht nicht gut aus. Sie sind deutlich in der Überzahl, haben drei Wagenladungen Speere dabei, nur die Schleudern sind nicht zu entdecken."

Tessa trat aus dem Zelteingang. „Zeit, dafür zu sorgen, dass sie diese selber auch nicht finden." Sie streifte einen Bauernkittel und einen zerlumpten Kapuzenumhang über den Harnisch, ließ sich ein Pferd bringen und ritt im Trab davon.

Sir Timothy befahl den Abmarsch, um Tessa langsam zu folgen. Die wabernden Nebelschwaden zeigten die ungefähre Richtung an. Nach zehn Minuten erhellte Feuerschein den Dunst. Kurz darauf brannte es auch an zwei weiteren Stellen.

„Das dürften die Wagen mit den Geschossen der Schleudern gewesen sein", merkte der König an.

Ich komme zurück.

„Bögen schultern!", befahl Sir Timothy, um Tessa ungefährdete Bahn zu geben. Da rannte das Pferd auch schon allein auf sie zu, gefolgt von Drache Tessa, der irgendwas in den Klauen trug. Tessa setzt genau vor Heerführer und König auf, legte ihre Last ab und erklärte: „Kein Wunder, dass der Späher die

Waffen nicht gesehen hat! Sie haben ihre Gefangenen gefesselt und sie ihnen auf den Rücken gebunden. Kleine Apparate mit großer Durchschlagskraft, soweit ich das auf den ersten Blick einschätzen kann."

Die Kleidung des gefesselten Mannes verriet einen Edelmann und wenig später war klar, dass der Sinn des Niederbrennens aller Anwesen in der schnellen Gefangennahme von Geiseln zu suchen war.

Der König ließ den Ritter sofort frei, welcher sich in aller Form bei Lady Tessa für seine Rettung bedankte. Er hatte als Verwalter seines Herrn gearbeitet, wo es nun nichts mehr zu verwalten gab. Tessa bot ihm sofort das gleiche Amt auf ihrer neuen Burg Wolkenfels an, fügte aber fairerweise hinzu, wie es im Augenblick um diese stand.

„Gebt mir ein Schwert, um für den König zu kämpfen, wie jeder Ritter mit Ehre im Leib. Darum, Euer Domizil einer Dame schicklich zu machen, können wir uns ja doch erst kümmern, wenn die Dämpfe abgezogen sind. Bis dahin wird auch kaum einer etwas von da forttragen wollen."

„Wohl gesprochen!", schmunzelte Lady Tessa, ihm eines ihrer Beuteschwerter und einen Dolch reichend.

Die Herren Cedric und Jim wechselten ein breites Grinsen. Lady Tessa wusste bestens, wie man an loyale Untertanen kam, die viele Gründe hatten, ihre Herrin zu verehren.

„Habt Dank, Herrin! Ich hoffe, mein Vater hat das gleiche Glück zu überleben, wie ich." Er begab sich zu den lagernden Kämpfern des Königs.

„Sie greifen an!"

Ein kurzer Blickkontakt mit Sir Timothy, dann ließ Tessa erneut Nebelbänke aufziehen. Diesmal so viele, dass sich die aufsteigenden Drachen darin verbergen konnten. Es galt, gegen eine Übermacht anzukommen. Die kleine wendige Drachendame tauchte unvermittelt im Heer des Feindes auf, griff sich zwei gefesselte Speerschleudersklaven und trug sie über die Frontlinie, während die Drachenmänner hinter den Angreifern Brandherde setzten, um diese zu verwirren, und gleich noch die letzte Linie mit wegmähten.

Tessas Beutestücke nahmen Kämpfer vom Fußvolk entgegen, befreiten die Gefangenen und verbrannten die Schleudern. Drei Mal gelang es der Drachenlady, durchzudringen und insgesamt fünf Männer zu retten, dann wurde sie von einem normalen Wurfspeer an Vorderbein und Flügel getroffen und suchte rasch das Weite.

Im Lager ihres Königs zog sie mit zusammengebissenen Zähnen den Panzerhandschuh aus. Aus dem linken Ärmel des Gambesons rann ein dünner Blutfaden. Sie winkte zwei Knappen heran. „Du bringst meinen Handschuh in Ordnung!", wandte sie sich an den Kleineren und forderte den Größeren auf: „Leg mir einen straffen Verband an, alles Nötige findest du in meinem Beutel."

Ein Melder ritt direkt zu Sir Timothy und dem König. „Lady Tessa ist am linken Arm verletzt!"

„Oh, nein! Wie schlimm ist es und wer kümmert sich um sie?!", rief Sir Vincent beunruhigt.

„Eine große Risswunde, die ein Knappe versorgt", lautete die prompte Antwort.

„Dann muss es schlimm sein, sonst hätte sie sich allein helfen können", murmelte Sir Timothy, worauf der König telepathisch Tessa ansprach: *Zieht Euch von den Kämpfen zurück!*

Nach dem Sieg, Sire! Tessa setzte soeben ihren Helm wieder auf, zog den Handschuh über den Verband und ritt auf das Schlachtfeld, weil sie nicht fliegen konnte. Cedric gab ihr stets die Lage am Boden durch, die nicht gerade rosig für die Drachen aussah. *Zieht sofort das Heer zurück, hier hilft nur noch Brachialgewalt*, forderte sie vom König.

Sir Timothy rief zuerst die Drachen zurück, dann die Berittenen. Das Fußvolk marschierte mit. In wenigen Augenblicken kam Wind auf, schwarze Wolken ballten sich zusammen, der Himmel schien alle Schleusen zu öffnen – aber nur über dem Feind. Dann zuckte ein Blitz, dem ohrenbetäubender Donner folgte. Hunderte Söldner König Bertrams fielen tot zu Boden. Die metallenen Rüstungen waren ihnen zum Verhängnis geworden. Viele von denen, die es nicht direkt getroffen hatte, trugen trotzdem schwere Verbrennungen davon und konnten nicht mehr weiterkämpfen. Nun schickte Sir Timothy die Drachen aus, mit Feuer den Rest zu erledigen. Tief in der Nacht brannte es noch immer allerorten auf dem Schlachtfeld.

So sehr man aber am nächsten Morgen suchte, König Bertram war nicht unter den Toten. Selbst wenn er bis zur Unkenntlichkeit entstellt worden wäre, hätte man ihn am Harnisch identifizieren können.

„Ich denke, den werde ich heute ganz woanders treffen", winkte Lady Tessa ab. „Nämlich dann, wenn ich den Smaragddrachen zu Hilfe eile. Mein Traum wird nicht von ungefähr gekommen sein."

„Und Euer Arm?!", fragte Sir Cedric.

„Wird mich am Fliegen hindern", gab sie zu, um sich sofort an den König zu wenden: „Sire, ich bitte darum, dass mich mein Gatte zur Smaragdburg bringen darf."

„Bitte gewährt!", kam die Antwort. „Er wird Euch dort und bei Euren Folgeplänen unterstützen."

„Ganz die Eure, Sire!", schmunzelte Tessa.

Sir Timothy zuckte kaum merklich mit dem Augenlid. Wer der mächtigste Drache war, hatten in den letzten Tagen wohl alle begriffen. Dass man die zierliche Dame nicht über Gebühr reizen sollte, aber auch. Wenn sie nun seine Burg unter ihre Fittiche nahm, konnte er völlig beruhigt des Königs Haupt-Heer befehligen. So wünschte er ihr und Sir Cedric von ganzem Herzen einen schnellen Sieg und widmete sich seinen Aufgaben.

Sir Cedric verwandelte sich, nahm Tessa auf den Rücken und ihr Pferd in die Klauen, dann hob er mit mächtigem Flügelschlag ab.

„Es ist immer wieder ein imposantes Bild, wahre Giganten starten zu sehen", murmelte Sir Andrew. Er war erleichtert, dass sein Bruder, der König, im Falle eines Sieges fest eingeplant hatte, Lady Tessa und Sir Cedric die Herrschaft über Bertrams Reich zu überlassen. Eine Fehde mit der zauberkundigen Dame wäre keinem gut bekommen. Ihre Hilfe hingegen, werde man sicher immer wieder brauchen und gern annehmen. Da würde es auch keine Ziererei geben.

Da unten sind sie, sagte Drache Cedric, der sehr hoch flog, um möglichst unentdeckt zu bleiben.

Ich schätze, in anderthalb Stunde stehen sie vor der Burg. Zeit genug, die Verteidigungspläne abzugleichen, erwiderte Tessa, die rund 500 Männer genau beobachtend.

Sir Ian stand auf dem Turm und bemerkte als Erster die Übermacht der Angreifer. Auf dem zweiten Blick erkannte er aber auch, dass Verstärkung im Anflug war. Wer da nahte, ließ ihn frohlocken, obwohl er in Sorge war, warum Lady Tessa nicht selber flog. Er sprang gleich als Drache vom Turm, weil es ihm zu lange gedauert hätte, in Menschengestalt die Wendeltreppe hinunter zu laufen.

„Schön, dass Ihr kommt! Aber was ist mit Lady Tessa?", rief er, sobald Cedric das Pferd und seine Gattin abgesetzt hatte.

„Ein kleiner Kratzer", wiegelte Tessa ab.

„Ah ja. So, so ... kleiner Kratzer." Ian glaubte kein Wort.

Shona eilte zur Kräuterküche, um Salbe zu holen, Fran hielt Tessa fordernd die Hand hin, um deren Beutel zu bekommen und nach Elixieren suchen zu können. Egal, wie viel Energie man aufwenden konnte, die Verletzung brauchte mindestens zwei Tage, um wirklich zu heilen. Trotz fieberhafter Geschäftigkeit der Damen, Tessa wieder fit für den Kampf zu machen, sprachen sich alle ab, wer welchen Teil der Burg schützen sollte.

„Lady Tessa hat den besten Kontakt zu Sir Emeralds Geist", sagte Lady Shona. „Zudem kann sie nicht fliegen. Ich schlage vor, dass sie das Gelichter von der Mine und der magischen Grotte fernhält."

„Einverstanden!", erwiderte Tessa zur großen Überraschung der anderen sofort. „Ich wäre sonst wirklich arg in Bedrängnis. Aber ich bin klein genug, um als Drache in der Gruft zu agieren."

„Dann gebt mir den Innenhof", bat Fran. „So bin ich nah genug, um notfalls Lady Tessa helfen zu können."

„Bleiben für mich die Türme, während die Herren Angriffe fliegen", erklärte Shona.

„Es geht los!" Sir Cedric kniff die Augen zu.

Auch die anderen hörten, wie sich die Feinde vor der Burg versammelten und erste Stöße mit einer Ramme gegen das Tor erfolgten.

Tessa nickte. „Mehr haben wir nicht gebraucht. Machen wir sie nieder!"

Der erste Schock saß bei den Angreifern tief, als Sir Ians riesiger olivgrün geschuppter Kopf direkt übers Tor lugte, mit einem Feuerstoß die Ramme in Brand setzte und die Männer, die sie bedienten, tötete. Man hatte es für wenig wahrscheinlich erachtet, mitten im Krieg einen Drachen in seiner eigenen Burg anzutreffen. Als dann noch der gigantische braune Drache hinter den Mauern aufstieg, brach Panik beim Fußvolk aus.

Es schleichen mehrere Männer an der Außenmauer entlang zur Mine, hörte ihn Tessa sagen, die sich erst neben dem Grabmal ihres Großvaters verwandelt hatte. Der schmerzende Flügel erinnerte sie daran, dass keine Zeit für Spielchen war. Ihr pechschwarzes Schuppenkleid machte sie im Dunkel der Höhle fast unsichtbar. Das Tor öffnete sich einen Spalt. Verhaltenes Atmen war zu hören, dann huschten mehrere Gestalten herein.

Das heißt, sie versuchten es. Nach dem ersten Schritt schoss ihnen ein Flammenmeer entgegen, wie sie es noch nie gesehen hatten. Sie konnten nicht einmal schreien, so schnell fraß ihnen das Drachenfeuer das Fleisch von den Knochen. Einen zweiten Versuch, in die Mine einzudringen, gab es nicht. Die Flüchtenden streckte Lady Fran nieder.

Lady Shona beteiligte sich inzwischen an der Jagd auf die gepanzerten Reiter, welche in buchstäblich alle Richtungen davonstoben.

Das geht mir alles zu glatt, brummte Sir Cedric. *Selbst wenn der Schock tief sitzen dürfte, dass hier gleich mehrere Drachen versammelt sind.*

Als wäre dies ein Befehl gewesen, hörten alle ein lautes Knacken auf den Felsen über der Mine. Lady Fran wirbelte herum. Ein eisiger Schauer, wie der Hauch des Todes, überlief sie. Zu gut kannte sie das Geräusch, wenn eine Speerschleuder ausgelöst wird. Und sie hatte sich nicht geirrt – der Speer raste genau auf sie zu. Keine Chance, zu entkommen. Fran schloss mit ihrem Leben ab.

Ein grüner Schein, in Gestalt eines großen fliegenden Drachens drang aus dem Felsen, schob sich als Schutzschild vor Lady Fran, zersprang, als die Waffe auftraf, zwar in tausende winzige Smaragdsplitter, bremste die Wucht des Einschlags aber so, dass Fran nur heftig durchgeschüttelt wurde, statt durchbohrt zu werden. In dem Moment setzte der Selbsterhaltungstrieb ein. Der Flammenfächer aus Frans Rachen brannte alles nieder, was sich am Rand des Hochplateaus befand und erwischte auch die drei Männer, welche völlig ungläubig in die Tiefe starrten.

Shona war mit einem Satz bei ihrer Mutter, Tessa kam gerannt und auch die Männer beeilten sich, zu landen. Fran verwandelte sich zurück. Mit zitternden Händen betastete sie ihren Harnisch, den eine tiefe Delle zierte. Dann sackte sie ohnmächtig zusammen.

Ian trug sie rasch in den Palas, während Cedric noch einmal das gesamte Burggelände und die nahen Außenbezirke überflog. „Falls noch jemand übrig sein sollte, greift er bestimmt nicht vor dem Morgengrauen an", gab er bekannt. „Wie geht es Lady Fran?"

„Sie kommt gerade zu sich", sagte Lady Shona hoch erfreut. „Der Schock war einfach zu groß. Der Bluterguss hingegen, wird bald vergessen sein. Ohne Großvater Emerald hätte sie aber keine Chance gehabt. Der Speer wäre direkt ins Herz gedrungen."

Tessa bekam große Augen und Shona berichtete, was sich zugetragen hatte, weil Tessa zu diesem Zeitpunkt ja noch im Berg gewesen war.

„Mein Traum ...", hauchte Tessa und alle nickten.

Gemeinsam gingen sie zu Sir Emeralds letzter Ruhestatt, um ihm zu danken. Und diesmal erhob sich der kristallene Drache direkt aus dem Grabmal, genau wie ihn Tessa in ihrer Vision gesehen hatte. Er neigte den Kopf, sodass ihn Fran zwischen den Hörnern streicheln konnte. Ein tiefer Augenkontakt, dann hörten alle seine Stimme: *Lebt wohl, meine Lieben. Nun kann ich in Frieden ruhen.*

„Lebt wohl, Sir Emerald", wünschten die Versammelten und verließen die Gruft des Smaragddrachens.

Zwei Knechte wurden als Turmwache eingeteilt. Froh darüber, dass sie nicht hatten kämpfen müssen, spähten sie mit Argusaugen übers Land, um nicht die kleinste Bewegung zu übersehen. Aber außer ein paar Raubtieren, die sich an den toten Pferden zu schaffen machten, war nichts zu sehen.

Kaum stand die Sonne am nächsten Tag hoch genug, begaben sich alle Drachen in Menschengestalt auf die Suche nach Spuren von König Bertram, dessen Standarte vor dem Angriff weithin zu sehen gewesen war. Stunde um Stunde und sehr akribisch.

„Hier ist er auch nicht!", verkündete Tessa am Eingang zur Mine.

„Bleiben zwei Möglichkeiten", überlegte Lady Shona laut. „Er ist geflohen, als wir Drachen zurückschlugen, oder er war es, der die Schleuder ausgelöst hat."

Frans Verwandlung dauerte nicht mal einen Wimpernschlag, mit einem einzigen mächtigen Flügelschlag stieß sie sich ab und sprang beinahe auf den Felsen. *Volltreffer, Lady Shona! Hier liegen seine Reste!* Sie sammelte Harnisch, Waffen und übrige Ausrüstung ein, auch wenn sie von der sengenden Hitze angeschmolzen war. *Hier oben stehen vier verletzte Pferde!*

Sofort starteten auch die anderen, um zu retten, was noch zu retten ging. Jeder trug ein Pferd hinunter, das die Knechte sofort in Empfang und Pflege nahmen. Lady Shona spendierte eine Runde Salbe, welche die Brandwunden schnell schließen werde. Die angesengten Mähnen und Schweife würden mit der Zeit wieder nachwachsen.

Fran untersuchte inzwischen Taschen und Säcke sehr akribisch. Sie drehte alles dreimal um, ehe sie es aus der Hand legte.

„Sucht Ihr etwas Bestimmtes?", fragte Sir Cedric schließlich.

„Ja", murmelte Fran, unbeirrt jede Naht kontrollierend. In einer, von der Hitze zusammengeschrumpften, Ledertasche wurde sie fündig. „Das hier!", rief sie triumphierend, das Kriegs- oder Reisezepter König Bertrams hochhaltend, damit es alle sehen konnten.

Sie legte es sich waagerecht auf beide nach oben gedrehte Handflächen, schritt pathetisch auf Lady Tessa und Sir Cedric zu, senkte den Kopf und erklärte, als sie es ihnen wie eine Opfergabe darbrachte: „Das Symbol Eurer Herrschaft Sire."

Offenbar waren sich hierin Tessa und Cedric schon einig, denn Cedric fasste danach, wobei Tessa ihre Hand auf seinen Handrücken legte, um zu zeigen: Er ist der zukünftige Herrscher, ich seine offizielle Mitregentin.

„Im Hintergrund agiert es sich besser", gab sie blinzelnd bekannt, worauf ein fröhliches Gelächter einsetzte.

„Das gesamte Heer der fliegenden Drachen begleitet Euch zur Burg Lilienstein, so hat es König Vincent bestimmt", verriet Sir Ian. „Mein Vater hat mich soeben davon in Kenntnis gesetzt!"

Die letzten Hürden

Am nächsten Morgen wollte Lady Fran Tessas Verband wechseln, stellte völlig perplex fest, dass sich die Wunde vollständig geschlossen hatte und eine rosige Haut die Stelle bedeckte.

„Ich glaube, auch das ist Großvaters Werk", freute sich Tessa. „Da kann ich endlich wieder selber fliegen."

Mitten in die Vorbereitungen zum Flug in das neue Herrschaftsgebiet des Clans, platzte ein kleiner Junge, der auf einem Esel aus dem nahegelegenen Dorf gekommen war. „Sir Ian! Sir Ian! Bitte hört mich an!"

„Was ist denn passiert?", fragte der Ritter besorgt.

„Mein Vater schickt mich. Vor zwei Nächten ist ein alter Mann bei uns auf dem Hof gewesen. Der hat gesagt, ich soll ausrichten, dass zwei Fuß neben dem Tor, zwei Fuß tief etwas liegt, dass Ihr dringend ausgraben sollt. Ihr würdet dann schon wissen, wozu es gut ist."

„Welches Tor meint er und wie sah der Mann aus?", fragte Ian, den anderen erstaunte Blicke zuwerfend.

„Welches Tor, hat er nicht gesagt. Er sah aber aus, wie ein hoher Herr, nur dass er ganz grün im Gesicht war", sprudelte der Kleine heraus. „So wie ... so wie ..." Er schaute sich suchend um. „So wie der Stein an Eurem Dolch!" Er zeigte auf einen Smaragd.

Ian gab dem Knaben eine Silbermünze. „Hab Dank für die Nachricht! Lass dir in der Küche etwas zu Essen geben!"

„Das könnte ebenfalls Sir Emeralds Geist gewesen sein. Ihr die linke Seite, ich die rechte!", rief Ian, Cedric eine Schaufel in die Hand drückend, um direkt an der Außenmauer zu graben. Die Frauen schauten neugierig zu.

„Hier liegt tatsächlich etwas!", staunte Sir Cedric nach einer Weile. „Es scheint in eine Kuhhaut eingewickelt zu sein." Ganz vorsichtig setzte er seine Arbeit fort, um das merkwürdige Paket nicht zu zerstören.

Ian half Cedric, den Fund endgültig freizulegen. Ein Knecht bekam den Auftrag, die Gruben zu verfüllen, während die Männer zu einer Bank gingen, wo sie das schmutzige Leder bedächtig aufwickelten.

„Ihr habt es gefunden", sagte Ian, als ihn Cedric vor der letzten Lage fragend anschaute. „Macht es auf!"

Cedric klappte die letzten übereinandergelegten Enden auseinander und bekam Augen, so groß wie Mühlsteine – vor ihm lag eine smaragdgeschmückte Krone. Die anderen standen ebenso staunend vor dem wertvollen Fund.

„Ja, Sir Emerald, ich weiß, was ich damit tun muss", frohlockte Sir Ian. „Ich nehme sie mit zur neuen Drachenburg, um sie vor aller Augen dem neuen König aufs Haupt zu setzen. Fliegen wir los, meine Damen und Herren!" Er schlug den gefundenen Schatz in ein Schaffell ein.

Als der Pulk Drachen über das weite Land flog, winkten ihnen von überall Menschen zu, aus Dankbarkeit, dass der Krieg so schnell geendet und so wenig eigene Tote gefordert hatte.

Ohne sich abgesprochen zu haben, überquerten die Drachen Wolkenfels, das noch immer weithin nach Drachenbrodem stank.

Ganze Arbeit, meine Damen, kicherte Sir Cedric. *Hier bricht so schnell keiner ein, um Wertvolles zu stehlen.*

Selbst die Toten lagen noch an Ort und Stelle, weil niemand den infernalischen Gestank ertragen hätte.

Wie lange hat es gedauert, ehe Eure erste ausgeräucherte Burg wieder bewohnbar war, wandte sich Ian an Lady Fran.

Drei Jahre und ein paar Monate. Fran gab ein belustigtes Grollen von sich.

Tessa lachte ebenfalls. *Zeit genug, mir zu überlegen, was ich mit der Burg anstellen werde.*

Sir Cedric grinste still in sich hinein.

König Vincent hatte bereits eine deftige Siegesfeier vorbereiten lassen. Es gab viele Gründe, sie regelrecht zu zelebrieren. Die Damen Maya und Faye fieberten dem Moment entgegen, Lady Tessa in die Arme schließen zu können, denn ohne *Großmutter* würden die Kämpfe ganz sicher noch weitergehen. Tessas Wettereskapaden hatten dafür gesorgt, dem Clan schnell wieder Ruhe zu garantieren.

„Sie kommen!" Lady Faye rannte wie ein junges Mädchen die Turmstufen hinab.

Die Männer schauten schmunzelnd hinterher, genau wie Caitlin. Sie freute sich genau so sehr auf ihre Mutter, Schwester und die ungewöhnliche Halbschwester, konnte es aber nie so überschwänglich ausdrücken, wie Shona, die das Glück hatte, an deren Seite fliegen zu können. Wenn aber selbst Lady Maya völlig aus dem Häuschen geriet ... Caitlin raffte ihre Röcke und spurtete los.

„Dass ich so was mal erleben darf!", kicherte Sir Finnegan.

„Ich schätze, wir werden noch viel mehr Neues erleben", orakelte Sir Andrew mit einem Blinzeln, weil Einiges schon offene Geheimnisse waren.

Der König begrüßte die Neuankömmlinge persönlich, weil es ihm ein echtes Bedürfnis war.

„Was macht Eure Verletzung?", fragte er Lady Tessa sofort.

„Sie ist verheilt", bekam er mit einem strahlenden Lächeln zur Antwort.

„Sehr gut, dann können wir ja sofort die Burg einnehmen. Ich rechne zwar mit Widerstand, aber der dürfte sich in Grenzen halten." Sir Vincent gab den Befehl zum Aufbruch.

Sie verstecken sich, murmelte Tessa, weil sie völlig verwaist wirkendes Land überflogen.

Wen wundert es? Cedric konnte sich gut vorstellen, welche Furcht die einfachen Leute da unten haben mussten, wenn ein ganzes Heer von Drachen anrückte und keiner wusste, was diese vorhatten. Nach fast zwei Stunden erreichten sie das Meer, an dessen Ufer sich die waffenstarrende Königsburg Lilienstein erhob. Man lagerte außerhalb der Reichweite der Geschosse, wo sich Cedric mit Tessa, Sir Timothy und König Vincent beriet.

„Ich will eine friedliche Übernahme", erklärte Lady Tessa und ich habe auch einen Plan, der funktionieren dürfte. „Gebt mir Pergament, Federkiel und Tinte!"

Die drei Herren schauten ihr über die Schulter, als sie ein Ultimatum aufsetzte. Es richtete sich an die Witwe König Bertrams, welcher sie samt deren beiden Töchtern freies Geleit zusicherte. Sie müsse auch nicht das Land verlassen, könne sich außerhalb des Burgbezirks frei einen Wohnsitz wählen und unbehelligt als Edelfrau leben. Zudem dürfe sie aus der Burg mitnehmen, was auf zwei Ochsenkarren passe. Die Antwort sei bis zum Morgengrauen fällig, anderenfalls werde die Burg durch Drachenfeuer mit Mann und Maus bis auf die Grundmauern niedergebrannt.

„Nicht uninteressant", stellte König Vincent fest. „Nun muss es ihr nur noch jemand bringen. Ich bin gespannt, wie sie reagieren wird."

„Ich gehe selbst", erwiderte Lady Tessa. Der aufziehende Nebel erklärte den Rest. Kaum war er dick genug, verwandelte sich die Lady und schwebte beinahe lautlos zur Burg, wo sie das zusammengerollte Schriftstück durch ein offenes Fenster in die Küche warf, um sofort wieder zu verschwinden. Augenblicke später klarte der Himmel auf.

Der Küchenjunge hatte gehört, wie etwas zu Boden fiel und trug seinen Fund zum Koch. Der beeilte sich sehr, das Pergament zum Thronsaal zu bringen, wo es die Königswitwe persönlich entgegennahm. Sie öffnete die Rolle, las den Inhalt zwei Mal, ehe sie ihn laut den vier Beratern ihres Dahingeschiedenen vortrug.

„Ihr wollt das doch nicht etwa ernst nehmen?!", rief einer.

Lady Rosa kniff die Augen zusammen. „Wo uns Euer Rat hingebracht hat, sehe ich da draußen! Ob mein Gatte noch lebt, weiß auch keiner. Wenn mir die Drachen solch einen Brief senden, muss ich aber davon ausgehen, dass er den selbst angezettelten

Krieg nicht überlebt hat. Ich werde annehmen. Schon meiner Kinder willen."

„Ihr erwartet doch nicht etwa, dass einer von uns zu den Drachen geht?", stotterte ein anderer.

„Macht, dass Ihr möglichst weit fortkommt und versteckt Euch, Hasenfüße!", grollte die unglückliche Dame. „Ich werde den Drachen Angesicht zu Angesicht antworten." Sie rollte das Pergament zusammen und verließ sofort die Burg. „Lasst die Tore weit offen!", befahl sie den Wachen. „Die Drachen haben es nicht nötig, hindurchzugehen. Zudem wird mein Haus morgen bereits deren Haus sein." Sie schritt langsam, aber hoch erhobenen Hauptes auf das Zelt des Drachenkönigs zu.

„Sie hat Mut", lobte Lady Tessa. „Für ihre Töchter würde sie auch durchs Feuer hierher gehen."

Sir Timothy begrüßte sie als hochrangige Dame und führte sie ins Zelt. Er konnte deutlich hören, dass ihr das Herz bis zum Hals schlug.

„Ich bin gekommen, um Antwort zu bringen", sprach sie mir belegter Stimme, den Brief vorzeigend.

„Nehmt Platz!" Sir Vincent zeigte auf einen Schemel, dann setzten sich auch die anderen. „Wie habt Ihr Euch entschieden?"

Lady Rosa schluckte hart. „Ich nehme Euer Angebot an. Bitte gewährt mir zwei Tage, um mich mit meinen Kindern zurückzuziehen."

„Die Bitte sei Euch gewährt", versprach Lady Tessa.

Lady Rosa wischte eine Träne aus dem Augenwinkel. „Ich danke Euch sehr, ich habe so viel Güte nicht erwartet. Noch eine allerletzte Frage, dann werde ich Eure Geduld nicht mehr strapazieren: Könnt Ihr mir Auskunft geben, was mit meinem Gatten geschehen ist?"

Lady Tessa nickte. „Das kann ich. Er hat auf dem Felsen der Smaragdburg den Tod gefunden, als er hinterrücks versuchte, meine Mutter zu speeren."

„Ja, das sieht ihm ähnlich", flüsterte Lady Rosa resigniert. „Ihn haben jene beraten, die auch mich jetzt davon abhalten wollten, hierher zu kommen. Welch ein Wahnsinn, friedliebende Drachen anzugreifen. Welch ein Wahnsinn." Sie erhob sich.

„Ich werde Euch begleiten und darauf achten, dass Eure windigen Berater, nicht noch mehr gegen Euch arbeiten", erklärte Lady Tessa. Sie griff nach Dolch und Schwert.

Habt ein Auge auf die Schleudern, bat sie die Männer, Lady Rosa ihren Arm reichend, um sie zu führen.

„Wohin werdet Ihr Euch wenden?", fragte Tessa.

„Zwei Meilen von hier steht eine winzige Burg", erzählte Lady Rosa. „Sie ist zu klein für eine Königin, aber groß genug für eine Mutter mit zwei Kindern. Es gibt drei Knechte und zwei Mägde, einen Koch und etwas Vieh." Sie schaute Tessa flehend an.

„Wir werden sie Euch nicht wegnehmen. Auch das dazu gehörende Land werden wir Euch lassen. Wenn der neue König gekrönt ist, setze ich die entsprechende Urkunde auf."

Lady Rosa blieb stehen und schaute Tessa erstaunt an. „Ihr werdet die neue Königin sein?!"

„Die Mitregentin meines Gatten", differenzierte Tessa lächelnd. „Wir sind bestrebt, auch die alten Adelsfamilien zu erhalten, so diese Interesse haben, einem neuen König zu dienen. Jedem steht es frei, zu gehen oder zu bleiben."

Lady Rosa nahm freudig Tessas Hand. „Nun habe ich keine Angst mehr, Mylady. Danke."

Sie erreichten unter den neugierigen Blicken der Wachen das Tor. Lady Rosa winkte den Hauptmann heran. „Vor Euch steht die zukünftige Mitregentin des neuen Königs. Es wird nicht zu Euerem Schaden sein, ihr treu zu dienen. Auch wenn ich keine Befehlsgewalt mehr habe, möchte ich, dass sofort alle Speerschleudern abgebaut und vernichtet werden. Hiermit übergebe ich den Befehl über die Burg offiziell an Lady Tessa."

Der Hauptmann verbeugte sich vor beiden Damen sehr tief, dann ließ er sofort die Speerschleudern niederreißen. Das Gesinde lief herbei, um die neue Herrin zu begrüßen. Lady Tessa trat ein. Der Thronsaal war leer. Die schlechten Berater hatten das Weite gesucht.

Die beiden Töchter Lady Rosas, vierzehn und sechzehn Jahre alt, hatten sich zitternd in einer Ecke der Kemenate versteckt, als ihre Mutter mit dem fremden Ritter zur Burg gekommen war. Die Berater ihres Vaters hatten ihnen in den letzten Tagen die schwersten Foltern im Kerker vor Augen geführt, sollte der Drachenkönig den Krieg gewinnen. Genau das war nun passiert. Sie kamen erst hervor, als Tessa ihren Helm abnahm, sich als Frau zu erkennen gab und ihnen erklärte, dass weder sie noch ihre Mutter Gefangene waren, wobei die Ältere ihre kleine Schwester schützend umfangen hielt.

„Ich glaube, sie hat es geschafft!", berichtete Sir Ian anerkennend, als die Schleudern vom Turm geworfen wurden.

„Ich habe nie daran gezweifelt", erwiderte Sir Cedric lächelnd.

In der Burg bezeichnete Lady Rosa alle Dinge, die sie mitzunehmen gedachte. An der Waffenkammer hatte sie keinerlei Interesse. „Ich bin keine Kämpferin und Glück hat es uns auch nicht gebracht", sagte sie kurz.

Ihre große Tochter versuchte, die kleine Schwester zu trösten, welche geradezu in Tränen zerfloss.

„Worum geht es?", fragte Tessa.

„Um ihren Schimmel, der nicht auf den Karren passt", seufzte Lady Rosa.

Tessa winkte ab. „Auf dem muss sie doch zur neuen Burg reiten, auch wenn sie vielleicht nicht darauf sitzt."

„Ihr dürft Euer Pferd behalten", übersetzte das die glückliche Mama in einfachere Worte.

Tara küsste dankbar Tessas Hand.

„Drei Damen, drei Pferde", legte Tessa fest, weil Lia ihrem Rappen einen wehmütigen Blick zuwarf. „Scheut Euch auch nicht, zu uns zu kommen, wenn Feste anstehen", legte sie Lady Rosa ans Herz und wandte sich an die Schwestern: „Ihr müsst jetzt keine Angst haben, wenn alle Drachen kommen. Keiner wird Euch auch nur ein Haar krümmen."

Tessa gab dem Clan telepathisch bekannt, was noch abgesprochen worden war, um die Einhaltung ihres Willens zu garantieren. Alle Bewohner der Burg schauten zu, wie ein Drache nach dem anderen in den Hof flog, sich verwandelte und sie sich zu Paaren zusammenfanden. Natürlich fiel es auch Lia auf, dass zwei der Ritter keine Damen an ihrer Seite hatten und ganz zufällig streifte Sir Dans Blick das junge Mädchen neben der Tür, blieb für einen Moment an ihrem Gesicht hängen und wanderte mit einem Lächeln weiter. Lia wurde rot, wie eine reife Tomate.

Hübsch, die Kleine, hörte ihn Tessa sagen. *Wer ist sie? Eine der Prinzessinnen.*

Ein Grund mehr, auch bei Euch zu bleiben, kam die prompte Reaktion.

Da hat wohl der Blitz aus heiterem Himmel zugeschlagen, schmunzelte Tessa.

Sir Dan nickte blinzelnd. Er war einer der eher unbekannten Ritter. Seine Familie gehörte nicht dem Hochadel an, aber alle direkten Drachenlinien hatten Lady Lilian als Vorfahrin. Zudem konnte er sich verwandeln, was ihn schon allein zu einem besonderen Ritter machte.

Auch Lady Rosa waren die Blicke nicht entgangen, was sie innerlich erstarren ließ. Was mochten die Drachen nur denken, wenn ein Menschenkind einem der Ihren schöne Augen machte?!

Das wiederum war Lady Fran nicht entgangen. „Verbietet es ihr nicht. Wenn ihr Herz eines Tages wirklich für den jungen Ritter schlagen sollte, werden wir genau so eine prachtvolle Hochzeit feiern, wie für jedes Mitglied des Clans."

„Wer seid Ihr?", fragte Rosa erstaunt.

„Lady Fran, die ehemalige Königin des Drachenreiches und Mutter Eurer zukünftigen Königin."

„Oh, welch eine Ehre für mich", stotterte Rosa sichtlich überrascht. „Ich habe von Euch gehört und oft überlegt, was Ihr wohl macht, seitdem Ihr keine Königin mehr seid."

Fran lachte. „Ich lebe mit einem zum Drachen gewordenen Menschenritter in einer kleinen Burg nordwestlich vom Smaragdgebirge. Wir betreiben Ackerbau und ziehen Gemüse."

„Was war Euch das Wichtigste, das Ihr mitgenommen habt?"

„Die Abschriften der Chroniken unseres ruhmreichen Clans", erwiderte Fran. „Ansonsten nur meine persönliche Habe. Ich habe vor der Zeit mit Ritter Jim auf der kleinen Burg, eine lange, lange Zeit als Kräuterfrau allein im Wald gelebt. Als Drache war das nicht sonderlich schwer", fügte sie mit einem Blinzeln hinzu.

„Ich danke dem Schicksal, Euch Drachen wirklich kennengelernt zu haben", murmelte Lady Rosa, das Zusammenpacken fortsetzend, wobei sie wirklich selber Hand anlegte. Lady Lia half ihrer kleinen Schwester. Die drei durften auch noch eine Nacht in ihren Betten schlafen.

Was sich in der Burg abspielte, verbreitete sich im ganzen Land wie ein Lauffeuer, genau wie die Kunde, dass am übernächsten Tag der neue König gekrönt werden sollte. Es wunderte sich also niemand, dass allerlei Schaulustige ihr Lager vor der Bannmeile der Burg aufschlugen, um nichts zu verpassen.

Sir Cedric erteilte deshalb den Wachen Befehl, besonders auf das Eigentum der ehemaligen Königsfamilie zu achten, das sich im Stallgebäude türmte. Oft reisten Betrüger und Diebesgesindel mit an, um die Habseligkeiten anderer verschwinden zu lassen.

Lady Rosa schlief ganz beruhigt, weil zwei Drachen die Nachtwache unterstützten und die ganzen Burg davon wimmelte.

Das Frühstück nahmen alle gemeinsam und sehr zeitig ein. Lady Tessa ging persönlich, um die drei Damen zu Tisch zu bitten, die nicht erwartet hatten, ihren Hunger stillen zu können. Ob es der Zufall so wollte, oder Lady Fran ihre Finger im Spiel hatte, hätte Rosa nicht festlegen wollen, als Ritter Dan ihrer Tochter Lia genau gegenüber saß. Das junge Mädchen bekam einen deutlichen Hauch Farbe auf den Wangen und selbst der Letzte musste merken, dass das Herz auch in Flammen stand. Lady Tara, die jüngere Tochter Rosas, hatte deshalb ein so fröhliches Grinsen im Gesicht, als würde sie mit Worten sagen: Lady Lia ist verliebt!

„Verzeiht den beiden", stammelte Rosa völlig verlegen.

„Diesen oder diesen?", lachte Sir Vincent, ein Mal auf die beiden Schwestern, das andere Mal auf Lady Lia und Sir Dan deutend.

Lady Rosa schlug die Hände vor das Gesicht. „Ach herrje!" Sie hatte den jungen Ritter wirklich nicht in Bedrängnis bringen wollen.

Dan packte die Gelegenheit beim Schopf. „Ich möchte meine zukünftige Herrin, Lady Tessa, und Lady Rosa bitten, zu erlauben, dass mich Lady Lia bei den Krönungsfeierlichkeiten begleiten darf. Natürlich nur, wenn sie das wirklich möchte."

„Oh bitte!", hauchte Lia und warf den beiden Damen ängstliche Blicke zu.

„Meinen Segen habt Ihr!", stimmte Tessa lächelnd zu. „Ich hoffe auch sehr, die beiden anderen Damen hier begrüßen zu dürfen."

Rosa seufzte tief. „Sagte ich nein, glaubten alle, ich sei ein Monster. Zudem würde ich mich selber Lügen strafen. Ich nehme die Einladungen dankend und mit großer Freude an."

„Vielen Dank, Mylady", flüsterte Lia.

„Damit die Freude auch ungetrübt bleibt, wird Ritter Dan Euch und die Wagen zu Eurem neuen Domizil begleiten und zuverlässig beschützen", legte Sir Cedric fest, worauf Lias Herz einen großen Sprung machte. Das sah alles völlig anders, als Verbannung und Kerkerhaft, aus, wie die Berater ihres Vaters sie glauben lassen wollten.

Schließlich begaben sich die drei Damen zu den Ochsenkarren und ihren Pferden, wo ihnen Knechte zur Hand gingen, alles aufzuladen und gegen Herabfallen zu sichern. Sir Dan half den Damen auf die Pferde und führte den Tross zum Tor hinaus. In der Königsburg begannen die Vorbereitungen der Krönungsfeierlichkeiten und das große Umräumen in den Wohnräumen.

Sir Cedric prüfte gemeinsam mit seinem Schwiegervater die bisherigen Steuern und Abgaben, während sich die Damen Tessa und Fran mit den Stammbäumen der Adelsgeschlechter befassten, um alle Klippen umschiffen zu können.

Dann meldete man ihnen, ein Mann sei gekommen, ihnen seine Dienste anzubieten und Cedric ließ ihn eintreten. Es war der Zeremonienmeister des alten Königs, der sich ein Herz gefasst hatte, und nun darum bat, auch für den neuen Herrscher diese Rolle übernehmen zu dürfen.

„Genau der Mann, den wir brauchen", jubelte Tessa. „Kommt, mein Bester, Ihr müsst morgen Euer Wissen brillieren lassen. Hier habt Ihr eine Liste der Drachennamen, Titel und Wappen, um Euch einstimmen zu können." Sie übergab ihm das reich verzierte Pergament.

Schon am Abend verblüffte er alle, indem er die meisten neuen Damen und Herren bereits am Gesicht erkannte und exakt ansprach. Ganz offenbar lebte der Mann nur für seine Arbeit. Dass er zudem Geschichtsschreiber gewesen war, erfuhren die neuen Herrschaften ganz nebenbei, wunderten sich nun aber auch nicht mehr, wie akribisch er alles tat.

„Wo Pergament, Tinte und Federkiel stehen, wisst Ihr ja", sagte Lady Tessa lächelnd. „Waltet also auch wieder dieses Amtes."

Die Ochsenwagen der ehemaligen Königin erreichten nach fast zwei Stunden die Quellenburg, welche sich Lady Rosa als neuen Wohnsitz erwählt hatte. Sir Dan war neben ihr hinter den Ochsenwagen und den Mädchen geritten, die sehr die Ohren spitzten, worüber sich die beiden unterhielten. Lady Rosa war erfreut gewesen, wie sehr die Anwesenheit eines Drachens die Massen im Zaum hielt, denn ein wenig hatte sie sich schon davor gefürchtet, durch das Spalier der ehemaligen Untertanen reiten zu müssen. Wappen und Waffen des jungen Ritters hielten alle auf Abstand. Kaum war diese Hürde gemeistert, begann sie ihn nach allem Möglichen zu befragen, womit sie die neue Herrscherin nicht hatte belästigen wollen.

Er verriet ihr auch, am Hof Sir Cedrics bleiben zu wollen. Das freudig-erschreckte Zusammenzucken vor sich, amüsierte nun auch die allumfassend informierte Mutter. Sie hatte es in alten Berichten immer für romantische Spinnerei gehalten, wenn davon die Rede war, dass sich Drachen oft schon als Kind auf einen Partner festlegten und davon nie wieder losließen. Vor wenigen Augenblicken hatte sie es aus dem Mund eines echten Drachens bestätigt bekommen und begann zu ahnen, ihren zukünftigen Schwiegersohn neben sich zu haben.

„Viele Drachen können Gedanken lesen", ließ er beiläufig fallen und Lia zuckte erneut zusammen, nur dass sie sich diesmal auch umdrehte und Ritter Dan erschreckt musterte. Aber seine Augen sagten dasselbe, wie soeben der Mund.

Tara murmelte: „Ohhhhh haaaaaa!"

Lady Rosa hob beinahe hilflos die Hände. „Reißt Euch zusammen, meine Damen."

„Lady Tara wird also nicht lange warten müssen, einen echten Drachen zu sehen, denn ich werde zurück fliegen", schmunzelte er.

„Und Euer Pferd ... *esst Ihr vorher auf?!*", rief die junge Dame entsetzt.

Ritter Dan lächelte vergnügt: „Trage ich in meinen Klauen. Wir essen in Drachengestalt Pferde nur, wenn sie tot auf dem Schlachtfeld liegen."

„Oh, dann bin ich beruhigt!", seufzte Tara, ihm einen huldvollen Blick schenkend. Wer keine Pferde verspeiste, würde sicher auch nicht Lia anknabbern.

Dan hatte Mühe, über diesen Gedankengang nicht in schallendes Gelächter auszubrechen.

Das Gesinde hatte Lady Rosa und deren Töchter schon erwartet. Die Knechte luden die Wagen ab und trugen alles sofort zum Palas. Dan überwachte es mit Argusaugen und schaute sich gleich noch unbemerkt um, ob es den drei Damen wirklich an nichts fehlen werde. Es schien, alles in Ordnung zu sein.

„Zeit für mich, zurückzufliegen", sagte er. „Nehmt, wenn Ihr zur Krönung kommt, einen Knecht zur Begleitung mit, der weiß, wie man einen ordentlichen Knüppel handhabt. Ich möchte Euch in Sicherheit wissen." An Lady Lia gewandt: „Vergesst mich nicht, Dame meines Herzens."

„Wie könnte ich das, Herr Ritter?", erwiderte Lia errötend.

Lady Tara fieberte dem Moment entgegen, ihren ersten leibhaftigen Drachen zu sehen. Ihr erklärte er: „Wenn ich ein Drache bin, kann ich nicht sprechen. Wenn Ihr den Panzer des Drachens berühren wollt, tut es. Ihr müsst keine Furcht vor mir haben. Das gilt für alle", fügte er lächelnd hinzu, ging ein paar Schritte beiseite und schon hockte ein riesiger olivgrüner Drache auf der Wiese, alle mit bernsteingelben Augen beobachtend.

Weil sie zögerten, legte er seinen Kopf auf den Boden, um zu demonstrieren, dass von ihm wirklich keine Gefahr ausgehe. Lia trat heran und streichelte den Giganten zwischen den Hörnern, wie es die alten Geschichten beschrieben. Nun erst trauten sich auch die Damen Tara und Rosa, den harten Panzer zu berühren.

„Bis bald, mein edler Ritter", flüsterte Lia, mit Mutter und Schwester Platz zum Starten machend.

Mächtige Flügelschläge wirbelten Staub auf, als sich Dan in den Himmel schwang und nach seinem Pferd griff. Ehe er den geraden Weg zur Königsburg wählte, umkreiste er zum Abschied drei Mal die Quellenburg.

Lady Rosa legte ihren Töchtern die Arme um die Schultern. „Mit ihm, meine liebe Lia, erwartet Euch ein sehr viel Besserer, als jener, den Euer Vater vorgesehen hatte."

„Wen ... hatte ... er ... denn ... vorgesehen?", fragte Lia ganz vorsichtig.

„Sir Paul."

„Den alten Tattergreis, der mein Urgroßvater sein könnte?!", entsetzte sich Lia, wenig damenhaft.

Lady Rosa rief sie nicht einmal zur Ordnung und nickte nur stumm.

„Und wann gedachte er, das Urteil zu vollstrecken?"

„Gleich nach dem Feldzug", erwiderte Rosa mit tonloser Stimme. Sie drückte Lia fest an sich. „Freuen wir uns auf bessere Zeiten."

„Über, liebe Mutter, über." Lia schenkte ihr ein fröhliches Lächeln.

Kaum zurück in der Königsburg, nahm Sir Dan, zusammen mit Sir Ian, Abschied von König Vincent, um als freie Ritter dem neuen Herrscher des Küstenstaates ihren Dienst antragen zu können. Elternpaare und Freunde sahen es mit einem lachenden und einem weinenden Auge.

„Mir ist es lieber, wenn sie hier mit ganzer Kraft unseren Clan festigen, als bei mir nur noch mit halbem Herzen zu agieren", legte Sir Vincent seine Meinung dar und erntete Beifall.

Der Besuch in der Grotte hat ihm neue Qualitäten angedeihen lassen, hörte Sir Timothy Lady Tessas Stimme.

Mir ist seitdem eine große Last von den Schultern genommen, gab er nur für sie hörbar zurück.

Vor den Toren der Burg trafen immer neue Ritter des alten Königs ein, an deren Zelten die Blumengebinde davon kündeten, mit guten Absichten gekommen zu sein. Wie man ihre ehemalige Königin behandelte, ließ auch sie auf Gutes hoffen. Wie man munkelte, werde Lady Rosa sogar zur Krönung des neuen Herrschers kommen.

Cedric ließ das Badehaus anheizen, wo sich Damen und Herren durch einen Vorhang getrennt der Körperpflege hingaben. Sowohl die einen als auch die anderen genossen es, endlich wieder einmal den Schmutz der Kämpfe gründlich entfernen zu können. Knechte und Mägde bürsteten die Kleidung der Badenden aus, polierten Rüstungen und Waffen für die Feierlichkeiten am nächsten Morgen. Rechtschaffen müde sanken danach alle auf ihre, meist provisorischen Schlafstätten.

Cedric und Tessa zog es magisch zueinander. Kein Wunder, wo sie ihre Hochzeitsnacht noch immer nicht zelebriert hatten.

„Ich dachte schon, ich sterbe irgendwann als alte Jungfer", wisperte Tessa amüsiert.

„Ich glaube, das kann ich verhindern", flüsterte Cedric zurück und holte sich endlich, wonach es ihn schon lange drängte.

Eine neue Dynastie

Der neue Tag begann mit Vogelgezwitscher und Sonnenschein. Während man auf Burg Lilienstein streng dem Protokoll folgte, wuselten in der Quellenburg alle wild durcheinander. Lady Rosa ließ es geschehen. Es tat gut, nicht alles reglementieren zu müssen. Lia hatte schon ihr schönstes Festtagsgewand angelegt und auch Tara war fast fertig angezogen. Beide wählten instinktiv wunderschönen, aber einfachen Goldschmuck. Mutter Rosa konnte sich ganz auf sich selbst konzentrieren.

Weil der Tag ihrer neuen Königin gehörte, die sie schon jetzt wertschätzte, suchte sie statt eines Prunkgewandes ein wertvolles Festkleid heraus, das sie mit etwas Schmuck und einem Wappenumhang komplettierte, den eine Stickerin noch in der Nacht geändert hatte. Das alte Königswappen war nun nur noch ein winziger Bestandteil im Wappen der Quellenburg. Auch die Umhänge der Schwestern zeigten das gleiche Emblem.

Die Pferde standen schon gesattelt auf dem Hof und Jonas, der Erste Knecht, hatte einen handfesten Knüppel mit eisernen Dornen an seinem Gürtel hängen. Er half seinen Herrschaften auf die Pferde und bildete die Nachhut. Kurz bevor sie auf die ersten Zelte trafen, nahmen sie Rautenformation ein, vorn Lady Rosa, links und rechts dahinter deren Töchter und am Ende mittig Knecht Jonas, der Wächter.

Diesmal ritt Lady Rosa mit erhobenem Kopf und einem strahlenden Lächeln durch die Menschenmassen, die ihr beeindruckt hinterherschauten. Am Tor der Burg wartete schon Sir Ian, der die Gäste in den

Thronsaal geleitete. Jonas mischte sich, wie immer, wenn es etwas zu feiern gab, unters Volk, um Spaß zu haben.

Der Zeremonienmeister stutze nur einen Moment, dann hatte er den Sinn des neuen Wappens erfasst: „Lady Rosa, Herrin der Quellenburg, mit ihren Töchtern Lady Lia und Lady Tara!", kündigte er ihr Erscheinen an.

Die bereits anwesenden alteingesessenen Ritter staunten, wie selbstverständlich sich die drei Damen inmitten der fremden Edelleute bewegten. Offenbar stimmte es, dass man ihnen alle Privilegien des Hochadels gelassen hatte.

Der Zeremonienmeister stieß seinen Stab drei Mal auf den Boden. Es wurde still und die hintere Tür des Saals öffnete sich. In vollem Harnisch, nur ohne Helme, trat das Drachenpaar ein, welches gleich offiziell die Herrschaft übernehmen werde. Lady Tessa trug das Aquamaringeschmeide, das ihr Cedric zur Hochzeit geschenkt hatte. Gehauchtes „Ahhh" und „Ohhh" aus dem Publikum begleitete den grandiosen Auftritt. Lady Tara war beileibe nicht die Einzige, die mühlradgroße Augen machte.

Und die Augen sollten bei vielen noch größer werden, als beide vor den Thronen stehenblieben und sich dem Saal zuwandten. Die Herren Ian und Timothy und Lady Fran traten auf den Plan. Lady Shona zog das Tuch von der Krone, worauf erneut Gemurmel die Stille durchdrang und diesmal betraf es auch die Drachen. Diese wussten zwar, dass man eine Krone des Clans zur einzig Wahren des neuen Reiches erklären werde, nur nicht, welch unermesslichen

Wert diese hatte und schon gar nicht, woher sie stammte.

Als das Tuch zu Boden fiel, begannen die Augen des zukünftigen Herrscherpaares intensiv himmelblau zu strahlen, was den Menschen zeigte, ganz besondere Drachen vor sich zu haben. Lady Shona trug das Kissen zu den Herren Ian und Timothy.

Ian hob die Krone hoch, damit sie jeder sehen konnte. „Ich, Ian, freier Ritter des Drachenclans und Hüter des Zeichens der Macht, kröne Euch, Sir Cedric, zum König über dieses Land." Er setzte seinem Freund mit einem genüsslichen Lächeln die Krone aufs Haupt, dann trat er einen Schritt zurück.

Sir Timothy zog eine zweite, zierlichere, aber ähnlich gearbeitete Krone unter seinem Umhang hervor. „Ich, Timothy, Feldherr König Vincents, Herr der Smaragdminen und Hüter der verborgenen Schätze, kröne Euch, Lady Tessa, zur Mitregentin." Er lächelte, genau wie sein Sohn, trat einen Schritt zurück, dann gingen beide gleichzeitig zur Seite, um Lady Fran Raum zu geben. Wie sie es schon in der Smaragdburg zelebriert hatte, übergab sie das umgearbeitete Zepter an das Königspaar und auch hier legte Lady Tessa ihre Hand auf die Sir Cedrics. Gemeinsam das Zepter haltend, setzten sie sich auf die Throne.

Jubel brandete auf und ein Ausrufer verkündete die Botschaft auf der Festwiese. Ehe sich das neue Königspaar am Fenster zeigte, traten die Ritter Ian und Dan vor, stützten ein Knie auf den Boden und sprachen synchron den Satz: „Ich, Sir Ian / Dan, biete Euch meine Dienste an."

Und das Herrscherpaar antwortete genau so synchron: „Erhebt Euch, edle Herren, Ritter des Reiches."

Ausnahmslos alle alteingesessenen Ritter traten nun ebenfalls in die Mitte des Saales, als Gemeinschaft treuen Dienst schwörend, und die Herrscher nahmen mit großem Dank an.

Lady Lia hätte die Welt umarmen mögen. Sir Dan hatte Wort gehalten. Mit strahlendem Lächeln ließ sie sich von ihm auf den Festplatz führen, um das neue Königspaar zu feiern. Einer der halbwüchsigen Drachen, Knappe bei Sir Andrew, bot Lady Tara in aller Form seine Gesellschaft an, worauf Mutter und Tochter erfreut zustimmten. Ehe sich ein anderer versah, schritt Sir Ian als Gesellschafter für Lady Rosa mit ihr hinaus.

Der deutliche Symbolcharakter blieb wohl keinem verborgen. Er hatte den neuen König gekrönt und schätzte die ehemalige Königin trotzdem wert, der man überdeutlich ansah, wie zufrieden sie mit der ungewöhnlichen Situation war.

„Perfekt", raunte Sir Vincent Sir Timothy zu, sich nun mit Lady Maya den Gaumenfreuden der Region widmend.

Nur bis zum Abend sollten die Feierlichkeiten gehen, denn die Speicher der Burg waren durch den sinnlosen Feldzug des alten Königs fast leer. Dafür wurden bereits für den nächsten Tag neue Gesetze angekündigt, was die Feiernden veranlasste, vor der Burg zu bleiben, um die erste Verkündung sofort zu hören. Herolde kamen ja trotzdem noch, würden aber bis in die entlegenen Gegenden längere Zeit brauchen. Vor allem waren die Ritter begierig, zu erfahren, welche Forderungen Sir Cedric an sie stellen werde.

Natürlich waren sie bestrebt, den Kontakt zu den Drachenrittern zu suchen, um sich wenigstens ein paar Grundkenntnisse anzueignen. Hatte doch der alte König das Nachbarland in den schwärzesten Farben ausgemalt und regelrecht verteufelt, so dass er aussah, als wäre es ausnahmslos von Bestien bevölkert, die alles und jeden fraßen. Die bereitwilligen Auskünfte, welchen die *Neuen* gaben, rückten das völlig verquere Weltbild Stück für Stück gerade. Außer den vier Beratern mit ihren Familien, fehlte auch keiner und die, so hatte man gesehen, waren in wilder Flucht mit unbekanntem Ziel davongeritten. Gefressen worden war davon keiner.

„Vielleicht hätten sie es ja verdient gehabt", murmelte ein älterer Ritter.

Sir Jim drehte sich schmunzelnd zu ihm um. „Solch widerliche Kost würde selbst uns den Magen verderben."

Der Ritter grinste vergnügt zurück. Er hatte nicht an die scharfen Drachenohren gedacht, an die man sich nun auch gewöhnen musste. Noch etwas war neu: dass sich der König und die Königin direkt mit unters Volk mischten. Es ahnte ja keiner, dass sie Gedanken lesen konnten und sich so Informationen holten, an die sie sonst kaum herankam. Das Volk war begeistert, die Herrscher auch wirklich sehen zu können, und nicht nur deren Ausrufer.

Sir Dan hatte etwas Zuckerwerk von einem fliegenden Händler gekauft. Lady Lia naschte mit Begeisterung. Ihr Vater hatte stets verboten, Naschwerk vom gemeinen Volk zu erwerben. Meist durften die Schwestern nur vom Fenster aus zusehen, wenn sich unten alle vergnügten. Zuckerwerk gab es in der Burg nie. Das mochte Vater nicht, und so hatten alle darauf zu verzichten gehabt. Ritter Dan schüttelte immer wieder den Kopf, weil das Leben der Prinzessinnen wohl nur aus Verboten bestanden hatte.

Am nächsten Stand trafen sie Lady Tara und ihren Begleiter. Auch Tara hielt mit leuchtenden Augen einen Zuckerstern in der Hand. Sie kicherte fröhlich, als Lia blinzelnd ihr Naschwerk vorzeigte.

„Könnt Ihr Euch vorstellen, dass die beiden das erste Mal solchen Spaß haben?", wandte sich Rosa an Ian.

„Nicht wirklich, aber man sieht ihnen an, wie sie das Fest genießen." Es blieb ihm ein Rätsel, was König Bertram damit bezweckte, die Mädchen von der Welt vor der Burg fernzuhalten.

Lady Lia und Sir Dan passierten soeben einen Tisch mit mehreren betagten Herren, die mit den Rücken zu ihnen gewandt saßen. Der junge Mann schaute Lia fragend an, als sie sich regelrecht an seinem Arm festkrallte und den Schritt beschleunigte.

Ich weiß gar nicht, wie ich es ihm sagen soll, dass dort das vergreiste Verhängnis sitzt, das mir zugedacht war, überlegte sie. Dann fiel ihr ein, dass er mit an Sicherheit grenzender Wahrscheinlichkeit ihre Gedanken lesen konnte, und so wisperte sie: „Meine Mutter hat mir gestern verraten, dass mich mein Vater mit dem betagten Sir Paul verheiraten wollte. Ich habe soeben einfach die Beherrschung verloren. Verzeiht mir bitte!"

„Gibt es darüber ein Schriftstück?", flüsterte Dan fragend zurück.

Lia schüttelte den Kopf.

„Dann wird er Euch auch nicht bekommen. Machen wir Nägel mit Köpfen!" Er geleitete sie zu Ihrer Mutter und bat im Beisein Sir Ians, Sir Timothys und Lady Shonas um Lias Hand.

„Die Bitte überrascht mich nicht. Es wäre ein arger Frevel, es Euch zu verwehren", sagte Lady Rosa sofort.

Lia fiel ihr mit Freudentränen um den Hals und Dan bedankte sich in aller Form. Er zog einen Ring mit blutrotem Rubin von seinem kleinen Finger und streifte ihn Lady Lia über. Dans Eltern waren rasch zur Stelle, um die zukünftige Schwiegertochter kennenzulernen, von der sie nichts geahnt hatten.

Die Aufregung auf einem Teil des Festplatzes rief auch das Königspaar herbei, das neugierig war, was denn solche Emotionen hervorrief. So gehörten sie zu den ersten Gratulanten und ließen die Neuigkeit auf dem ganzen Festgelände ausrufen. Ein Wunder, dass Sir Paul keinen Herzschlag erlitt. War er doch der Meinung gewesen, er könne in den nächsten Tagen an der Quellenburg erscheinen und der verwitweten Lady Rosa viel Geld für das zweifelhafte Glück ihrer älteren Tochter anbieten. Geld war auch das Einzige, das ihren Mann angetrieben hatte, denn Sir Paul war zwar kein Ritter, aber ein schier unermesslich reicher Edelmann.

Es verstand sich fast von selbst, dass König Cedric fragte, was seinen Ritter zu so schnellem Schritt bewogen habe und Lady Rosa gab schließlich preis, was sie ihrer Tochter am Vortag gebeichtet hatte.

Dans Eltern schüttelten entsetzt den Kopf. Wie konnte ein Vater dem eigenen Kind so etwas antun? „Bei uns seid Ihr herzlich willkommen und gut behütet", erklärten sie, die plötzliche Wahl ihres Sohnes gutheißend.

Cedric nickte Dan zufrieden zu. „Ein wahrer Drache, wie er im Buch steht. Ich freue mich aufrichtig, solche Männer zu haben. Wenn sich die Wogen in den nächsten Tagen allgemein geglättet haben, werden wir auch die Zeit finden, Euer Fest vorzubereiten. An des Königs Worten, dass Lady Lia Eure Braut ist, wird keiner zu zweifeln wagen."

Tara schaute ihre große Schwester begeistert an. „Ich glaube, nun ist sie glücklich."

„Das glaube ich auch!", lachte Lady Tessa, denn Lias Gedanken schlugen wilde Purzelbäume, aber allesamt waren auf Sir Dan gerichtet. Was nutzte auch viel Geld, wenn man trotzdem weiter eingesperrt war. Lia hätte bei einer Eheschließung mit Sir Paul nur den Ort ihrer Gefangenschaft gewechselt. So viel war sicher.

Ihr werdet frei sein und mit mir fliegen, soweit das Auge reicht, hörte sie deutlich Dans Stimme, obwohl er den Mund geschlossen hielt. *Dass Ihr nun die wahre Sprache der Drachen verstehen könnt, ist das Verlobungsgeschenk unserer Königin.*

Wie kann ich ihr dafür danken?

Denkt intensiv an sie und was Ihr sagen wollt!

Einen Wimpernschlag später erklang die Stimme Lady Tessas: *Gern geschehen!*

„Mein Schwesterchen hat recht: Ich bin glücklich." Lia nahm wieder Dans Arm und flanierte mit ihm lächelnd weiter durch die Menschenmassen, aus denen ihnen immer wieder Glückwünsche zugerufen wurden.

So unbefangen, wie die Damen Rosa und Lia wirkten, kam Sir Paul irgendwann zu der Überzeugung, dass tatsächlich nur der König und er von der Abmachung gewusst hatten. Wirklich ärgerlich und Pech für ihn. Sir Dan grinste schadenfroh in sich hinein.

Als seine Liebste mit ihrer Familie wieder nach Hause ritt, begab er sich zu seinem König, wo er auf Ritter Ian traf, der, wie er, zwei Kammern zugeteilt bekam, die ihr neues Domizil werden sollten. Doch ehe sie diese bezogen, verabschiedeten sie überaus herzlich ihre Familien und die anderen Drachen, die noch in der Nacht nach Hause fliegen wollten, um sich dort um die Kriegsschäden kümmern zu können. Bei Gelegenheit werde man ja sowieso vorbeischauen, um die persönliche Habe zur Burg Lilienstein zu bringen.

All jene, die noch vor der Burg lagerten, schauten mit riesengroßen Augen zu, wie sich ein gigantischer Drache nach dem anderen aus dem Burghof erhob und mit gleichmäßigem Flügelschlag davonzog. Als die Drachen Timothy und Jim starteten, blieben bei vielen Zuschauern endgültig die Münder offen stehen.

Beim Abendbrot im kleinen Kreis bat Cedric um einen Bericht, wie seine beiden Ritter den Tag erlebt hatten. Dan sollte den Anfang machen.

„Ich möchte es in loser Folge auflisten", begann er. „Die Menschen hier, und damit meine ich Arme und Reiche, scheinen überwiegend froh zu sein, einen neuen König zu haben. Sie sind in großer

Erwartung, was Ihr morgen zu den Steuern und Abgaben sagen werdet. Bisher drückte die Last so sehr, dass die Bauern einen Teil der Ernten zurückgehalten haben, um selbst überleben zu können. Die Ritter sind ehrliche Edelleute, was man von einigen, die nicht dem Stand der Ritter angehören, aber im Rang höher stehen, nicht behaupten kann. Sir Paul ist nur einer von fünf Herren, die mir unschön aufgefallen sind."

„Eine Analyse, die ich genau so bestätigen kann", erklärte Sir Ian.

Lady Tessa nickte. „Ja, das war kurz und bündig auf den Punkt gebracht. Sir Dan, Sir Vincent hat ja keine Ahnung, was er in Euch verloren hat. Ihr werdet in allen Fragen Sir Ians Stellvertreter sein."

Dan deutete hocherfreut eine Verbeugung an. „Stets zu Diensten Mylady, stets zu Diensten Sire."

Ein ziemlich zerknirscht wirkender Knecht kam herein. „Da unten steht ein Bauer, der sich einfach nicht abweisen lässt. Er möchte dringend vorgelassen werden."

„Führe ihn in mein Arbeitszimmer", bat der König. „Mal hören, was er zu sagen hat. Ihr entschuldigt mich doch sicher einen Moment, meine Lieben."

Als der Mittvierziger eintrat, verbeugte er sich noch in der Tür bis zum Boden. „Mich treibt mein Gewissen hierher, mein König."

„Was hast du verbrochen?"

„Eigentlich nichts, Sire. Ich bewirtschafte den Hof direkt an der Bannmeile und kann sehen, was in Eure Speicher gebracht wird. So weiß ich auch, dass die fast leer sind, obwohl sie es eigentlich nicht sein sollten. Draußen steht mein Wagen voller Getreide, das ich, wie viele andere, König Bertram vorenthalten habe, als er sein Heer in den irrwitzigen Krieg schickte. Wir haben gehofft, er würde wegen Versorgungsengpässen den Plan aufgeben. Die Wagenladung gehört Euch sowieso. Ich wollte, dass Ihr sie bekommt, ehe man mich mit Gewalt zur Herausgabe zwingt."

„Du siehst, was in meinen Speicher kommt?", fragte Cedric erstaunt, worauf der Bauer sehr, sehr vorsichtig nickte und wegen Neugier mit drastischen Strafen rechnete.

„Dann mache ich dich am besten gleich zum Aufseher über die Speicher. Ab morgen früh wirst du deines Amtes walten, ohne deine eigenen Felder zu vernachlässigen. Ich sage den Knechten Bescheid, dass sie dir jetzt beim Abladen helfen sollen."

„Ich schwöre, ich werde Euch nicht enttäuschen, mein König", strahlte der Bauer, als er sich von seiner Überraschung erholt hatte und ihm auf den Hof folgte, wo auch das Gesinde aus erster Hand vom neuen Aufseher erfuhr.

„Aufseher – genau der richtige Posten für einen, der bis jetzt unfreiwillig Aufpasser war", lachte Tessa. „Ich liebe es, wenn sich das Hofwesen von allein regelt. Er dürfte erfreut sein, was es morgen über die Abgaben zu erfahren gibt."

Zu Hause wurde er jedenfalls wie ein Held empfangen, weil er den Mut gehabt hatte, dem König die Wahrheit zu sagen und freies Geleit zurück, bekommen hatte. Als er dann auch noch erklärte, er werde ab dem nächsten Tag direkt für den König arbeiten, war der Jubel groß. Da hatte er noch nicht einmal erzählt, in welcher Stellung.

„A … Aufseher?!", stotterte sein ältester Sohn. „A … aber … da bist du doch richtig in der Burg … ich meine … ganz oft bist du dann dort und kannst immer wieder den König und die Königin sehen."

„So ist es, mein Lieber", freute sich die Bäuerin. „Und weil er da nicht mehr irgendjemand ist, werde ich sofort eine bessere Hose und ein ordentliches Wams bereitlegen."

„Übertreibe es nicht", bat der Bauer. „Ich bin zum Arbeiten dort und nicht zum Maulaffenfeilhalten."

Tessa ließ am späten Abend Kaminholz zum Arbeitszimmer bringen. Nur bekam es der Knecht nicht Brand.

„Lass mich mal ran", schmunzelte sie, schob ihn beiseite und spie unverwandelt eine kleine Flammengarbe in die Feuerstätte. Augenblicklich loderte ein lustiges Feuer, die nassen Scheite krachten und zischten. „Wo kommt das Holz her? Warum ist es nicht trocken?"

Der Knecht hob hilflos die Hände, wusste aber, dass er die Wahrheit sagen musste, weil das Herrscherpaar auf unerfindliche Weise stets sofort wusste, wenn einer flunkerte. „König Bertram hat nie heizen lassen. Wer fror, musste sich eben wärmer anziehen. Sogar in der Kemenate saß oft Eis an den Wänden. Dieses Holz stammt aus dem Sumpf." Er beendete die Erklärung so abrupt, dass das Königspaar neugierig wurde.

„Setz dich und erzähle, was daran so besonders ist!", forderte Sir Cedric.

Der Knecht wurde blass, nahm Platz und folgte auch sonst dem Befehl. „Wir hatten bis vor drei Jahren einen großen See, östlich von hier. Da lebte ein Fischer, der den Hof belieferte. Dann kam ein gewaltiges Unwetter und warf einen halben Wald in den See, der daraufhin zum Sumpf wurde. Nun musste der Fischer, der gar keiner mehr sein konnte, aber noch immer den Hof beliefern und schließlich Strafe zahlen, weil er nichts fing. Er hat versucht, den See zu beräumen ...“

„Und weiter?“

„Na ja ... es gab mehrere Tote, die im Morast versanken. Da hat der Fischer vor Wut alles aufgeladen, was er bis dahin an Holz geborgen hatte, und die ganze stinkende Ladung hier auf den Hof gekippt. Das ist alles, was Ihr bekommen könnt, hat er Sir Bertram zugerufen, ist davongefahren und nie mehr gesehen worden. Seitdem soll es am Sumpf spuken, sagen die Leute. Das Brennholz für das Bad, war das letzte gute Holz, das wir hatten“, fügte er noch hinzu.

„Du kümmerst dich morgen, dass das nasse Holz zerkleinert und getrocknet wird. Ich mich, dass die Waldarbeiter wieder ihre Äxte schwingen“, legte der König fest. „Für heute darfst du schlafen gehen.“

„Es riecht wirklich gewöhnungsbedürftig“, seufzte Tessa. „Ich hätte Lust, morgen im Laufe des Tages einen kleinen Ausflug zu jenem Sumpf zu machen.“

„Fliegen wir zu viert. Mal sehen, ob vom See dann wieder was zu sehen ist“, witzelte Cedric. „So ungefähr ist doch Euer Plan?“

„Richtig!“ Tessa kuschelte sich an seine Schulter. Gemeinsam beobachteten sie die Flammen im

Kamin. „Wir haben viel Arbeit vor uns, wenn wir Ordnung in dieses Chaos bringen wollen."

„Das schreckt mich nicht", erwiderte Cedric lächelnd. „Wir dürfen nur den Spaß für uns und unser Volk dabei nicht vergessen."

„Unser Volk", echote Tessa versonnen. „Wundervolle Worte."

Irgendwann schlief sie an seine Schulter gelehnt ein und Cedric trug sie mit einem verständnisvollen Lächeln in ihr Bett. Dafür bekam er dann am Morgen, was ihm am Abend entgangen war, und war trotzdem pünktlich beim Training mit seinen beiden Rittern, dem sich schließlich auch Königin Tessa anschloss. Die alteingesessenen Ritter waren sichtbar froh, nicht in der Königsburg zu wohnen, denn die vier Kämpfer schenkten sich nichts. Das Gesehene machte natürlich sofort die Runde. Selbst die Königin musste nicht zum Drachen werden, um jemanden richtig in Grund und Boden zu stampfen. Da genügte ein Schwert. Diesmal erschien sie auch nicht im Harnisch, als sie nach dem Frühstück gemeinsam vor das Volk traten, sondern in einem schlichten himmelblauen Seidenkleid mit goldbestickten Borten und wirkte gleich nicht mehr so furchteinflößend.

Lady Rosa stand mit ihren beiden Töchtern in vorderster Reihe, um kein Wort zu überhören. Lia und Dan hatten ein flüchtiges Lächeln zum Gruß gewechselt, denn kein König hätte es gemocht, wären seine Ritter abgelenkt gewesen. Das wusste Lia nur zu gut.

„Guten Morgen!", sprach der König mit lauter Stimme und alle antworteten. Er rollte das Pergament auf, wo alles niedergeschrieben stand, was er verkünden wollte. „Jeden ersten Donnerstag im Monat werden wir auf der Burg Recht sprechen, ohne dass man sich dafür vorher anmelden muss. Sind es unaufschiebbare Dinge, stellt einen Antrag, den wir prüfen werden."

Beifälliges Gemurmel, denn so etwas hatte es bisher nicht gegeben. Da konnte sich das Recht kaufen, wer genug Geld hatte.

„Und nun zu den Abgaben." Er verlas die Forderungen an die Zünfte und Stände und wann sie zu erbringen waren. „Und wer bis jetzt vergessen hat, für dieses Jahr seine Schuld zu begleichen, der sollte sich beeilen, denn auch wir lassen eintreiben, wenn es uns zu bunt wird. Die beiden Bauern, die sich selbst bezichtigt hatten, nicht geliefert zu haben, und die gestern beziehungsweise heute ihren Teil brachten, wird der fehlende Rest für dieses Jahr wegen ihrer Ehrlichkeit erlassen."

Lady Rosa erschrak. Nun musste sie ja auch, wie alle anderen, ihr Scherflein zur Hofhaltung beitragen.

Lia zupfte sie am Arm: „Königin Tessa hat gesagt, eine Wagenladung gutes Brennholz genügt."

„Woher ...?" Dann winkte Rosa ab. „Ach ja. Ich vergaß, dass Euch nun die Drachensprache gegeben ist. Ich werde das beste Kaminholz schlagen lassen!"

„Sie freut sich darauf, weil das Sumpfholz so stinkt", blinzelte Lia.

Inzwischen hatten die anderen wohl auch begriffen, dass die Steuern erheblich gesenkt worden waren. Jubel brandete auf. Dann verteilte sich das Volk langsam wieder, die letzten Zelte wurden abgebaut und auch Lady Rosa wollte mit ihren Töchtern zurück reiten. Sie hielt inne, weil Ritter Dan herankam.

„Erlaubt Ihr mir, heute Abend, wenn mein Dienst beendet ist, Lady Lia zu besuchen, auch wenn es vielleicht spät wird?", bat er.

„Euch erlaube ich es gern", erwiderte Lady Rosa und schmunzelte, weil Lia ein seliges Lächeln sehen ließ.

Auf dem Weg zur Burg sprach sie sich mit ihrem Knecht ab, der wusste, wo man gutes Brennholz holen konnte. Es war nicht gut genug, zum Bauen oder Schnitzen, aber gerade richtig, um ein Feuer zu entzünden, das lange brennen sollte. Er begab sich auch sofort mit den anderen Knechten in den Wald, als die Pferde versorgt waren.

„Ihr werdet, so vermute ich", sprach Rosa zu Lia, „den ganzen Tag wie ein eingesperrtes Tier herumwandern, und die Sonne belauern."

Die lächelte. „Das habe ich nicht vor. Ich werde mir von den Mägden zeigen lassen, wie man strickt. Irgendwann kommt der Winter und ich möchte nicht frieren. Auch das Spinnen müssen sie mir beibringen, um mir Wolle herstellen zu können. Jetzt, wo ich weiß, dass selbst die Drachenköniginnen wie einfache Frauen im Wald arbeiten, wenn sie allein sein wollen, werde ich das ganz bestimmt nicht mehr für unschicklich halten."

„Ich möchte sticken lernen!", meldete sich Tara.

„Ich auch", seufzte Rosa.

Auf Burg Lilienstein setzte indes Gewusel wie in einem Ameisenhaufen ein, Wagengespanne kamen, wurden entladen und machten den nächsten Platz. Der neue Verwalter hatte alle Hände voll zu tun.

Weil er nicht schreiben konnte, malte er die Waren auf die Listen, machte Striche für jede Lieferung und fügte die stilisierten Wappen der Lieferanten ein oder die Zunftzeichen.

„Pfiffig ist er", lachte der König. „Das gefällt mir. Ich werde ihn aber unterrichten lassen, damit auch er es irgendwann einfacher hat. Der Winter wird bald kommen, da ist Zeit genug für solche Dinge. Seinen ältesten Sohn nehme ich gleich mit dazu, der hilft seinem Vater schon den ganzen Tag und wird sicher nicht böse sein, in der Achtung der Mitmenschen zu steigen, wenn er schreiben und lesen kann."

„Tut das, mein Lieber! Ich werde ein bisschen Lady Lia unter meine Fittiche nehmen", verriet Tessa. „Aber wir sollten langsam aufbrechen." Sie ließ nach dem Knecht rufen, der ihnen vom Sumpf erzählt hatte.

„Du wirst uns führen", befahl sie. „Allerdings musst du uns die Stelle aus der Luft zeigen."

„Ach herrje!" Der Knecht kratzte sich verunsichert am Kopf. „Ich denke, das schaffe ich. Wir müssen in die Richtung!" Er zeigte mit dem Finger hinter den Wald der Quellenburg.

„Recht so", lobte die Königin und verwandelte sich, wie auch die drei anderen. Dann griff Sir Ian nach dem Knecht, dem erst einmal das Herz bis zum Hals schlug. Recht schnell beruhigte er sich, murmelte: „Welch ein Erlebnis!", und führte den Pulk Drachen sicher ans Ziel. Wo sie mehrmals kreisten, um den Schaden zu begutachten.

Ich habe eine Höhle gesehen, wo der Fischer nun leben könnte. Vielleicht ist er ja die vermeintliche Spukgestalt, erklärte Sir Ian.

Um den kümmern wir uns später. Vielleicht kommt er ja aus seinem Versteck, wenn er begreift, dass wir den See retten wollen, erwiderte Lady Tessa.

Sie landeten, setzten den Knecht ab und schärften ihm ein, unter dem dicken Baum zu bleiben, weil es gefährlich werden könne, wenn Drachen mit Stämmen herumflögen.

Die Ritter Dan und Ian begannen, die ersten Bäume aus dem Morast zu ziehen und auf eine, mit einem Wagen gut erreichbare, Wiese zu schleppen. Dann stiegen Lady Tessa und Sir Cedric mit ein. Dem Knecht klappte die Kinnlade fast bis auf die Füße. Nicht nur wegen der ungeheueren Kräfte der Drachen – dass ein Königspaar die niederen Arbeiten der Knechte verrichtete, sprengte sein Weltbild. Wenn er die beiden bisher wegen ihrer Freundlichkeit einfach sehr gemocht hatte, so verehrte er sie jetzt zutiefst. Da waren wirklich Herrscher, die wussten, womit das einfache Volk fertig werden musste.

Nach einer Stunde war ein Drittel des Sees beräumt und die Drachen verwandelten sich für eine Pause zurück. Sir Ian breitete eine Decke auf dem Gras aus, schnitt Brot und Wurst und legte einen Ziegenbalg mit Wasser bereit.

„Komm ruhig heran, wir beißen nicht!", rief Lady Tessa dem Knecht zu, der sich ganz an den Rand der Decke setzte. Sie schob ihm Brot und Wurst hinüber. „Es reicht für alle."

Dankend und überaus erfreut, nahm er die Gabe an.

„Da hinten ist jemand!" Sir Dan zeigte, ohne sich umzudrehen, über seine Schulter.

„Das ist der verschwundene Fischer", flüsterte der Knecht. „Er schleicht schon eine ganze Weile herum und beobachtet, was passiert."

„Traust du dir zu, wie zufällig auf die andere Seite des Holzstapels zu gehen?", fragte der König.

„Als Lockvogel?"

Lady Tessa lachte. „Bist schlau. Das gefällt mir. Dann wirst du auch wissen, was du zu antworten hast, wenn er auftaucht, und Fragen stellt."

„Ich werde es versuchen, meine Königin." Der Knecht tat, als müsse er dringend hinter einen Busch und schlenderte dabei in die Nähe des ehemaligen Fischers.

„Heh! Heh, du da!", wurde er auch sofort angesprochen.

„Meinst du mich?", fragte der Knecht gut gespielt und schaute sich suchend um.

„Wer sind die da drüben? Und was machen die hier?"

Der Knecht grinste innerlich. „Du hast doch Augen im Kopf. Sie ziehen das Holz aus dem Sumpf, um den See zu retten."

„Den See retten? Hat der König endlich Vernunft angenommen?"

„Sie retten ihn, damit du wieder Fische fangen und zur Königsburg bringen kannst", erwiderte der Knecht. „Den alten König gibt es nicht mehr. Der riesige braune Drache und der kleine schwarze Drache sind unsere neuen Herrscher und die beiden anderen die besten Ritter des Reiches. Komm mit mir, dann kannst du selber mit ihnen sprechen."

„Mit dem König?!"

„Aber sicher. Du hast doch selbst gesehen, dass er hier wie ein Knecht arbeitet. Er spricht auch mit dem Gesinde, ohne es gering zu schätzen. Ich bin schließlich auch nur ein einfacher Mann. Auch wenn er manchmal ein Drache ist, frisst er dich nicht auf, wenn du zu ihm gehst."

„Ich weiß nicht ..."

„Komisch. Dem alten König hast du deine Meinung gesagt, und der war uns bestimmt kein Guter. Dem neuen König, der den See freilegt, willst du nicht mal einen guten Tag wünschen?" Der Knecht drehte sich um und wollte gehen.

„Warte! Ich komme mit!" Der Fischer schob sich aus dem Unterholz.

„Ich fasse es nicht!", staunte Cedric. „Er hat es tatsächlich geschafft!"

„Ich sage doch, er ist pfiffig", schmunzelte Tessa. „Nun muss er ihn nur noch wirklich bis zu uns bringen. Es sieht ganz so aus, als wolle sich der Fischer aus dem Staub machen."

„Zu spät", lachte Sir Ian, denn der Knecht packte soeben fest zu und zerrte den zitternden Fischer die letzten Meter hinter sich her.

„Auftrag ausgeführt", sagte er kurz und bündig. „So, wie er bebt, glaubt er wohl, dass er Drachenfutter werden soll."

„Gut gemacht!", lobte der König den Knecht, gleichzeitig den Fischer zu sich heranwinkend. „Du bist also derjenige, welcher Sir Bertram das stinkende Holz auf den Hof gekippt hat."

Ein überaus zaghaftes Nicken und flackernde Angst in den Augen. Feuerspeienden Drachen konnte man bestimmt nicht entkommen.

„Es riecht wirklich etwas streng und brennen will es auch nicht", stellte die Königin mit einem undefinierbaren Lächeln fest, das sich noch verstärkte, als sie die Gedanken des Knechts las, der meinte: *Es stinkt infernalisch, um es auf den Punkt zu bringen.*

Es ist mir auch nicht gut bekommen, hörten die Drachen die Gedanken des Fischers. *König Bertram hat mein Haus schleifen lassen.*

„Wie lange werden die Fischbestände brauchen, um sich zu erholen?", fragte der neue König.

„Zwei oder gar drei Jahre, schätze ich", kam sofort die Antwort. „Es sind nur noch wenige Tiere da."

„Du wirst dich um sie kümmern und uns vier Mal im Jahr Bericht erstatten", legte Sir Cedric fest.

„Ich gehorche, mein König."

„Was brauchst du, außer einem Häuschen, einem Boot und Netzen?"

„Ein paar große Fässer, Sire." Der völlig verarmte Fischer schöpfte Hoffnung, eines Tages wirklich wieder richtiger Hoflieferant zu werden.

„Einen Wagen, ein Pferd oder zwei Esel, denn irgendwie muss der Fisch ja bis zur Burg kommen", fügte Lady Tessa hinzu.

Der Fischer nickte heftig. All das hatte er einst besessen, um seine Arbeit tun zu können. Nur wer sollte all das neu beschaffen und bezahlen?

Lady Tessa deutete an den gegenüberliegenden Rand der Wiese. „Der von Brombeeren überwucherte Haufen da drüben ... war das dein Haus?"

„Ja, Mylady."

Tessa erhob sich. „Ihr meine Herren, macht bitte hier weiter, ich werde mir mit diesen beiden die

Ruine etwas genauer anschauen." Sie winkte Knecht und Fischer mit dem Finger zu, ihr zu folgen.

Das Gestrüpp ließ nicht wirklich erkennen, wie es um die Reste stand. Tessa befahl deshalb: „Stehenbleiben! Ich muss erst mal freie Sicht schaffen." Da saß auch schon der schwarze Drache vor den Männern und begann, mit den gut gepanzerten Klauen die dornigen Ranken herauszureißen. Er warf sie auf einen Haufen und ließ eine gewaltige Flamme lodern, die alles in winzige Rußpartikel pulverisierte. Diesmal staunte auch der Knecht, denn das kannte er nur vom Hörensagen.

Als der Drache die Balken aus dem Schutt zog und danach die verschiedenen Materialien sortierte, fassten auch die Männer mit an. Sie fanden ein paar intakte Kleinigkeiten, welche der Fischer mit Tränen in den Augen an sich nahm. Etwas später erschien der Drachenkönig und räumte mit seinen mächtigen Klauen ganze Berge von Steinen beiseite. Dann flog er wieder zum See. Lady Tessa verwandelte sich zurück.

„Das Fundament sieht gut aus. Die paar Schäden lassen sich ausbessern", erklärte sie mit zufriedener Stimme. „Den Winter wirst du wohl noch in deiner Höhle verbringen müssen, denn es wird eine Weile dauern, ehe hier wieder ein Haus steht."

„Das wird mir nicht schwerfallen, weil ich mich ja nun nicht mehr verstecken muss", strahlte der Fischer.

„Du hattest auch Ziegen und Schweine?", fragte Lady Tessa plötzlich.

„Woher wisst Ihr das?", rief er überrascht.

175

„Drachensinne, mein Lieber. Ich kann es noch riechen." Sie begann zu lachen, weil sich seine Gedanken sofort um die Abgaben drehten. „Ja, auch du wirst eines Tages ins Staatssäckel einzahlen müssen. Aber das ist nichts zu dem, was bisher war."

Das stellte der Fischer auch fest, als er die Höhe der Abgaben und die Modalitäten erfuhr.

„Für dieses Jahr nehmen wir einen Teil des brauchbaren Brennholzes aus dem See mit. Dann hast du nicht so viel Mühe, den Haufen loszuwerden und wir sitzen im Winter im Warmen. Was zum Bau verwendet werden kann, liegt ja schon separat und kann mit einem Rückepferd zur Baustelle gebracht werden." Sie ging mit ihnen zum See zurück, wo nur noch wenige Baumleichen im Morast steckten.

Das machen wir noch fertig, meldete sich Sir Cedric. *Ich habe jetzt einen Hunger, ich könnte ein Pferd verschlingen!*

Ich gehe auf die Jagd, versprach Lady Tessa und befragte den Fischer, wo man hier Großwild finden könne.

Er konnte ziemlich genau beschreiben, wo sich tagsüber Wildschweine aufhielten, und die Königin flog davon. Der See war noch nicht ganz beräumt, als sie mit einem kapitalen Keiler zurückkam, dem sie als Drache das Genick gebrochen hatte. Eine halbe Stunde später steckte das Fleisch in handlichen Stücken überm Feuer, welche der Knecht und der Fischer ständig drehen mussten, damit es nicht verbrannte. Dafür bekamen sie auch reichlich vom Braten ab.

Als die Sonne langsam unterging, machten sich die Drachen mit ihrem Knecht abflugbereit. Der Fischer durfte alles behalten, was stehen- und liegenblieb.

Natürlich brachte er zuerst die essbaren Dinge in Sicherheit, indem er sie in die Decke knotete und in seine Höhle trug. Dann holte er sich noch das Fell des Keilers, die vollen garen Markknochen und den Kopf mit den riesigen Hauern. Zuletzt sammelte er Brennholz für Wärme und Licht, dann verbarrikadierte er den Eingang gegen Raubtiere.

Friedliche Zeiten

Ritter Dan flog nicht mit zurück. Er wandte sich der Quellenburg zu, wo Lia schon sehnsüchtig wartete. Weil das Tor mit Einbruch der Dunkelheit geschlossen wurde, umkreiste er die Burg und Lady Rosa rief ihm zu: „Landet im Hof!"

Das tat er auch und erschreckte das Gesinde fast zu Tode. Lia kam lachend aus dem Haus gelaufen. Sie hatte den Aufruhr vom Fenster aus beobachtet. „Daran müsst ihr euch gewöhnen", erklärte sie den Knechten und Mägden.

„Ich möchte Euch auf einen Nachtflug einladen", verriet Sir Dan und versprach Lady Rosa, ihre Tochter unversehrt zurückzubringen.

Lia beeilte sich, warme Kleidung anzulegen. „Ich möchte auf Eurem Rücken sitzen", erwiderte sie, als er fragte, wie er sie tragen solle. „Ich habe mir schon immer ein fliegendes Pferd gewünscht."

„Aber mit dem Wiehern hapert es", schmunzelte Sir Dan, reichte ihr als Drache die Vorderklaue als Steighilfe, wartete, bis sie es sich bequem gemacht hatte, dann hob er sacht vom Boden ab und glitt über die Baumwipfel davon.

„Ich fliege!", jubelte Lia und Dan gab ein Grollen von sich, weil er sich mit ihr freute.

Lady Rosa schüttelte amüsiert den Kopf. Lia genoss ihre Rolle als Drachenbraut.

Die Drachenreiterin überquerte Felder und Wiesen. Dort, wo Häuser standen, glommen winzige Lichter in der Dunkelheit, die Sterne funkelten und manchmal reflektierte ein Teich oder Bach deren Glanz. „Es ist wundervoll!"

Da drüben ist schon die Königsburg, erklärte Dan.

Die wirkte mit ihren Feuerkörben auf Türmen und Zinnen das erste Mal anheimelnd und einladend auf Lia. Dan umkreiste sie mehrmals, ehe er in einer weiten Schleife auf das Meer hinauszog. Lia schaute, staunte und war einfach nur glücklich, so etwas erleben zu dürfen. Als das Ufer kaum noch zu erkennen war, drehte Dan um, denn Lady Rosa sollte sich keine unnötigen Sorgen machen.

„Ich könnte noch stundenlang so weiterfliegen", seufzte Lia.

Dan lächelte. *Leider sind auch die Kräfte der Drachen begrenzt.* Er konnte spüren, wie Lia seinen harten Panzer streichelte. Als er sich im Hof der Quellenburg verwandelte, schmiegte sie sich in seine Arme. „Ich liebe Euch", flüsterte sie.

„Ich liebe Euch auch", wisperte er zurück, ihr einen Kuss auf die Stirn gebend. „Ich komme wieder, sobald ich kann."

Lia schaute verträumt hinterher, als er mit rauschenden Schwingen aus dem Hof aufstieg. Lady Rosa drängte sie nicht, ins Warme zu kommen. Als Lia endlich ins Haus trat, erfuhr Rosa sofort die große Neuigkeit des Tages, die da lautete: „Die Drachen haben heute gemeinsam den See freigelegt. Es wird in ein paar Jahren bestimmt wieder ganz frische Fische zu kaufen geben."

„Sir Dan und Sir Ian?", fragte Lady Rosa, als Lia Atem holte.

„Nein, auch die Königsdrachen", verriet Lia ihrer staunenden Mutter.

Tessa und Cedric hatten nach dem anstrengenden Tag das Bad anheizen lassen. Durch einen Vorhang von ihnen abgeteilt, widmete sich auch Sir Ian dem Dösen im angenehm warmen Wasser. Ihren scharfen Drachensinnen entging nicht, dass Sir Dan die Türme umkreiste.

„Er liebt sie von ganzem Herzen", stellte Lady Tessa lächelnd fest.

„Das lässt er auch jeden spüren", ließ sich Sir Ian vernehmen. „Er hat sich den ganzen Tag auf diesen Flug gefreut."

Lady Tessa freute sich im Augenblick auf etwas ganz anderes und so hatte sie, nicht ohne Eigennutz, dem mit ihrem Gatten gemeinsamen Badezuber ein anregendes Kräutlein zugesetzt, welches erst nach ein paar Minuten seine Wirkung entfalten werde.

Ian grinste amüsiert, als es Sir Cedric plötzlich sehr eilig hatte, aus dem Wasser zu kommen. Die schöne Zauberin wusste eben, wie man ans Ziel fast aller Wünsche gelangte. Er hoffte inständig, dass einen der beiden freien Plätze im Clan ein Königskind der neuen Dynastie einnehmen werde, denn König Vincent wartete noch immer vergeblich, dass überhaupt Nachwuchs kam. Es musste ja nicht einmal ein Drache sein. Die kleine Sternschnuppe, die just in diesem Augenblick zur Erde fiel, sahen weder die einen noch die anderen.

Sir Dan wählte, als er zur Burg Lilienstein zurückkehrte, den kürzesten Weg hinein. Er landete schlicht auf einem der Türme, wünschte den erschreckten Wächtern eine gute Nacht und traf auf dem Gang zu seinen Gemächern auf Sir Ian, der in einer Fensternische stand und in den samtschwarzen Himmel schaute. Sir Dans fragender Blick ließ ihn lächeln.

„Ich habe erfahren, dass heute zwei Waisenknaben um Almosen gebettelt haben. Der Koch hat ihnen eine ordentliche Mahlzeit gegeben und noch ein wenig Brot zum Mitnehmen eingepackt. Dann sind sie weitergezogen, um woanders nach Arbeit zu fragen, weil sie es sich hier wohl nicht getraut haben", berichtete er flüsternd, eine verschlissene Mütze aus der Tasche ziehend.

„Holen wir uns die beiden!", raunte Sir Dan, den Stoff intensiv beriechend. „Ich kenne die Geschichten von einem, der nun ein sehr geachteter Mann ist", blinzelte er, auf Sir Ians berühmten Vater anspielend.

Sie stiegen gemeinsam auf den Turm und sprangen vor den Augen der völlig entsetzten Wachen in die Tiefe, um als Drachen davon zu segeln.

„Irgendwann sterbe ich noch am Herzschlag!", rief der eine Wächter dem anderen zu. „Erst der Schock, als der Drache aus dem Nichts auftauchte und nun das!"

Der andere winkte kichernd ab. Er hatte die Ritter auch vor seinem geistigen Auge im Hof aufschlagen sehen. Jedenfalls wurde der Wachdienst nie langweilig, seit die Drachen hier lebten. Am häufigsten erschreckte die Königin das Personal, weil man ihre Schritte einfach nicht hören konnte. Egal, ob mit den Eisenschuhen des Harnischs oder mit Stiefeln – Lady Tessa schien nicht nur als Drache zu schweben.

Ian und Dan schwebten auch, denn sie wollten niemanden durch klatschenden Flügelschlag auf sich aufmerksam machen. Nur hin und wieder eine leichte Kurskorrektur, wenn die Duftspur plötzlich die Richtung wechselte.

Sie müssen da unten im Heuschober stecken, vermutete Sir Ian, als die Spur plötzlich endete. Sanft und fast ohne Geräusch setzten sie auf. Ja, hier roch es deutlich nach dem Besitzer der Mütze. *Ich habe keine Lust auf lange Spiele,* erklärte er Sir Dan, mit seinen Drachenklauen den Schober einfach hochhebend. Wie erwartet, purzelten die Knaben heraus und blieben vor Schreck erstarrt liegen, als zwei riesige gehörnte Köpfe mit hell funkelnden Augen auf sie herab starrten.

Plötzlich sprang der größere Junge auf, warf sich über den kleineren und bettelte mit Tränen in den Augen: „Bitte, liebe Drachen, lasst meinen kleinen Bruder leben. Ich habe unserer Mutter am Sterbebett versprochen, gut auf ihn aufzupassen. Fresst mich!"

Die Ritter verwandelten sich. Ian schmunzelte. „Du hast Mut und bist eine treue Seele. Keiner wird gefressen. Wir nehmen euch mit, damit ihr ein Dach über dem Kopf und etwas zu Essen habt. Wir können nämlich beide gute Knappen gebrauchen."

„Knappen?! A ... a ... aber ... aber wir sind doch nicht adelig", stotterte der große Bruder.

„Das ist uns völlig egal. Es ist eure Chance, eines Tages auch Ritter zu werden. Ihr könnt weiterziehen, ein Leben lang schwere Arbeit für wenig Lohn verrichten und immer wieder Hunger leiden oder für eine harte Ausbildung, Mut und Treue geachtete Männer werden."

„Ich will Knappe werden und einem Drachen dienen!", tönte es unter dem großen Knaben hervor.

„Ich auch!", rief der sofort.

Ian zog beide auf die Füße. „Wie alt seid ihr?"

„In bin dreizehn und mein Bruder ist vierzehn Jahre alt", verriet der Kleinere.

„Gut, dann wirst du mir dienen und dein Bruder Sir Dan. Nicht erschrecken, wenn wir gleich als Drachen nach euch greifen." Er verwandelte sich und Sir Dan tat es ihm gleich. Jeder nahm seinen Knappen in die Klauen und schon waren sie auf dem Weg zur Burg.

„Ein Herumgefliege, wie in einem Taubenschlag", murmelte Knecht Samuel gähnend und wurde prompt gerufen, als die Drachen gelandet waren.

Ian schob ihm die Brüder vor die Nase. „Unsere Knappen. Gib ihnen für heute ein Plätzchen zum Schlafen, zeig ihnen nur die lebenswichtigen Dinge, dann geh auch wieder zu Bett. Wir kümmern uns ab morgen selbst um die beiden. Gute Nacht!"

„Kommt mit!" Samuel trabte voran. „Da ist der Brunnen, dort vorn die Örtchen für dringende Erledigungen, hier drin isst das Gesinde und jetzt: Ab unter die Decke!" Er führte sie zum Gesindehaus. Wenig später schliefen die beiden, warm zugedeckt auf Strohsäcken, ohne Angst haben zu müssen, von wilden Tieren angefallen zu werden.

Mit dem ersten Morgenlicht waren die Brüder hellwach und begaben sich zum Brunnen. Sie hatten irgendwo gehört, dass Knappen stets sauber und frisch gewaschen bei Tisch zu erscheinen hatten. Als die Ritter um die Ecke bogen, konnten die Brüder dafür ein erstes Lob einstecken und bekamen Anweisung, wie der Tag verlaufen werde. Erst Training, dann Einkleiden und anschließend Frühstück.

Die beiden hatten nicht erwartet, König und Königin außerhalb von Feiertagen zu Gesicht zu bekommen. Nun stellten sie fest, dass sie diese täglich sehen konnten und bald auch bei Tisch mit bedienen sollten. Natürlich gaben sich beide die größte Mühe, nicht schon bei den ersten Übungen, wo das Königspaar zuschaute, als Taugenichtse eingestuft zu werden.

Dem Küchenchef winkten sie fröhlich zu und erklärten Lady Tessa: „Er war der erste Koch, der uns nicht als lausiges Bettelpack beschimpft hat. Wir haben warmes Essen bekommen und Wegzehrung."

„So gehört es sich ja auch", freute sich Tessa. Sie führte die Knaben zur Rüstkammer, wo sie ihnen Kleidung und Harnische anpasste. Dann gab sie ihnen die ersten Lektionen in gutem Benehmen und Etikette. Jetzt durften sie in den Raum eintreten, wo das Königspaar mit den Rittern speiste. Sie bekamen einen kleinen separaten Tisch und mussten durch Zusehen lernen, was wann zu geschehen hatte. Wenn ihre Ritter zu essen begannen, war es auch für sie das Zeichen, sich an den Speisen auf dem kleinen Tisch zu bedienen. Erhoben sich ihre Ritter, mussten sie ihnen sofort folgen. Also hieß die Devise, schnell und genüsslich essen, um nicht zu kurz zu kommen. Da Unterhaltungen am Knappentisch von Grund auf tabu waren, sollte das auch kein Problem sein.

Als es die ersten blauen Flecken gab, bissen sie die Zähne aufeinander, um sich bloß nichts anmerken zu lassen. Lady Tessa fing sie vor dem Essen ab und steckte jedem ein Salbentiegelchen zu, blinzelte verschwörerisch und verschwand lächelnd, als sich beide herzlich bedankten.

Beim Frühstück schaute Ian Bill von der Seite an. „Hattest du nicht vorhin noch ein blaues Auge?"

„Ja, mein Herr."

„Dann hast du wohl heimliche Hilfe erhalten?"

„Ja, mein Herr."

„War es eine Frau?"

„Ja, mein Herr."

„Kannst du mir ihren Namen verraten?", bohrte Ian schmunzelnd weiter.

„Ja, mein Herr."

„Kannst du auch etwas anderes sagen?", schmunzelte Ian.

„Ja, mein Herr?"

Ian brach in schallendes Lachen aus. „Wie heißt sie?"

„Verzeiht, mein Herr, sie hat nicht gesagt, dass ich das ausplaudern darf."

Diesmal lachten alle. Und die Königin gab zu: „Ich war es. Knappen die so eisern schweigen können, haben nun wirklich ein wenig Linderung verdient, wenn sie grün und blau vom Training kommen."

„Danke, Mylady!" Bill ahnte ja nicht, dass alle mithören konnten, wie sehr er darunter litt, seinem Ritter nicht Auskunft geben zu dürfen.

„Und du hast offenbar das Gleiche bekommen", stellte Dan mit Blick auf Ben fest.

„Ja, mein Herr." Dass er es aus der gleichen Quelle haben musste, konnten sich die anderen eh ausmalen. Trotzdem fragte Dan: „Von deinem Bruder?"

„Nein, mein Herr."

Dan blinzelte ihm zu, zum Zeichen, dass alles gut sei.

„Wie wäre es mit einem Ausflug zum See?", fragte Lady Tessa. „Ich bin neugierig, was sich alles verändert hat. Vorher möchte ich unseren beiden

185

Schweigsamen noch ein ganz großes Geheimnis verraten. Nämlich, dass wir Gedanken lesen können. So wussten wir auch, dass ihr wirklich große Schmerzen hattet, es aber nicht zeigen wolltet. Ihr habt die Salbe also wirklich verdient, weil ihr keine Jammerlappen seid. Und nun rasch auf die Rücken eurer Herren. Denn wer nicht vom Pferd fällt, bleibt auch beim Drachen oben." *Ich mag die beiden,* fügte sie für die Männer hinzu, worauf Dan und Ian zufriedene Blicke tauschten.

Der Fischer saß gerade am Wasser und beobachtete das Leben unterhalb der Oberfläche. So entgingen ihm auch die Spiegelbilder der vier Drachen nicht, die lautlos über den See schwebten. Er verbeugte sich sehr tief vor seinen Wohltätern und berichtete auch sofort, was sich in den wenigen Tagen schon alles zum Positiven verändert hatte.

„Ich habe den Zulauf von Ästen und Schlick befreit. Nun sind wieder ein paar Fischarten eingewandert, die früher schon einmal im See lebten. Seht Ihr? Da schwimmen drei große Forellen! Den alten Steg kann ich reparieren. Ich will nur warten, was alles an Brettern und Balken vom Hausbau übrig bleibt."

„Nicht schlecht", freute sich der König. „Schade, dass ich dein Gesicht nicht gesehen habe, als das Fuhrwerk mit den Arbeitern kam."

„Das hätte ich selber auch gern gesehen", lachte der Fischer. „Ich habe drei Mal gefragt, ob sie wirklich zu mir wollen. Ich bin Euch so dankbar!"

Die Balkendecke war bereits aufgesetzt und nun ging es daran, ein Spitzdach zu konstruieren, unter dem eine geräumige Bodenkammer Stauraum bot.

Die Tür zum späteren Stall gab es schon. In wenigen Tagen werde das Häuschen bezugsfertig sein.

„Wir fliegen weiter!", befahl der König, worauf sich die Drachen verwandelten und die Knappen ihre Plätze einnahmen. Unter den neugierigen Blicken der Bauleute hoben sie ab.

Wohin jetzt? Drache Cedric schaute Tessa an.

Nach Hause. Ich fühle mich nicht gut. Lasst die Ritter mit den Knappen ruhig weiterfliegen. Sie sollen sich einen schönen Tag machen.

Der König gab den Befehl weiter und drehte mit seiner Gattin zur Burg Lilienstein ab.

„Was ist mit Euch?", fragte er besorgt.

Sie kuschelte sich an seine Schulter. „Ich glaube, ich trage einen kleinen Drachen unter dem Herzen, der schon jetzt meine ganze Kraft fordert."

Der Jubelschrei des Königs ließ das Gesinde auf dem Hof zusammenlaufen. Mit einem halb verlegenen, halb belustigten Grinsen spendierte er eine Runde Kuchen für alle. Der Koch scheuchte seine Helfer, um für den Nachmittag die süße Leckerei fertig zu haben.

Sir Ian, Ihr seid der schnellste Flieger, macht doch bitte einen Abstecher zur Burg Kuckuckstein und gebt auch sonst überall Bescheid, dass sich bei uns Nachwuchs ankündigt. Wir erwarten Euch in drei Tagen zurück.

Drache Ian gab einen ähnlichen Jubelschrei von sich, wie der König, nur dass der Drachenschrei die Ohren der beiden Knappen arg malträtierte und im Umkreis vieler Meilen zu hören war. Dan erfuhr sofort die Neuigkeit und unterrichtete die Familie seiner Liebsten zuerst.

187

Gut Festhalten, hörte Bill die Stimme seines Herrn recht deutlich in seinem Kopf und gehorchte auf der Stelle, obwohl er nicht wusste, wie das funktioniert hatte. Ian legte den Turbo ein, sodass sich Bill eng an den Hals seines Herrn schmiegen musste, um nicht davon geweht zu werden.

Wir überqueren die Grenze ... da drüben ist Burg Drachenstein ... rechts von uns die Burg meiner Eltern ... und da unten ist Kuckuckstein, bekam der Knappe alle anderthalb bis zwei Stunden eine Information. Da ging der olivgrüne Drache auch schon auf dem Hof der Burg nieder und wurde mit Jubelrufen begrüßt. Sofort erschienen die Herren des hübschen Anwesens und Knappe Bill wusste sofort, dass er die Mutter seiner Königin vor sich hatte, weil sie sich so ähnlich sahen. Dass sie selbst auch einst Königin gewesen war, ließ ihn besonders ehrerbietig grüßen.

„Ihr seht ziemlich geschafft aus", stellte Lady Fran beunruhigt fest. „Was ist geschehen?"

„Ich bin in einem Stück durchgeflogen, um Euch gute Kunde zu überbringen: Lady Tessa und Sir Cedric erwarten Nachwuchs."

„Wein und Braten damit sich Sir Ian stärken kann!", rief Lady Fran. „Sir Jim holt die anderen werdenden Großeltern und ich rufe Eure Eltern herbei. Das muss gefeiert werden! Macht es Euch bequem!"

Bill erschrak, als sein Herr mit ihm allein ins Haus ging und sich einen gemütlichen Platz auf einem Sessel suchte.

„Beruhige dich. Sir Jim und ich sind gute alte Freunde. Irgendwann erfährst du auch seine Geschichte."

Eine Magd brachte Wein und Braten. Ian dankte und begann zu essen, wobei er seinen Knappen nicht hungern ließ. Kurz darauf wurde es draußen hektisch, denn drei Drachen landeten und schon traten sechs Personen herein, denen Bill vorgestellt wurde. Man schickte ihn auch nicht ins Gesindehaus, als alle deftig feierten, sodass er viele Zusammenhänge durch Zuhören begriff. Und recht bald hatte er verstanden, dass sowohl der siegreiche Feldherr der Drachen, Vater seines Herrn, als auch der einflussreiche Vater seiner Königin, Kinder aus armen Familien gewesen waren, denn man unterhielt sich trotz seiner Anwesenheit ganz ungeniert darüber.

Drachen sind halt anders und das ist gut so, freute er sich. *Ich verehre sie zutiefst und schätze mich glücklich, ihnen dienen zu dürfen.*

Du hast sicher auch das Zeug, ein ehrbarer Ritter zu werden, hörte er Lady Frans Stimme in seinem Kopf.

Vielen Dank, Mylady. Ich werde mir die größte Mühe geben, erwiderte Bill in Gedanken.

Lady Fran setzte mit einem Ruck ihren Becher ab und musterte Bill erschreckt.

„Was ist passiert?", fragte Sir Ian erstaunt.

„Er versteht unsere Sprache!", rief Fran. „Er hat mir geantwortet."

„Ach so", atmete Ian auf. „Das habe ich auch nebenbei bemerkt. Er saß auf meinem Rücken, als ich wegen der Babynachricht einen Freudenheuler von mir gab und danach konnten wir uns plötzlich unterhalten. Es war uns beiden recht hilfreich auf dem langen Flug. "

„Euern Jodler muss man doch im ganzen Land gehört haben!", lachte Sir Jim.

„Ganz bestimmt sogar. Ich möchte nicht dagegen wetten", schmunzelte Sir Ian, dann berichtete er, was sich in den letzten Wochen noch begeben hatte.

Knappe Bill, weil er es so von zu Hause gewöhnt war, legte den drei Damen die Speisen vor, was ihnen sichtlich gefiel.

„Er ist einer von denen, die instinktiv das Richtige tun", lobte Lady Fran. „Lasst ihn ins turnierfähige Alter kommen und die Mädchen fallen reihenweise in Ohnmacht."

Bill bekam einen Hauch Farbe und Sir Ian blinzelte ihm fröhlich zu, hatte sein Knappe doch in kurzer Zeit einen ganzen Sack Pluspunkte gesammelt.

„Morgen früh begeben wir uns etappenweise auf den Heimweg", erklärte Sir Ian soeben. „Wir beginnen mit Sir Patrick und Lady Mo, fliegen danach über Wildforest zur Burg Löwenstein, wo wir übernachten werden. Am nächsten sehr frühen Morgen begeben wir uns zu Sir Andrew nach Burg Sternfels, um anschließend König Vincent unsere Aufwartung zu machen, ehe wir direkt nach Hause fliegen. Ich denke, so wird sich die Kunde auch rasch zu allen anderen Burgen verbreiten, die wir nicht aufsuchen können. Irgendwann wird sicher auch Sir Dan eine Rundreise machen, um zu seiner Hochzeit einzuladen, dann werdet Ihr ganz bestimmt auch seinen Knappen Ben, den älteren Bruder von Bill kennenlernen, der genau so gewitzt ist, wie er hier." Er legte Bill die Hand auf die Schulter.

„An diese Geste erinnere ich mich gern", sagte Sir Jim mit mildem Lächeln. „Du musst wissen, dass ich meinen Aufstieg zum Ritter auch als Knappe deines Herrn begonnen habe."

„Wirklich?", fragte Bill mit riesengroßen Augen.

„Ja, denn manche Drachen können viele hundert Jahre alt werden", bestätigte Lady Shona. „Aber das wirst du in den nächsten Wochen und Monaten ganz nebenbei lernen. Wenn du dann eines Tages die Chroniken lesen darfst, wirst du staunen, wen du von den alten Drachen kennenlernen durftest. Man sieht das Alter dieser Drachen nämlich nicht."

Bill schaute Lady Fran an. „Ihr seid bestimmt auch ein Drache, denn Ihr seht genau so jung aus wie Eure Tochter."

„Das ist richtig", bestätigte Fran. „Und auch Lady Shona ist meine Tochter. Sie ist ein weißer Drache. Aber das wirst du ja dann sehen, wenn ihr zur Smaragdburg fliegt."

Als es so weit war, wurden Bills Augen groß wie Wagenräder. Sir Timothy und Sir Jim waren gewaltig große Drachen, deren Schuppenkleider zudem in ungewöhnlichen Farben prangten. Das leuchtende Rot von Lady Fran stand in interessantem Gegensatz zu dem strahlenden Weiß ihrer Tochter. Während die Kuckucksteiner Drachen die Eltern Sir Cedrics nach Hause trugen, flogen alle anderen nach Emerald Castle, wo es Bill endgültig die Worte verschlug. Solch eine Pracht gab es nicht einmal im Thronsaal der heimatlichen Königsburg. So war es auch kein Wunder, dass er die ganze Nacht von Abenteuern träumte, die er mit seinem Herrn erleben werde.

Dass ihm das Erste davon direkt bevorstand, ahnte er nicht. Er hatte zwar mehrfach von Königin Mo sprechen hören, ordnete die Dame aber als Menschenfrau ein, weil nie vom Fliegen die Rede gewesen war.

Sir Ian kündigte sein Kommen telepathisch an und der Herr der Burg erwartete sie vor dem geschlossenen Tor, was Bill beunruhigte. Auch, dass der Ritter trotz überaus herzlicher Begrüßung die Pforte sofort wieder sicherte, erstaunte ihn. So überlegte er: *Ob man hier mit Überfällen rechnet?*

„Mit Ausbrüchen, junger Mann. Mit Ausbrüchen", erwiderte Sir Patrick lachend. „Ich bin erfreut, dass du die Drachensprache beherrschst. Aber nur keine Sorge, mein Heim ist keine Kerkerburg." *Wie ich sehe, wollt Ihr ihn von Grund auf überraschen,* fügte er nur für Sir Ian hinzu, der heftig nickte. Patrick führte beide in den Palas, der völlig anders beschaffen war, als der jener Burgen, die Bill bis jetzt von innen kannte.

Sir Patrick ließ Wein und Speisen kommen. Auch Bill durfte sich bedienen, wie bei allen Drachen, die er bisher kennengelernt hatte. Plötzlich begann es in dem merkwürdigen Brunnenloch am anderen Ende des Raumes zu Gurgeln und zu Rauschen, Wasser schoss in die Höhe und dann tauchte ein goldgelber Drachenkopf auf, dem ein langgestreckter Leib mit winzigen Flügeln folgte.

Sir Ian lächelte vergnügt, weil Bill der Unterkiefer bis auf den Schoß fiel. „Darf ich vorstellen? Bill, mein Knappe. Lady Mo, Königin der Wasserdrachen."

Bill riss sich augenblicklich zusammen. Was sollte die Königin von ihm denken, wenn er sie mit dümmlicher Grimasse angaffte? In aller Form wünschte er einen guten Tag und Mos Augen nahmen einen milden Glanz an.

Dann tobte plötzlich der Wahnsinn im Gemäuer – denn die vier Jungdrachen sprangen mit hohen Sätzen aus dem Wasser und wuselten durcheinander.

„Jetzt weißt du, warum wir die Burg verschlossen halten", lachte Sir Patrick. „Die Kleinen haben nur Unsinn im Kopf."

„Ohhhh jeeeeee!", entfuhr es Bill, worauf die erwachsenen Drachen herzhaft lachten.

„Ja du hast recht", schmunzelte Sir Patrick auf Bills Gedanken, „das grenzt wirklich an Flöhe hüten."

Wenn sie ihre Flegelphase überwunden haben, kommen wir Euch besuchen, versprach Lady Mo. *Im Augenblick kehren sie das Unterste zu oberst und sind im Wasser am besten aufgehoben.*

Allerdings schien ihnen Lady Tessa schon die Richtung gewiesen zu haben, denn sie versuchten nicht einmal, nach Bill zu schnappen. Der ließ auch keinerlei Angst erkennen und so ringelte sich schon bald eines der Drachenkinder auf seinem Schoß zusammen und steckte ihm das Köpfchen unters Kinn.

„Liebe auf den ersten Blick", witzelte Sir Ian.

Es ist das einzige Mädchen, verriet Lady Mo. *Kraul sie ruhig ein wenig zwischen den Hörnern, alle Drachen lieben das.*

Bill machte sich erfreut ans Werk. Wer konnte schon von sich behaupten, einen Babydrachen gestreichelt zu haben?

Die drei kleinen Jungen schauten mit sehnsüchtigen Blicken zu und Bill setzte sich schließlich auf das Kissen am Kamin, wo alle vier Jungdrachen ihre

Köpfe auf seine Oberschenkel legten und er alle gleichermaßen streichelte.

„Das nenne ich Drachenbändigen", schmunzelte Sir Patrick. „Schaut nur, wie zahm sie sein können! Und Bill hat Freunde für das ganze Leben gefunden."

Als Ian nun endlich vom entstehenden Königskind erzählen konnte, nickten beide Drachen wissend.

Sir Patrick hat wieder mal recht behalten, stellte Mo mit strahlenden Augen fest.

„Ich befürchte nur, dass etwas anderes nun auch eintreten wird", murmelte der Ritter. „Ich glaube nämlich, dass Lady Brenda bald von uns gehen wird, um Platz für einen neuen Drachen zu machen."

„Dann freue ich mich um so mehr, sie noch einmal zu besuchen", erwiderte Ian.

Die Jungdrachen begannen plötzlich, an Bill hochzukriechen und ihn ganz fest zu umklammern. Er hielt sie mit geschlossenen Augen in den Armen.

Sie wollen ihn trösten, weil er so traurig darüber ist, dass auch Drachen einmal sterben müssen, klärte Lady Mo die Situation für Sir Ian auf. *Euer Bill hat ein wirklich gutes Herz.*

Ihr müsst immer gut auf Eure Mutter hören, bat Bill die Kleinen beim Abschied. *Eine Mutter zu haben, die ihre Kinder liebt, auch wenn sie mal Unfug machen, ist ein großes Geschenk. Ich weiß, wovon ich rede, denn ich habe schon lange keine Mutter mehr.* Er streichelte noch einmal die Jungdrachen, ehe er auf Sir Ians Rücken kletterte.

Bei Sir Ian ist Bill genau richtig, stellte Lady Mo sehr zufrieden fest und tauchte mit den Kleinen ins Meer ab.

Sir Patrick seufzte. Ihm war es offensichtlich nicht bestimmt, wirklich Familie zu haben. Lady Mo ging voll in ihrer Mutterrolle als Königin der Wasserdrachen auf. Mit niemandem konnte er über seine Befindlichkeiten sprechen, besonders jetzt, wo er immer unruhiger wurde, weil das neue Königspaar Nachwuchs erwartete. Dabei hätte er nicht einmal sagen können, was ihn so nervös machte.

Drache Ian zog inzwischen ruhig seine Bahn. Das herrliche Frühherbstwetter war einfach wundervoll zum Reisen. Bill stellte hin und wieder eine Frage, welche Ian sehr ausführlich beantwortete. Auf dem Weg zur Burg Löwenstein blieb genug Zeit, Bill mehr über die Burg, König William, Lady Brenda und Lady Fran zu erzählen. *Ich werde Königin Tessa bitten, dir die Chroniken freizugeben. Es wird dir beim Lesen- und Schreibenlernen helfen, denn du wirst die Wörter geradezu verschlingen.*

Das glaube ich, seit wir auf Reisen sind, auch, mein Herr! Bill wusste, welch große Ehre ihm damit zuteilwürde.

Sir Oliver und Lady Brenda bereiteten den Gästen einen begeisterten Empfang in Wildforest.

„Ich habe inständig gehofft, gute Nachrichten zu bekommen, ehe meine Zeit endgültig abgelaufen ist", sagte Brenda lächelnd.

Sir Oliver hob hilflos die Hände und Bill biss sich auf die Lippen. Warum nur musste eine Dame sterben, die wie junges Mädchen aussah?

Brenda strich ihm übers Haar. „Ich bin schon viele hundert Jahre alt. Wenn ein Drache sagt, er gehe bald, dann können das durchaus noch einmal fünfzig oder sogar hundert Jahre sein. Vielleicht bin ich ja noch da, wenn du ein ganz alter Mann sein wirst."

Bill zog die Nase hoch und versuchte ungesehen, eine Träne wegzuwischen. „Mit dieser Auskunft kann ich besser umgehen, Mylady."

Brenda winkte eine Magd heran, erteilte ihr flüsternd einen Auftrag und widmete sich wieder der Unterhaltung. Sie freute sich auch über Sir Dans Glück, denn der war stets einer der ganz stillen, aber nicht minder guten Ritter gewesen. Als die Männer noch ein wenig über den vergangenen Krieg sprachen, lud Lady Brenda Bill auf einen kleinen Spaziergang in den Wald mit den wundervollen Baumriesen ein. Sie hatten den perfekten Zeitpunkt erwischt, denn ihren Weg kreuzten zwei der kapitalen Hirsche, für welche Wildforest auch berühmt war.

„Das ist gut", seufzte Bill, als er erfuhr, dass diese Tiere nicht gejagt werden durften, weil sie so selten waren. Man musste ja nicht alles umbringen, nur um sich die Köpfe an die Wand zu hängen. Richtige Ritter zeigten auf einem Turnier, wie gut sie mit den Waffen umgehen konnten.

Die Männer warteten schon auf dem Hof auf die beiden Ausflügler. Kaum betrat Lady Brenda Selbigen, eilte auch die Magd herbei, um ihr ein Päckchen aus Leder zu bringen.

„Ich möchte dir etwas Besonderes zum Abschied schenken", wandte sich Brenda an Bill. „Etwas, um das dich sogar fast alle Drachen beneiden werden." Sie schlug das Leder auseinander. „Auch wenn er auf den ersten Blick wie ein Spielzeug aussieht, dieser kleine Dolch kann tödliche Wunden verursachen, denn in seinem Griff ist die Asche verstorbener Drachen aus der Burg Blackstone versteckt. Möge er dich aus höchster Not befreien, wenn alle anderen Waffen versagen."

„Mylady", stammelte Bill, „ich weiß gar nicht, wie ich Euch dafür danken kann!"

„Werde ein starker, geachteter Ritter und kämpfe für Arme und Schwache, so wie es echte Drachen tun."

„Ich schwöre es!" Bill küsste den Saum ihres Kleides. „Auf Wiedersehen, Lady Brenda! Nicht lebt wohl!"

„Passt gut auf Euren ungewöhnlichen Knappen auf", bat sie Sir Ian. „Ihr habt wieder einmal das richtige Näschen für das Besondere gehabt."

Eine Stunde später lag Wildforest schon lange hinter ihnen und Burg Löwenstein tauchte in der Ferne auf. Sir Ian landete auf jenem Turm, der Lady Fran zum Verhängnis, aber auch Segen geworden war. Bill überlief ein Frösteln, als er am Schauplatz des Dramas daran dachte.

Sir Elliot und Lady Faye empfingen die Gäste überaus herzlich. „Ah, da ist ja der berühmte Knappe Bill", blinzelte Lady Faye.

Der riss die Augen auf und Ian meinte: „Ich sollte dich für Geld herumzeigen."

„Dann müssten wir wohl beide verhungern", murmelte Bill, worauf die Erwachsenen in schallendes Lachen ausbrachen.

„Kommt rein!", schmunzelte Sir Elliot. „Mal schauen, was sich gegen das Verhungern machen lässt."

Bill wunderte sich inzwischen nicht mehr, dass auch Vater Oliver und Sohn Elliot gleich alt oder vielmehr gleich jung aussahen.

Bei Tisch schaute Lady Faye Bill die ganze Zeit unverwandt an, sodass dieser unruhig zu werden begann und auch Sir Ian aufmerksam wurde.

„Was hat er sich zuschulden kommen lassen?", fragte er schließlich direkt.

Lady Faye schreckte zusammen. „Nichts. Gar nichts. Tut mir leid, ich weiß auch nicht, was mit mir los ist. Es ist, als stiege in seiner Gegenwart etwas Uraltes in mir auf, das furchtbar und wunderbar zugleich ist."

„Der Dolch mit der Asche", hauchte Bill, dem Sir Ian erklärt hatte, dass auch Lady Faye einer der ältesten lebenden Drachen sei.

„Was für ein Dolch?", staunte Faye.

„Dieser hier!" Bill wickelte vorsichtig das Geschenk Lady Brendas aus, nahm es zum ersten Mal in die Hand und rief verblüfft: „Sir Ian, mein Herr! Ich kann die Wärme des Drachenatems spüren!"

Lady Fayes Augen weiteten sich erstaunt und nahmen Drachenglanz an. „Es gibt nur drei dieser Dolche! Für jede gerettete Seele einen. Einen für mich, einen für Lady Maya und einen für Sir William. Woher hast du ihn?"

„Lady Brenda schenkte ihn mir zum Abschied."

„Dann ist das der Dolch Sir Williams, des mächtigsten Drachenkönigs, den es bisher gab." Lady Faye lächelte versonnen. Lady Brenda hatte ganz genau gewusst, was sie tat. „Hat sie dir noch andere Geheimnisse verraten?"

„Ja, dass er tödlich sein kann, auch wenn er klein ist."

„Und du weißt warum?"

„Ich weiß es nicht, aber ich ahne es", erwiderte Bill. „Die Magie der Drachen wird mir helfen, wenn ich selber keinen Ausweg mehr sehe."

„So ist es", bestätigte Lady Faye. „Du bist genau der richtige Träger der Waffe. Ich möchte die Augen sehen, wenn Königin Tessa sie bei dir entdeckt!"

Am Abend durfte sich Bill mit an das prasselnde Kaminfeuer setzen und Lady Faye erzählte die Geschichte, wie die Drachen in die Welt zurückgekommen waren. Bill verstand endlich auch, warum die Drachen immer davon sprachen, Lady Lilian stecke in Lady Tessa. Auch, dass Lady Faye seine Königin über alles verehrte, konnte er nun nachvollziehen. Irgendwie, ein kleines bisschen, war Lady Tessa ja doch Lady Fayes Großmutter, die wiedergeboren war.

Tief in der Nacht schickte ihn Sir Ian mit mildem Lächeln zu Bett. Sir Elliot zeigte Bill persönlich, wo er schlafen konnte. „Ziemlich viel, was er in den letzten Stunden verkraften musste", erklärte er, als er wiederkam. „Aber er ist ganz aus dem Holz geschnitzt, damit umgehen zu können. Deshalb hatten uns wohl alle anderen, die Ihr bereits besucht habt, auf eine kleine Überraschung hingewiesen, ohne sie näher zu bezeichnen", verriet Sir Elliot. „Jetzt weiß ich, dass damit nicht die eigentliche Nachricht gemeint war, sondern Bill."

Am nächsten Morgen war Bill zwar pünktlich wach, sah aber aus, als habe er drei Tage durchgefeiert.

„Oh je! Wir haben getrunken und Euer Knappe hat den Kater", seufzte Sir Elliot. „Hoffentlich fällt er Euch dann nicht vom Rücken."

„Das kann er uns nur selbst verraten", schmunzelte Sir Ian.

„Ich falle ganz bestimmt nicht, Sir Elliot!" Bill lächelte vergnügt. „Ich werde doch nicht mitten im größten Abenteuer meines Lebens schlapp machen! Lieber fange ich mir eine Tracht Prügel ein, weil ich danach vielleicht zwei Tage am Stück durchschlafe."

Sir Elliot lachte. „Diese Variante hätte ich ganz sicher auch gewählt. Wobei ich mich nicht erinnern könnte, dass Sir Ian jemals eine Hand außerhalb des Trainings gegen einen Knappen erhoben hätte."

Ich kann es mir auch nicht vorstellen, überlegte Bill. *Ich möchte aber auch nicht der Erste sein, der sich etwas derart Schlimmes zuschulden kommen lässt, dass ihm die Hand ausrutscht.*

„Dann ist doch alles klar", schmunzelte Sir Ian. „Machen wir uns auf den Weg zu den letzten beiden Burgen auf unserem Flug."

„Stopp!" Lady Faye reichte Bill eine juwelenbesetzte Dolchscheide. „Das ist die von meinem Drachendolch. Du wirst sie brauchen, damit du deinen stets bei dir tragen kannst. Sie soll dir Glück bringen."

„Oh, Mylady, tausend Dank! Es ist mir eine große Ehre!" Er küsste den Saum ihres Kleides, wie er es auch bei Lady Brenda getan hatte.

„Guten Weiterflug!", wünschten die Gastgeber und schauten dem davon schwebenden Drachen hinterher, bis er nur noch ein Punkt am Himmel war.

Sir Andrew ist der Bruder des Drachenkönigs dieses Reiches, erklärte Sir Ian und erzählte vom Werdegang der Burg, von Lady Fran und seinem Vater, Sir Timothy.

Ich freue mich sehr darauf, Sir Andrew kennenzulernen, erklärte Bill.

Kein Wunder, wo dieser doch so vielen Waisenkindern ein neues Zuhause gegeben hatte. Nicht nur damals, wie sie feststellten. Auch nach diesem Krieg wuselten einige Kinder über den Hof, halfen in Küche und Ställen oder in der Schmiede.

Sir Andrew begrüßte die Reisenden überaus erfreut und schenkte Bill ein warmherziges Lächeln. „Du hast es wirklich gut getroffen, Knappe bei einem so geachteten Ritter zu sein."

Bill nickte begeistert.

„Mein Knappe ist auch ein Waisenkind. Er hat seine Eltern vor drei Jahren verloren, als ein Orkan ihr Haus zerstörte", erzählte Sir Andrew.

„Das muss der Sturm gewesen sein, der in unserem Reich auch großen Schaden angerichtet", überlegte Ian laut. „Die Menschen sprechen noch immer voller Entsetzen darüber."

„Damals ist auch unsere Mutter krank geworden", murmelte Bill traurig. „Als der Sturm heulte, hat es ganz furchtbar durch alle Ritzen gezogen. Mutter hat uns warm in Decken eingepackt und selber in ihrem dünnen Kleid einen ganz schlimmen Husten mit hohem Fieber bekommen. Drei Tage später war sie tot." Bill zog die Nase hoch.

Ian legte ihm tröstend den Arm um die Schulter. „Um auf schöne Gedanken zu kommen, berichten wir beide jetzt, warum wir hier sind. Du fängst an!"

„Wir bekommen ein kleines Königskind!", sprudelte Bill heraus und verbesserte sich: „Ich meine, Königin Tessa und Sir Cedric bekommen es."

„Oh! Da wisst Ihr doch, wann ich allerspätestens wieder die Burg Lilienstein besuche!", rief Sir Andrew hocherfreut. „Ich denke aber, dass ich in ein paar Wochen schon da sein werde, weil ich Eurem Vater versprochen habe, beim Transport Eurer ganzen Habe zu helfen. Ooops, jetzt habe ich mich verplappert."

„Wir haben nichts gehört", sagte Sir Ian im Brustton der Überzeugung und Bill hob ahnungslos die Schultern.

„Ich begleite Euch rüber nach Drachenstein", bot Sir Andrew an. „Hab noch ein paar Dinge mit meinem Bruder zu besprechen."

Sir Ian registrierte mit Freude, dass Andrew endlich wieder Bruder und nicht unpersönlich König sagte. Bald schon strebten zwei Drachen auf die Königsburg zu und das Königspaar kam auf den Hof, um alle drei Ankömmlinge herzlich zu begrüßen. Als sich Bill Lady Maya näherte, hielt sie genau so inne, wie der König, ihn genau so forschend anschauend.

„Du trägst etwas von unschätzbarem Wert bei dir!", flüsterte sie.

„Ich weiß, Mylady", wisperte Bill zurück.

„Ich möchte, dass der junge Mann bei Tisch neben mir sitzt!", forderte Lady Maya und Sir Vincent schaute Sir Cedric und Sir Andrew fragend an.

„Ich bin völlig ahnungslos", gestand Sie Andrew.

„Und ich glaube zu wissen, warum sie diesen Wunsch hegt", schmunzelte Ian. „Aber das darf

Euch Bill auch allein erklären." Er nickte Bill aufmunternd zu.

Der Knappe atmete tief ein. „Mylady, Eure Schwester hat ähnlich reagiert. Es geht um dies hier!" Er schob seinen Umhang beiseite, sodass alle die wertvolle Dolchscheide sehen konnten.

„Das hat Lady Faye gehört", stellte Maya ratlos fest.

„Nur die Dolchscheide, nicht der Dolch selber", schränkte Bill ein, worauf Maya den Kopf schüttelte. „Es gibt nur drei dieser Dolche. Wenn Lady Faye ihren noch hat, dann ..."

„Ist dies hier Sir Williams Dolch", beendete Bill den Satz. „Lady Brenda hat ihn mir überreicht und Lady Faye schenkte mir die schützende Hülle dazu."

„Wie sagte Sir Patrick? Wir werden noch richtig was erleben!", ließ sich Sir Andrew vernehmen. „Ich denke, er hat recht."

„Auch wenn das ein ernsthafter Grund ist, den jungen Mann zu beglückwünschen, seid Ihr doch sicher nicht nur deswegen hier, Sir Ian?", stellte der König fest.

„Wir erwarten königlichen Nachwuchs", verriet der Ritter.

„Na, das ist ja wirklich eine grandiose Nachricht!", rief Sir Vincent. „Ach, wenn wir doch auch noch so ein Fest feiern könnten!"

Lady Maya war den Tränen nah und Bill fühlte deutlich, dass die Traurigkeit die Freude überdeckte. Als er schließlich neben ihr saß, musste er an seine Mutter denken. *Die Welt ist schon seltsam eingerichtet, die, die sich Kinder wünschen, bekommen keine. Und haben sie dann welche, nimmt sie den Kindern die Eltern weg. Ach, liebe Magie der toten Drachen, kannst du nicht irgendwas machen, damit Lady Maya nicht mehr traurig sein muss? Ich bitte dich sehr!*

Er hatte gar nicht daran gedacht, dass alle mithören konnten.

Sir Ian fasste sich mit beiden Händen an den Kopf. „Ich habe da so eine Idee ... Sir Vincent hat die Drachenasche berührt, Lady Maya ist eine der geretteten Seelen und Bill trägt Sir Williams Dolch ... es müssen doch immer drei Dinge zusammenkommen, damit sich die Magie voll entfalten kann ...“

„Aber natürlich!“ Der König winkte Lady Maya und Bill zu sich. „Setzen wir die Idee um und versuchen unser Glück. Schaden kann es nicht und wir haben wenigstens das gute Gefühl, wirklich alles versucht zu haben. Vor allem weil ich denke, dass Bills kleine Bitte nicht unbeachtet geblieben ist. Bill, nimm den Griff deines Dolchs in die Hand! Lady Maya, legt Eure Hand auf die Seine!“ Dann fasste Sir Vincent als Letzter zu.

„Ich spüre den Atem der Drachen“, flüsterte Bill und wiederholte seine inständige Bitte.

„Ich kann ihn auch fühlen!“, hauchte Lady Maya beeindruckt.

Vincent nickte stumm. Auch er merkte, wie die Wärme aus dem Griff drang. Die Herren Andrew und Ian wechselten einen langen Blick. Die inständigen Bitten unschuldiger Waisenkinder hatten selten einen Drachen kalt gelassen.

Sir Ian überlegte laut: „Durch das Entstehen der neuen Dynastie könnte sich auch das Zahlensystem im Clan verändern. Vielleicht verdoppelt sich die Kopfzahl gar?“

„Geschieht mir recht!", stöhnte Sir Vincent. „Ich habe Euern Scharfsinn nie zu schätzen gewusst. Euer König kann sich glücklich schätzen! Sollte Eure magische Idee wirklich zum Erfolg führen, schenke ich Euch einen Hengst aus der Thunderstorm-Linie."

So bekam Bill auf dem Heimflug die Geschichte zu hören, wie Lady Mary-Ann, die Mutter der Damen Maya und Faye, auf dem riesigen wilden Ross Thunderstorm ein Heer in die Schlacht um die Königsburg geführt hatte.

Neue Sterne gehen auf

„Sir Ian kommt zurück! Sir Ian kommt zurück!"
Dans Knappe Ben eilte frohlockend in das Arbeitszimmer des Königspaares.

„Lass gleich das Essen auftragen, sie haben einen
langen Weg hinter sich!", bat Sir Cedric.

Natürlich standen alle drei Drachen auf dem Hof,
als die Heimkehrer landeten.

„Das ist ja fast ein Staatsempfang!", staunte Sir
Ian, das Königspaar und Sir Dan herzlich begrüßend. Ben umarmte seinen Bruder fest und innig. Sie
waren noch nie wirklich getrennt gewesen und Ben
hatte sich schlichtweg Sorgen um seinen Kleinen
gemacht, der auf wundersame Weise in den vergangenen drei Tagen gewachsen war, was auch den drei
Drachen sofort auffiel.

„Ich vermute, Ihr habt eine Menge zu berichten",
sagte Lady Tessa und ließ die beiden Knaben diesmal
am Ende des eigenen Tisches sitzen. Als Bill an ihr
vorbei ging, um seinen Platz einzunehmen, zuckte
sie deutlich sichtbar zusammen. „Halt!"

Bill blieb stehen, wobei er schon ahnte, was gleich
passieren werde.

Tessa fixierte ihn mit den Augen, die langsam den
grünen Schein annahmen, wie König Cedric erstaunt
feststellte. *Er hat etwas, das sich nach meinem Sohn William anfühlt*, hörten sie die Drachen sagen, und Bill
antwortete: *Es ist sein Dolch mit der Drachenasche, meine
Königin.*

Tessa fasste nach der Stuhllehne. „Du verstehst
unsere Sprache?!"

„Ja, meine Königin. Und das hier ist, was Ihr fühlen könnt." Er schob sein Wams ein wenig beiseite. „Von Lady Brenda habe ich den Dolch und von Lady Faye das Futteral."

Tessa wischte sich über die Augen, als müsse sie einen Traum verscheuchen. „Heute sehe ich diesen Dolch zum ersten Mal seit vielen Jahrhunderten wieder."

„Dann müsst Ihr beide wirklich unglaubliche Abenteuer erlebt haben", staunte der König. „Esst in Ruhe und dann berichtet!"

Sir Ian stillte intensiv seinen Hunger, trank einen Becher Wein, dann begann er zu erzählen: Vom Drachenschrei, der Bill zum Segen geworden war, und er beendete den Bericht mit dem Ritual am Hof Sir Vincents, wobei er seine anderen Gedankengänge nicht aussparte.

Ben schaute seinen jüngeren Bruder immer wieder mit einer Mischung aus Stolz, Verehrung und totaler Verblüffung an. Das, was dieser in drei Tage erlebt hatte, hätte bei anderen Menschen ein ganzes Leben füllen können.

Das Königspaar schaute ebenfalls immer wieder Bill an, der mit kaum merklichen Nicken alle Abenteuer noch einmal durchlebte. „Du hast ein mitfühlendes Herz, junger Mann", stellte Sir Cedric lächelnd fest. „Das ist den Drachen nicht verborgen geblieben. Freut mich aufrichtig, dass du immer wieder gern gesehen sein wirst. Du bist ein guter Botschafter für unseren neuen Drachenstaat. Ab morgen wirst du, zusammen mit deinem Bruder, unserem Speicherverwalter und seinem Sohn, lesen, schreiben und rechnen lernen."

„Oh, vielen Dank, mein König, darauf freue mich schon sehr!" Bill bekam vor Aufregung heiße Ohren.

„Ich habe versprochen, dass ich Euch bitten werde, ihm die Chroniken freizugeben", verriet Sir Ian. „Er kann es kaum erwarten, die vielen Geschichten über die Drachenschicksale ganz genau zu studieren."

Lady Tessa blinzelte vergnügt. „Sobald du richtig lesen kannst, steht dir die Bibliothek zur Verfügung."

„Danke! Danke!" Bill verbeugte sich fast bis zum Boden.

„Nimm am besten deinen Bruder und Lady Lia mit dazu, die müssen beide die Chroniken pauken, und du kannst ihnen erzählen, was die jeweilige Person so besonders macht, denn du kennst die wichtigsten Drachen schon fast alle persönlich und hast sie sogar in ihren Burgen besucht", schlug Sir Cedric vor, worauf die Brüder begeistert nickten.

Als die Knaben zu Bett gegangen waren, saßen die vier Drachen noch lange zusammen und waren sich einig, dass aus Bill ein ganz großer Mann werden konnte, wenn er das wirklich wollte.

„Ich habe sogar den Gedanken", schmunzelte Ian, mit den Armen Flugbewegungen andeutend.

„Ich hätte beileibe nichts dagegen!", rief Lady Tessa. „Der Kleine ist doch jetzt schon in den Herzen aller Drachen. Was meint Ihr, Sir Dan, wird sein Bruder damit umgehen können?"

„Ich bin ziemlich sicher. Er verehrt Bill regelrecht, wie wir alle deutlich gesehen haben. Da wird es keinen Neid geben, eher die volle Unterstützung, damit Bill vorwärtskommt."

„Das glaube ich auch", pflichtete Sir Ian bei. „Er hat sich uns sogar zum Fraß vorgeworfen, um seinen Bruder zu retten."

„Wie? Was?", fragten Tessa und Cedric erstaunt, worauf ihnen Dan die kurze Begebenheit mit dem Heuschober erzählte.

„Das hätte nicht jeder getan", murmelte Cedric. „Sie haben beide wirklich Charakterstärke."

Ian seufzte. „Eigentlich müsste das Pferd Bill gehören, wenn der Drachenzauber bei Lady Maya und Sir Vincent wirkt."

„Von Euch stammt aber die Idee", warf Tessa ein.

„Da kommt mir doch gleich noch eine! Wenn ich wirklich das Pferd bekomme, dann lasse ich für Bill als Dankeschön ein Damaszenerschwert auf Burg Sternfels anfertigen. Er hat es durch und durch verdient." Ian rieb sich zufrieden die Hände.

Am nächsten Morgen stand Bill pünktlich am Brunnen und trainierte dann mit seinem Ritter so akkurat, dass der sich entschloss, das erste Mal scharfe Waffen einzusetzen. Zwei zuschauende Menschenritter pfiffen durch die Zähne, mit welcher Präzision der Knabe die Klinge handhabe. Ben war nicht ganz so perfekt, konnte sich aber mit seinen Leistungen durchaus sehen lassen. In ein paar Monaten sollte er mit seinem Herrn das königliche Baby bewachen, wenn Sir Ian und Bill verhindert waren. Bis dahin wollte er noch hart trainieren, damit auch Bill stolz auf ihn war. Denn daran lag ihm wirklich viel.

Am Nachmittag fanden sich der Aufseher und sein Sohn ein, die Knappen kamen hinzu und Lady Tessa erteilte ihnen den ersten Unterricht. Der Aufseher war der Einzige, der schon mit einem Federkiel Striche gezogen hatte, was die anderen nun erst mühsam erlernen mussten. Sir Dan schnitt mit wahrer Engelsgeduld die Gänsefedern zu, wenn wieder eine Spitze umknickte.

Die Knappen übten während der Waffenausbildung nebenbei Zählen und Rechnen und waren bald bis zur 100 sattelfest. Waffenkunde, Wappenkunde und natürlich Clangeschichte standen fest auf dem Programm, neben gutem Benehmen und Tanzen. Weil sie beim letzten Punkt immer die Augen verdrehten, und ungelenk erschienen, hieß sie Sir Ian, ihre Übungsschwerter zur Hand zu nehmen und den Schreittanz als Duell einzustudieren.

Tessa kicherte, als sie es zum ersten Mal bemerkte, sah aber auch, wie grazil die Knaben plötzlich schreiten konnten. Man musste ihnen halt nur das richtige Werkzeug geben.

Der Winter hatte schon begonnen, als Lady Tessa am Kamin lauschend den Kopf hob. Ein fröhliches Lächeln huschte über ihr Gesicht, dann rief sie nach zwei Mägden und Knechten.

„Was ist passiert?", fragte Sir Cedric völlig verdattert.

„Wir bekommen Besuch! Viel Besuch. Richtig viel Besuch", lachte Tessa. „Das Königspaar kommt, Sir Andrew, die Kuckucksteiner, Greifensteiner und die Smaragddrachen."

Die Knappen spähten immer wieder aus dem Fenster, obwohl in der zeitigen Dunkelheit kaum etwas zu erkennen war.

„Mehrere Drachen kommen!", meldete schließlich die Turmwache.

Alle, die in der Burg lebten, warfen ihre Umhänge über und eilten auf den Hof. Schnee stiebte auf, als ein Drache nach dem anderen landete, ein großes Paket absetzte, sich verwandelte und Platz für den Nächsten machte. Sir Jim und Sir Timothy trugen die größte Last, denn der eine hatte noch Lady Anne und Sir Benjamin auf dem Rücken, der andere trug einen riesigen Sack in den Klauen, aus dem lautes unwilliges Schnauben erklang.

„Das ist doch nicht etwa …?", stotterte Sir Ian.

„Ja, das ist er. Wie versprochen!", lachte König Vincent, Ian wie einen guten Freund fest umarmend.

Ehe es an die ganz große Begrüßung ging, mussten die Stallknechte einen Platz für Blizzard frei machen, wie Ian seinen neuen Hengst zu nennen gedachte. Sie beäugten den rabenschwarzen Giganten mit sehr gemischten Gefühlen und Ian erklärte sofort, dass er sich selber um das Tier kümmern werde.

Im Rittersaal hatte sich die Temperatur schon auf ein angenehmes Maß erhöht und alle fanden sich am runden Tisch ein, um miteinander Neuigkeiten aus-zutauschen. Natürlich standen die werdenden Mütter im Mittelpunkt, wie es im Clan üblich war. Bill war selig, weil er mit Ben im Saal bleiben durfte. Ben freute sich, dass die vielen Namen in den Registern auch für ihn endlich Gesichter bekamen. Und er staunte, dass all die anderen Drachen, die Bill mit besucht hatte, Grüße an diesen überbringen ließen, für die sich Bill überaus herzlich bedankte.

„Du bist kräftig gewachsen", stellte Lady Fran fest. „Warst du nicht der Kleinere von euch beiden?"

„Das ist richtig", nickte Bill und versuchte, die Ärmel langzuziehen, weil die Handgelenke schon wieder hervorschauten. „Vor drei Tagen hat es noch gepasst."

„Mach dir keine Sorgen", tröstete ihn Lady Shona, „ich habe einen ganzen Sack Kleidung mitgebracht, die Sir Ian als Knabe getragen hat. Die kannst du dir mit deinem Bruder teilen."

„Vielen lieben Dank, Mylady!", freuten sich die Brüder. Besonders Bill, der sofort aufhörte, an sich herumzuzupfen.

Sir Ian befragte Sir Andrew wegen des Schwertes, welches er zu kaufen gedachte. Lady Tessa hatte es gehört und trat zu den beiden. Erschreckt schauten alle drei, als Tessas Augen so intensiv grün leuchteten, als brenne ein Feuer in ihnen.

„Kommt das öfter vor?", staunte Lady Fran.

„Nicht in dieser Form", erwiderte Tessa ratlos.

Schließlich ging es noch den ganzen Nachmittag und auch am Abend so. Kaum kam sie in die Nähe eines der beiden Ritter, strahlten ihre Augen auf.

„Ich weiß nicht, ob ich eifersüchtig werden oder abwarten soll", seufzte schließlich Sir Cedric in komischer Verzweiflung.

Tessa hob hilflos die Hände. „Ich kann es nicht einmal beeinflussen. Das erschreckt mich."

„Also doch abwarten", blinzelte Cedric.

„Apropos abwarten", meldete sich Sir Dan zu Wort. „Was haltet Ihr davon, meine Königin, mein König, wenn ich meine Hochzeit mit Lady Lia mit dem Fest zur Geburt Eures Kindes zusammenlege? Dann sind alle Drachenfamilien da, auch jene, die vielleicht sonst wegen eines Menschenmädchens nicht extra kommen würden."

„Das ist eine wundervolle Idee!" Tessa nickte begeistert. „Solche gemeinsame Feiern haben zudem eine lange Tradition im Clan." Sie blinzelte Lady Anne und Sir Benjamin zu. „Wir werden für die erste Maiwoche ein richtig großes Fest ausrufen, mit Knappenturnier und Ritterspielen. Hiermit sind alle Anwesenden schon eingeladen, sodass Sir Dan Ende März gezielt die anderen Burgen anfliegen kann, um persönlich zu beiden Anlässen zu laden."

„Knappenturnier", murmelte Bill. „Dann wird sich zeigen, was mein Waffenhandwerk taugt."

„Bis dahin ist das Schwert nicht fertig", raunte Andrew über den Tisch Ian zu.

„Was für ein Schwert?", fragte Sir Jim.

„Ich habe mir selbst geschworen, sollte ich den Thunderstorm-Hengst bekommen, Bill ein Damaszener-Schwert zu schenken", seufzte Ian. „Für das bevorstehende Turnier könnte er es gut gebrauchen."

„Kein Problem", warf Lady Fran ein. „Meins dürfte die richtige Größe für ihn haben." Sie holte es von der Truhe, wo sie es unter ihrem Umhang abgelegt hatte. „Probiere es aus, Bill!"

„In Anbetracht der Situation, dass er noch ein bisschen wachsen wird, dürfte es dann die ideale Länge und den idealen Griff haben", orakelte Sir Timothy.

„Es gehört nun dir." Fran übergab es mit einem verschmitzten Lächeln an Bill, der sein Glück kaum fassen konnte. „Lehre die anderen das Fürchten!"

„Das werde ich, Lady Fran. Oh ja, das werde ich."
Bill trug die höllisch scharfe Waffe sofort zu seinem

Zimmer, wo er es zusammen mit dem Drachendolch in einer Truhe aufbewahrte.

Lady Maya schmunzelte. „Wir waren doch schon immer gut darin, den besten Knappen gediegen auszurüsten, oder irre ich mich Sir Timothy?"

„Ihr irrt Euch nicht. Ich bewahre den hilfreichen Helm, mein erstes Turnierschwert und den Wappenmantel gemeinsam in der Rüstkammer auf. Ich denke gern an jenen Tag zurück." Timothy legte Bill die Hand auf die Schulter. „Ich bin überzeugt, du hast sowohl die Kraft als auch die richtige Kampftechnik, um alle anderen Knappen in den Sack zu stecken, mögen sie auch ein paar Jahre älter sein. Ich glaube an dich!"

„Danke, mein Herr! Ich werde versuchen, genau das zu tun." Bills Augen sprühten in stählernem Willen.

So sah man ihn nun auch zwei Mal am Tag trainieren. Ian gab es auf, ihn davon abhalten zu wollen, denn nichts hätte Bill tiefer getroffen, als all jene zu enttäuschen, die ihm schon so viel Gutes getan hatten. Zumindest glaubte er, sie wären verletzt, würde er nicht den Sieg erringen.

Ben gab sich zwar redliche Mühe, stellte aber nach zwei Tagen fest: „Da kann ich nicht mithalten. Mein Bruder ist bereits von der Kraft der Drachen beseelt. Möge sie ihn beschützen und ihm zu einem grandiosen Sieg verhelfen."

Abends hockten die Brüder mit Lady Lia in der Bibliothek und Bill las ihnen die Chroniken vor, hin und wieder einen Satz zur aktuellen Situation der jeweiligen Person einstreuend. Manchmal nahmen auch das Königspaar und die Drachenritter teil, staunend, was sich der junge Mann alles gemerkt hatte.

„Mich wundert gar nichts mehr", schmunzelte Sir Cedric. „Euer Vater, meine Teuerste, kennt die Chronik auswendig, ich auch und von Sir Timothy hat man stets das Gleiche erzählt."

Lady Lia trug ihr neues Wissen natürlich an Schwester und Mutter weiter, die immer weniger verstehen konnten, welcher Teufel Sir Bertram geritten haben musste, gegen solch übermächtige und zugleich mildtätige Wesen Krieg führen zu wollen. Es konnte nur die Gier nach den legendären Schätzen gewesen sein.

„Ich bin so dankbar, dass sie jede Person als Einzelwesen beurteilen", seufzte Lady Rosa. „Sonst hätten sie uns schwer für das büßen lassen, was Euer Vater getan hat."

Ende März machte sich Sir Dan allein auf den Flug, um die Drachen einzuladen. Es hatte noch einmal strengen Frost gegeben und es stand zu befürchten, dass sich Ben in der eisigen Luft den Tod holen werde. Schweren Herzens blieb er zu Hause und unterstützte seinen Bruder beim Training, der inzwischen gewaltige Muskelpakete zum Einsatz brachte, wenn er mit dem Schwert zuschlug oder die Turnierlanze gegen seine Gegner erhob. Die Menschenritter fanden tausend Ausreden, warum ihre Knappen beim Training fehlten, Bill grinste sich eins und kämpfte stattdessen gegen seinen Herrn und den König.

Lady Tessa bereitete sich langsam auf die Niederkunft vor und witzelte immer wieder, wenn sich alle Sorgen machten, weil sie gar so blass aus sah: „Wenn das Kleine nach mir gerät, ist das kein Wunder. Dann werden die Herren Ritter und ihre Knappen ähnlichen Stress haben, wie Lady Mo mit ihren vier Kindern." Sie erzählte Dan und den Knappen schließlich die Geschichte, welch große Dummheit sie bei ihrer ersten Verwandlung begangen hatte. „Aber aus Fehlern lernt man wohl das Meiste."

Sir Dan flog natürlich zuerst seine winzige Heimatburg an, wie es sich gehörte, und lud zum Fest mit großem Spektakel ein. Seine Mutter hatte Freudentränen in den Augen, als sie murmelte: „Ich bin so stolz auf Euch! Ritter des Reiches, Stellvertreter von Sir Ian und somit Berater des Königspaares. Euer Aufstieg dort, bringt uns Privilegien hier. Nun kommt stets der Nachsatz, Mutter oder Vater von Sir Dan und man lädt uns ein, wo wir früher nur davon träumen konnten."

„Dafür müsst ihr, genau genommen, Lady Lia danken, die mir zur richtigen Zeit am richtigen Ort über den Weg gelaufen ist", schmunzelte Dan. „Sie ist ein Grund mehr gewesen, mit ganzer Kraft für das neue Drachenreich zu arbeiten."

Am Nachmittag brach er zur Burg Whitecastle auf, wo die Geschichte des neuen Drachenclans um Lady Lilian ihren Anfang genommen hatte, und wo man sich nun herzlich freute, als er um ein Nachtlager bat. Bei Braten und Wein lebten alte und neue Geschichten auf und es war jedem klar, dass sich die Familienbande auch weiter immer engmaschiger verknüpften.

Am nächsten Morgen machte er Kurzbesuche auf Kuckuckstein, Greifenstein und Emerald Castle, weil die Burgen sowie am Weg lagen. Dann suchte er Sir

Finnegan und Lady Caitlin auf, um am Nachmittag noch fünf kleine Drachennester anzufliegen, wo man sich durch die Einladungen des Hochadels besonders geehrt fühlte. Dankend nahm er die Einladung zur Übernachtung an und auch hier klang der Abend mit Wein, Speisen und Geschichten aus.

Gut ausgeruht begab er sich am Morgen auf den Heimflug, wobei er König Vincent und Lady Maya noch eine Stippvisite abstattete, um sich zu erkundigen, ob es ihnen und dem wachsenden Nachwuchs gut gehe. Wobei die ganze Burg vor Glück zu strahlen schien, dass ein langgehegter Wunsch endlich in Erfüllung gehen sollte. Mit tiefer Zufriedenheit setzte er seinen Weg nach Hause fort und wurde genau so herzlich empfangen, wie auf seinen Wegstationen.

„Die Winterluft war wirklich höllisch kalt, dafür die Herzenswärme der Clanmitglieder umso heißer", begann er seinen Bericht und sagte am Schluss: „Sie werden alle kommen."

Ben sandte Bill einen aufmunternden Blick zu und den Gedanken: *Ein Grund mehr für dich, den Sieg zu erringen, denn alle Drachen werden zuschauen und dir damit Kraft geben!*

„So möge es sein!", sagte Lady Tessa feierlich und Bill wusste ganz genau, dass sie nicht Sir Dans letzten Satz, sondern Bens Wunsch meinte.

„Wir müssen den Burggraben säubern, damit sich Königin Mo mit den vier Kleinen dort aufhalten und wohlfühlen kann", überlegte Sir Ian laut, worauf Lady Tessa sofort den entsprechenden Befehl an die Knechte gab, denn jetzt war kaum Wasser im Graben und es sollte leicht zu bewerkstelligen sein. Ritter Dan ging mit hinaus, um ihnen ein wenig unter die Arme zu greifen, indem er mit seinem Gewicht das Eis zerdrückte und die Schollen über die Burgmauer warf. Er blockierte vorsichtshalber die Wasserzufuhr und zog auch allerlei Gerümpel aus dem Schlick, welches die Knechte sofort wegräumten. Mit dem Schlamm mussten sie allein fertig werden. Zugleich erging der Befehl des Königs, dass das erneute mutwillige Verschmutzen des Grabens mit hohen Strafen geahndet werde. Wie jedermann inzwischen wusste, konnten die Drachen riechen, wer der Missetäter war und es war nicht damit zu rechnen, ungeschoren davon zu kommen.

„Wir werden wohl die einzige Burg sein, in deren Graben man sorglos baden kann, solange die Jungdrachen nicht drin hocken", grinste Cedric.

Als wolle selbst die Natur mitfeiern, begann es zwei Wochen später zu tauen, der Graben füllte sich randvoll, alles ergrünte, blühte und schmückte sich mit Farben.

Am letzten Tag im April meldeten die Turmwachen die ersten Drachen und auf der Bannmeile wuchs eine bunte Zeltstadt, die Tag für Tag ein bisschen größer wurde. Die Ankunft der fünf Wasserdrachen lockte wahre Menschenmassen herbei und jeder wollte in den Burggraben spähen, sodass die Burgwächter schließlich nur noch kleine Gruppen durchließen, damit die Zugbrücke nicht brach. Kam eine Gruppe zurück, durfte die nächste passieren. Schon als die Ritter zum Meer flogen, um die fünf abzuholen, starrte man mit großen Augen zum Himmel hinauf.

Als alle geflügelten und ungeflügelten Mitglieder des Drachenclans anwesend waren, begann man mit den Hochzeitsfeierlichkeiten für Sir Dan und Lady Lia, die mit ihrem glücklichen Strahlen gleich mehrere Burgen hätte erhellen können. Mitten im Festschmaus fühlte Lady Tessa ihre Stunde kommen, und schon bald verkündete der stolze Vater vom Balkon: „Ich habe eine Tochter!"

Jubel unterm Volk, Glückwünsche wurden hinauf gerufen und die Drachen atmeten auf, weil alles gut gegangen war. Da nahte eine Dienerin und raunte dem König etwas ins Ohr. Vor dem Balkon wurde es totenstill, in der Annahme, es habe sich doch noch ein Unglück ereignet.

Da drehte sich der König um und rief mit schmetternder Stimme: „Ich habe zwei gesunde Töchter!" Dann rannte er, immer zwei Stufen auf einmal nehmend, zu seiner Gattin, um die zweite Tochter genau so zu herzen, wie die Erstgeborene.

Die Überraschung traf alle Drachen gleichermaßen. Sir Ians Vermutung, dass sich die Kopfzahlen verschoben, schien sich zu bewahrheiten. Mit langen Sätzen eilte er ebenfalls zum Geburtszimmer, wo ihn das Königspaar lächelnd empfing. „Nun müsst Ihr wirklich Flöhe hüten."

Ian näherte sich der Wiege der kleinen Prinzessinnen und ehe ihm irgendeiner sagen konnte, welche die Erstgeborene war, öffnete eines der Mädchen strahlend blaue Augen, bildete eine glänzende schwarze Drachenhaut aus, verwandelte sich vor den völlig geschockten Zuschauern in einen winzigen Drachen mit blauen Hörnern und Rückenzacken, und sprang Sir Ian mit einem Gleitsprung direkt in die Arme.

„Herzlich willkommen in der Familie, Schwiegersohn", sagte der König breit grinsend und die Königin fügte hinzu: „Eine Konstellation, die mir ausnehmend gut gefällt. Zeigt Euch ruhig mit Eurer Braut, Lady Ashley, dem Clan."

Das tat der überraschte Ritter auch sofort. Er betrat das Rund der Drachenzelte auf der Festwiese, bat um Gehör und schlug den Umhang beiseite. Die Augen der Drachen weiteten sich ungläubig, es wurde still und Sir Ian erklärte mit lauter Stimme: „Lady Tessa und Sir Cedric haben soeben der Wahl ihrer Tochter, Prinzessin Ashley, zugestimmt, und mich als zukünftigen Schwiegersohn angenommen."

Hochrufe, Glückwünsche und Ashley schaute mit blau leuchtenden Augen in die Runde, während sie an Sir Ians Brust höher kroch, sich wie ein Kragen um seinen Hals ringelte und einschlummerte.

„Ha! Einer, der es wirklich verdient hat!", rieb sich Sir Jim die Hände. „Junge Dame, Ihr habt eine wirklich gute Wahl getroffen!"

König Cedric nahte mit seiner zweiten Tochter, um sie dem Clan zu präsentieren. Das Baby schlief friedlich in seinem Steckkissen und besonders die Damen konnten sich kaum sattsehen an dem rosigen Gesichtchen. Als endlich Sir Andrew an die Reihe kam, die Kleine zu betrachten, blinzelten ihn plötzlich ebenfalls strahlend blaue Augen an.

„Noch ein Drache!", hauchte er überrascht und staunte noch mehr, als auch die kleine Lady Amara eine schwarze Drachenhaut sehen ließ, sich ebenfalls verwandelte, wie ein Irrwisch aus dem Steckkissen fuhr und ihm an die Brust sprang. In freudigem Schreck begriff er, was das bedeutete.

„Herzlich willkommen in der Familie, als zweiter Schwiegersohn", hörte er da auch schon Sir Cedric sagen. „Jetzt weiß ich endlich, wer schuld war, dass Lady Tessa stets grüne Augen bekam, wenn beide Ritter beisammen waren. Die Winzlinge hatten schon ihre Wahl getroffen und wollten es sich gegenseitig und vielleicht auch uns kundtun. Ich bin überaus zufrieden mit dem Willen beider Töchter. Nun haben die ewigen Junggesellen neue Herausforderungen vor sich."

Andrew betrachtete seine zukünftige Gattin Amara mit liebevollem Lächeln. Im Gegensatz zu ihrer Schwester hatte sie goldgelbe Hörner und Rückenzacken, womit man beiden sofort ansah, welcher Drachenlinie sie abstammten.

Bill konnte sein Glück kaum fassen, zwei kleine Drachen bewachen zu dürfen. Dass das sicher nicht leicht werden würde, war vorauszusehen. Schließlich ringelten sich die Kleinen an den Armen ihres Papas hinauf, der sie nun auch Lady Mo vorstellte.

Ein anderer ewiger Junggeselle wirkte indes im bunten Trubel ziemlich bedrückt – Sir Patrick. Die Turniere, die ihn ein wenig hätten ablenken können, sollten erst am nächsten Tag stattfinden. So stand er mit wehmütigem Blick in einer Fensternische vor dem Rittersaal, die Hände auf den Stein gestützt und beobachtete das ausgelassene Treiben.

„Geht es Euch nicht gut, mein Herr?", hörte er eine weiche, zugleich tief besorgte Stimme hinter sich.

Erschreckt drehte er sich um und stand Lady Rosa gegenüber, die auch erst jetzt sah, wer in der Nische geweilt hatte. Natürlich kannte sie durch Lia auch die Geschichte dieses Drachens. „Es geht mir gut, und in Eurer Gesellschaft noch besser", bekam sie zur Antwort. „Habt Ihr Lust, mich auf den Festplatz zu begleiten?"

Natürlich hatte Rosa Lust. Was gab es Besseres, als den Tag an der Seite eines Drachens genießen zu dürfen, wo es noch dazu so ein berühmter war. Tochter Tara war mit Knappe Bill unterwegs, dem sie deutlich schöne Augen machte, wie Königin Tessa schmunzelnd den anderen verriet. Sie bemerkte aber auch, dass Sir Paul dem jungen Mädchen und dessen Begleiter finstere, ja sogar hasserfüllte Blicke zuwarf. Sie versetzte Sir Ian in Alarmbereitschaft, der sich unbemerkt der Beobachtung der Familie Sir Pauls widmete. Es schien alles unauffällig zu sein. Bis zum Einsetzen der Dämmerung. Da erschien am Zelt des alten Edelmanns ein junger Mann mit einem wahren Galgenvogelgesicht, schaute sich kurz um und tauchte im Eingang unter. Sir Ian huschte heran und horchte von draußen.

„Bist du bereit?", hörte er Sir Paul sagen.

„Wenn Ihr das Geld dabei habt!"

Dann schien ein gefüllter Geldbeutel den Besitzer zu wechseln.

Nun ertönte die leicht angesäuerte Stimme Sir Pauls. „Du musst es nicht nachzählen. Es sind, wie vereinbart, 100 Goldstücke."

Sir Ian machte sich eilends davon, um nicht beim Lauschen erwischt zu werden. Sofort erstattete er seinem König Bericht.

„Merkwürdig. Das klingt nach gekauftem Mörder. Nur für wen?"

„Mir fallen auf die Schnelle drei Personen ein", sagte Sir Ian. „Die Damen Rosa und Tara sowie Bill. An Lady Lia, als Drachengattin, traut sich bestimmt keiner mehr heran."

Cedric strich seinen Bart. „Ein junger Mann, habt Ihr gesagt?"

„Ja, ein Junger, höchstens 16 oder 17 Jahre alt."

„Ich tippe auf das Turnier", brummte der König. „Halten wir Augen und Ohren offen!"

Bill, der nicht ahnte, was gerade gesprochen wurde, schlief fest wie ein Stein. Lady Tara hatte ihm noch eine gute Nacht gewünscht, und ihm eine ihrer Locken als Glücksbringer verehrt. Er mochte Lady Tara sehr. War es doch keine dieser verzogenen Gören, die mit Ausdauer Blödsinn redeten. Sie wusste, wovon sie sprach, arbeitete mit den Mägden im Garten, hatte gelernt, Kleidung zu reparieren, zu kochen und zu putzen. Alles Dinge, die eine gute Hausfrau ausmachten. Hübsch war sie obendrein und stilsicher im Umgang mit dem Adel. Bill hatte die Locke sofort in einen kleinen Samtbeutel gesteckt, den er nun an einem Band um den Hals trug.

Am frühen Morgen verwandelte sich der äußere Festplatz in einen Turnierplatz. Zuerst sollten die Knappen ihr Können unter Beweis stellen. Bill legte gerade seine Beinschienen an, als es klopfte.

Lady Maya huschte herein. „Trag diesen Helm!" Schon war sie wieder verschwunden.

Ben war der Nächste. „Du wirst einen Knappen brauchen, der Pferd und Waffen versorgt, damit du

Kraft sparen kannst. Hier bin ich!" Er schnallte seinem Bruder Brust und Rückenharnisch fest.

Beim nächsten Klopfen blieb die Tür zu und Ben ging schließlich nachschauen. Er brachte einen Wappenmantel herein. „Der lag vor der Tür!"

„Na so ein Zufall aber auch!", lachte Bill. „Das Wappen der Smaragdburg."

Als er gerade den Helm aufprobieren wollte, erschien der König, legte einen Finger auf den Mund, steckte ihm Krebspanzerhandschuhe zu und huschte davon.

„Perfekt!", grinste Ben.

Es geht noch besser, hörte Bill die Stimme seines Herrn. *Du wirst auf Blizzard ins Turnier ziehen, weil ich gesehen habe, dass ihr beide heimlich miteinander Freundschaft geschlossen habt. Wenn du es ihm befiehlst, wird er sich auch von Ben versorgen lassen.*

Als das Horn zum ersten Mal erschallte, stieg Bill gerade auf den Rücken des Riesenpferdes, das willig mit seinem jungen Reiter zum Tor hinaus tänzelte. Er war der vierte von zwanzig jungen Männern, die sich zum Turnier meldeten, und wurde wegen des Rappen mit offenen Mündern beäugt.

Der Geschicklichkeitsparcours konnte Bill nur ein müdes Lächeln abringen. So etwas hatte ihn als Anfänger beeindruckt. Während sich die anderen noch um die Bahnen rangelten, setzte er bereits einen Pfeil nach dem anderen ins Zentrum der Scheibe. Bei den Streitäxten verfehlte eine das Zentrum, hatte aber den Ring daneben getroffen. Jeweils zehn Würfe, wie es auch zehn Pfeilschüsse gewesen waren. Beim Ritt um die schaukelnden Ringe erbeutete er acht von zehn. Seine Fangemeinde jubelte und Lady Tara nahm einen Hauch Röte an, als sich ihre Blicke streiften. Tessa blinzelte Lady Rosa verschwörerisch zu, die auch heute an Sir Patricks Seite saß.

„Er wäre mir als Schwiegersohn herzlich willkommen. Aus ihm kann nur ein hervorragender Ritter werden", flüsterte Rosa Sir Patrick zu und feuerte Bill kräftig mit an.

Sir Ian saß mit breitestem Lächeln auf der Tribüne, Lady Ashley auf der Schulter, die dem Geschehen äußerst interessiert zu folgen schien. Auch Lady Amara zog es vor, in Drachengestalt auf Sir Andrews Schulter zu hocken. Mama Tessa musste sich also um nichts Sorgen machen. Nach einer ausgiebigen Pause ging es an die Schwertkämpfe, die letzte Disziplin der Knappen.

„War der Knappe, der im Auftrag Sir Pauls kämpft, vorhin nicht kleiner und dünner?", wandte sich Tessa an Ian.

„Richtig. Dieser ist eindeutig ein anderer. Zudem kommt mir sein Geruch ziemlich bekannt vor. Ich ahne Verrat auf der ganzen Linie." Ian beugte sich vor, um mehr erkennen zu können.

„Wollt Ihr Bill warnen?"

„Nein. Ich will, dass er sich nur auf sich selbst konzentriert. Ich weiß, dass er blitzschnell reagieren wird, wenn es unangenehm werden sollte." Sir Ian erwiderte seelenruhig die Schmuseeinheiten, die ihm Ashley angedeihen ließ.

Die Paare waren schnell ausgelost und die jeweiligen Sieger kamen in die nächste Runde.

„Ziemlich blutige Veranstaltung", stellte Sir Timothy fest, als in beiden Runden einer schwer verletzt vom Platz getragen wurde. „Wer ist der rabiate Kerl, der wider jede Regel schlägt."

„Vermutlich ein Verräter", raunte ihm Tessa zu. „Sir Ian hat gestern eine Geldübergabe durch Sir Paul an diese Person beobachtet. Offenbar hat der da den Auftrag, Bill auf dem Platz hinzumetzeln und übt an den anderen, wie es am besten geht."

Timothy schnaufte unwillig, respektierte aber den Wunsch seines Sohnes, Bill zum Rächer werden zu lassen, zumal es genug eingeweihte Drachen gab, die rettend eingreifen konnten, liefe es aus dem Ruder. Und irgendwie ging es plötzlich wirklich in eine Richtung, die keiner vorhergesehen hatte. Als der ruppige Knappe schließlich Bill in der vorletzten Paarung gegenüberstand und merkte, dass der erheblich stärker war, als seine Größe vermuten ließ, riss er einen Dolch aus dem Stiefel. Die Damen kreischten auf, die Herren schrien und Lady Tara glaubte, sie müsse gleich ohnmächtig werden.

„Der Kampf wird nicht abgebrochen!", donnerte die Stimme des Königs über den Platz.

Im selben Augenblick zog Bill, sodass es weder der Angreifer noch die meisten Zuschauer bemerkten, den winzig wirkenden Drachendolch hervor und schob ihn unter die Riemen der Handfläche seines linken Handschuhs. *Hilf mir, Magie der Drachenasche,* hörte ihn der Clan murmeln, dann wehrte er sich aus Leibeskräften gegen die regelwidrigen Attacken. Der Kampf schien endlos zu sein und langsam wurde der Waffenarm schwer. Der Angreifer warf Bill seinen Schild vor die Füße, sodass der keine Chance hatte, auszuweichen.

Bill stürzte. Die Frauen und Mädchen kreischten entsetzt auf. Der andere Knappe sprang Bill ins Genick und zog seinen Dolch blindlings da hindurch, wo er den Hals vermutete. Metall kreischte auf Metall, Blut spritzte auf. Bill stach, halb wahnsinnig vor Schmerz, einfach mit seinem Dolch nach hinten. Der Gegner heulte wie ein getroffener Hund auf und wälzte sich am ganzen Körper zuckend von Bill herunter.

Der stemmte sich schwankend auf die Knie, bereit, noch einmal zuzustechen. Das Letzte, was er sah, war, dass etwas wie ein schwarzer Blitz auf ihn zuschoss und sich an der Wunde an seinem Hals zu schaffen machte.

Für die Zuschauer sah das folgendermaßen aus: Bill hatte bei seinem Gegner einen Nervenknoten erwischt, was diesen kampfunfähig machte und für sein ganzes Leben zeichnen sollte. Lady Ashley war, ehe sich die anderen von ihrem Schreck erholt hatten, pfeilschnell davon gehuscht und stoppte mit ihrem Drachenspeichel die Blutung, indem sie den Schnitt immer wieder intensiv beleckte.

Bill öffnete die Augen. Er kniete noch immer am selben Fleck. An seiner Brust hing Lady Ashley festgekrallt, die nun ein zufriedenes Fauchen von sich gab, auf Bills Rücken kraxelte und zur Tribüne zurückflog. Dass sie dort als Erstes das inbrünstige Dankeschön von Bill hörte, grenzte fast an ein zweites Wunder. Mama Tessa, Papa Cedric und vor allem Sir Ian bedankten sich von ganzem Herzen. Eine Freudenbezeugung berührte den Drachenwinzling besonders – die von Lady Tara. Keiner wunderte sich, als sich Ashley durch die Reihen hangelte, um sich auf Taras Schoß zusammenzurollen. Das junge Mädchen streichelte die Retterin liebevoll und flüsterte ihr tausend Dankesworte zu.

Der König ließ weiterkämpfen, nachdem sich Bill auf eigenen Beinen, wenn auch schwankend, vom Platz begeben hatte, womit er im Rennen um den Sieg blieb, obwohl ihm nun schon der dritte Platz sicher war.

Hufschlag zeigte an, dass Sir Paul mit Sohn und übriger Verwandtschaft die Flucht ergriff, nun wo durchdrang, dass der gedungene Mörder schwer gezeichnet überlebt hatte.

Den hole ich mir später, hörte der gesamte Clan Sir Ians Stimme.

Bill hörte auch eine Stimme, als er mit geschlossenen Augen auf einem Schemel saß und kaum wusste, wie er noch einen Kampf überstehen solle. Sie gehörte Lady Fran, die ihm einen großen Becher in die Hand drückte: „Trink ihn in einem Zug aus! Dann zeig den anderen, was ein Kämpfer ist. Du schaffst das!" Schon eilte sie wieder davon.

„Ihr riecht nach Hanf", schmunzelte Tessa.

„Andere Düfte waren gerade nicht zu haben", erwiderte Fran mit bekümmerter Miene.

Die Männer grinsten sich eins. Bei so vielen versierten Helfern musste Bill irgendwie die Endrunde überstehen.

Als das Horn erklang, sprang Bill auf und griff mit fester Hand nach Schwert und Schild. Ben klopfte ihm auf die Schulter. „Gutes Gelingen, mein tapferer Bruder!"

„Danke! Lady Frans Trank gibt mir das Gefühl, mit bloßer Hand gegen Bären kämpfen zu können.

Ich werde mich vorsehen müssen, nicht übermütig zu werden."

„Du schaffst das!"

„Ich hoffe es." Bill trat aus dem Zelt. Der blutverschmierte Brustharnisch ließ ihn martialisch aussehen und seine Fangemeinde trampelte, klatschte und feuerte ihn mit Worten an. Der junge Mann, der ihm soeben gegenübertrat, wusste, dass es ihm der jüngere und viel kleinere Gegner nicht leicht machen werde. Bill grüßte mit dem Schwert, der andere dankte, dann flogen auch schon die Fetzen. Statt nach drei harten Runden zu ermüden, wurde Bill immer munterer und immer schneller und schlug schließlich seinem Gegner das Schwert aus der Hand. Der wehrte noch zwei drei Schläge mit dem Schild ab, ehe dieses mit einem Knall zerbarst.

„Ergibst du dich?!", rief Bill und erhielt zur Antwort: „Ja, denn gegen dich zu verlieren, ist keine Schande."

„Das sehe ich übrigens genau so", ließ sich der König vernehmen und Jubel brach aus.

Ben brachte Blizzard herbei, ließ Bill aufsteigen und reichte ihm eine Lanze, mit er die Siegerkränze der Damen einsammeln konnte, und die gaben so reichlich, dass fast die ganze Waffe mit Kränzen bedeckt war. Auch die Damen der Königstribüne schmückten ihren Helden. Lady Tara ließ allen anderen den Vortritt, um ihm schließlich einen Kranz zu reichen, der von einem drachenaugenblauen Band umwunden war und sich deutlich von allen anderen abhob.

„Ich glaube, die Katze ist aus dem Sack", blinzelte Sir Patrick der begeisterten Lady Rosa zu.

Bill ritt zur Mitte der Tribüne, übergab Ben Lanze und Pferd, um auf ein Knie gestützt, die Glückwünsche des Herrscherpaares zu empfangen.

„Du hast tapfer und fair gekämpft und deinem Herrn große Ehre gemacht, Knappe Bill. Du darfst deinen Preis wählen. Möchtest du diesen goldenen Trinkpokal haben oder jenes goldverzierte Schwertgehänge?"

„Keines von beidem, mein König", antwortete Bill mit fester Stimme und festem Blick.

Es wurde still.

„Was möchtest du dann?", fragte Sir Cedric erstaunt.

„Im Ritterturnier kämpfen, Sire. Das ist mein einziger, ehrlicher Wunsch."

„Ach herrje!", stöhnte Sir Finnegan, „Sir Timothy, mir tut gleich wieder alles weh!"

„Der Wunsch sei dir gewährt", hörten sie den König sagen. „Geschieht mir recht, weil ich nicht mit dem ersten Satz eingeschränkt habe, dass du aus zwei Optionen wählen sollst."

Unter dem Jubel der Zuschauer begab sich Bill zum Startplatz, um auf Blizzard mit den Rittern auf dem Turnierplatz Einzug zu halten.

Sir Ian ballte die Fäuste, um seiner Anspannung Herr zu werden, Lady Tessa warf ihrer Mutter einen verzweifelten Blick zu und Lady Rosa streichelte tröstend Taras Hand. Die beiden Babydrachen hockten auf den Schultern ihrer zukünftigen Gatten und taxierten die Ritter, einen nach dem anderen.

Ich weiß, dass er es schafft, bei einigen Disziplinen bis in die Endrunde zu kommen! Lady Brenda wirkte als Einzige beinahe entspannt.

Wenn er es auch nur bei zweien schafft, weiß ich, was ich machen werde, gab König Cedric zurück und eröffnete die Ritterspiele mit der Tjost.

Ben rannte zur Burg und besorgte einen Rüsthaken, den er mit fliegenden Fingern und völlig außer Atem an Bills Brustpanzer befestigte. „Die anderen tragen alle einen", erklärte er seinem verdutzten Bruder. „Auch bei den Rittern ist mehr Schein als Sein. Du hast erst recht keinen Grund, darauf zu verzichten. Und nun raus mit dir! Hol sie vom Pferd!"

Blizzard tänzelte auf die ihm ganze eigene Weise zum Startplatz der Bahn. Bill legte bedächtig die Lanze in den Haken, fixierte den Gegner und ritt an. Die Spitze der Waffe hakte sich unter der Schulterkachel des Ritters ein, ihm äußerst schmerzhaft den Arm auskugelnd.

„Da waren es nur noch neun", frohlockte Lady Brenda. „Der nimmt heute kein Schwert zur Hand."

Der nächste Ritter versuchte, Bill am Helm zu treffen, doch der tauchte darunter hinweg, wendete am Ende der Bahn und stach den anderen vom Pferd, als der seine Lanze noch nicht einmal wieder im Haken liegen hatte.

„Acht." Brenda nickte Ian aufmunternd zu.

Auf den nächsten Ritten wurde Bill zwar getroffen, blieb aber im Sattel und revanchierte sich, indem er die vier Ritter, welche ihn am Ende seiner Kräfte vermuteten und leichtsinnig wurden, glatt aus dem Sattel hob.

„Noch vier!" Brenda drückte Bill die Daumen, dass es knackte.

„Ist der gut!", staunte einer der älteren Ritter. „Den möchte ich im Ernstfall nicht zum Feind haben."

„Wie geht es dir?", raunte Ben vom Rand der Bahn, als Bill ein paar Sekunden durchatmen konnte.

„Wie zwischen Mauer und Ramme geraten", wisperte Bill zurück.

„Noch zwei Gegner, die du schaffen musst!"

Hilf mir, Drachenmagie, bat Bill inbrünstig, als er gegen einen wahren Hünen antreten musste. Die Augen Lady Ashleys leuchteten auf und Blizzard wich ganz allein der Lanze aus. Seine ganze Kraft in den Stoß legend, war der Ritter darauf nicht gefasst gewesen und kippte durch seinen eigenen Schwung vom Pferd.

Ben biss sich auf die Lippen, um bloß nicht laut aufzulachen, wie es die meisten Zuschauer taten. Bill schaute kopfschüttelnd zu, wie der andere vom Platz hinkte. *Danke!*

„Die erste Endrunde, Sir Cedric", gab Lady Brenda bekannt.

„Ich weiß, meine Teuerste. Möge ihn die Kraft der Drachenasche beschützen!"

Da erhielt Bill einen Hieb, der ihn rücklings aufs Pferd warf. Bis zum Ende der Bahn schaffte er es aber, wieder sicher im Sattel zu sitzen. Wut stieg in ihm auf.

Konzentriere dich! Bill schien es, als hätten mehrere Personen im Chor gesprochen. Er durfte sie nicht enttäuschen. Er wendete und landete einen ähnlichen Treffer, der dem Ritter schwer zu schaffen machte. Mit pendelnder Lanze kam er wieder auf Bill zu, der nun leichtes Spiel hatte, ihn mit wenig Kraft-aufwand vom Pferd zu stechen.

„15 Pferde mitsamt Zaumzeug!", jubelte Lady Brenda. „Sir Ian, Euer Knappe ist ein reicher Mann!"

„Das gönne ich ihm von ganzem Herzen!", gab der Ritter erleichtert zurück.

Lady Tara hatte blutige Handballen, so sehr hatte sie in der Aufregung die Fingernägel hinein gedrückt.

Eine Stunde Pause musste den Kämpfern genügen, wieder auf die Beine zu kommen. Am schwersten hatte es Bill, der gegen alle angeritten war. Als Ben noch ratlos schaute, schlüpfte Lady Fran zum Zelt herein. „Ausziehen!"

Bill gehorchte, legte Körperpanzerung und Gambeson ab. Ben erschrak, denn sein Bruder sah mehr blau als weiß aus. Fran zog ein Fläschchen hervor, dessen Inhalt Bills Nase arg malträtierte. „Kampfer", sagte sie kurz, die Flüssigkeit kräftig in seine Haut massierend. Der anfängliche Schmerz wich Entspannung und Bill schlief ein. Er merkte nicht einmal, wie ihn Ben und Lady Fran umdrehten, damit die kräuterkundige Wohltäterin auch seine Brust und die Arme behandeln konnte. Kurz vor Beginn der nächsten Kämpfe weckte sie ihn, gab ihm noch einen halben Becher des aufputschenden Tranks und überließ ihm seinem Knappen, der ihm mit kundiger Hand Gambeson und Rüstung anlegte. Bogenschie-ßen stand auf dem Plan, was Bill nicht allzu große Sorgen machte.

Lady Fran nahm ihren Platz auf der Tribüne ein und Lady Tessa stellte kichernd fest: „Ihr riecht etwas streng!"

Fran zog ein bekümmertes Gesicht. „Mit Euch hat man es wirklich nicht leicht. Ich habe unter tausend Mühen einen neuen Duft aufgelegt und wieder gefällt er Euch nicht."

„Ich finde ihn wundervoll!", lobte Sir Ian.

„Ich auch!", rief Sir Timothy blinzelnd.

„Und ich erst!", lachte Lady Brenda. „Vor allem, wenn er gleich volle Wirkung zeigt!"

Bill schaute weder links noch rechts. Er wirkte hoch konzentriert, als er jeweils zehn Pfeile vom Pferderücken aus auf die Reise schickte. Beim ersten Mal standen Pferd und Ziele still. Beim zweiten Mal stand das Pferd still, aber die Holzpuppe drehte sich. Beim dritten Wettbewerb galoppierte Blizzard und Bill schoss auf ruhende Scheiben und zu guter Letzt vom galoppierenden Ross auf sich drehende Holzpuppen.

Das Trefferbild lautete: zehn – neun – neun - sechs.

Nur ein Ritter war gleich gut gewesen, mit neun – neun – neun – sieben.

„Ha! Die zweite Endrunde!", triumphierte Lady Brenda. „Sir Cedric, es wird ernst!"

„Ich freue mich darauf", gab der König schmunzelnd zurück.

„Sein Hals blutet wieder", stellte Lady Tessa beunruhigt fest. Sie bat Lady Tara zu sich. „Geht Ihr mit Lady Ashley zu ihm. Er braucht Euch!"

Gehorsam kletterte Ashley auf Taras Schulter, die schnellen Schrittes zum anderen Ende des Turnierplatzes lief, um unbemerkt in Bills Zelt zu verschwinden. Sie legte sofort einen Finger auf den Mund, als er riesengroße Augen bekam, wer ihn noch besuchte. Sofort krallte sich Ashley an seinem Gambson fest und ließ ihre Zunge über die offene Wunde huschen. Wieder und wieder, bis das Blut versiegte. Tara blinzelte mit einem Auge und huschte mit Ashley davon.

Vielen lieben Dank, meine hilfreichen Damen, sandte Bill zur Tribüne und Lady Tessa gab den Dank gern an Lady Tara weiter, die sich unbändig freute, dass sie ihrem Helden helfen durfte. Nun ging ihr auch ein Licht auf, warum Lady Fran ständig verschwand und merkwürdig riechend wiederkam. Sie hatte Bill mit geheimen Tinkturen behandelt, um ihn bei Kräften zu halten!

„Genau so ist", bestätigte Sir Patrick die Gedanken der jungen Dame.

Inzwischen mussten die beiden Kontrahenten die Übung mit drei Pfeilen wiederholen und wieder hatten sie Punktgleichstand. Beim dritten Versuch, mit nur einem Pfeil, unterlag Bill seinem Kontrahenten, erntete aber trotzdem gewaltigen Applaus, weil er ja nur ein Knappe war, der sich um einen Punkt einem gestandenen Ritter geschlagen geben musste.

Mit dem Speer kam Bill ebenfalls in die Endrunde, wo er den dritten Platz von insgesamt 20 Werfern belegte.

Lady Brenda rieb sich genüsslich die Hände, worüber die anderen Drachen herzlich lachten. Vor der letzten Disziplin, dem Schwertkampf, bat der König um Ruhe und ließ Bill vor die Tribüne treten. „Ich verbiete dir die Teilnahme am Schwertkampf!"

Vor Bills Augen begann sich alles zu drehen, die Beine gaben nach. Um nicht zu stürzten, stützte er ein Knie auf dem Boden und verharrte mit gesenktem Kopf. Schritte erklangen, er fühlte einen leichten Druck auf der Schulter und hörte des Königs Stimme vor sich: „Du hast meine Erwartungen weit übertroffen. Ich schlage dich zum Ritter des Reiches. Erhebt Euch, Sir Bill!"

Der Jubel war unbeschreiblich, aber auch die verdatterten Blicke der besiegten Ritter.

„Den Schwertkampf dürft Ihr Euch von der Tribüne aus ansehen", schmunzelte der König, weil Bill, wie vom Donner gerührt, knien blieb.

Erst als Sir Ian rief: *Kommt mein Lieber, die Damen erwarten Euch,* wurde Bill munter und nahm unzählige Glückwünsche entgegen. Ben kümmerte sich, Blizzard in den Stall zurückzubringen, Bills Waffen zu putzen und diese in der Burg bereitzulegen, dann mischte er sich unters Volk und feierte Bills kometenhaften Aufstieg. „Ach, wenn Mutter das sehen könnte!", seufzte er immer wieder.

Nachdem der siegreiche Ritter unter donnerndem Applaus seinen Turnierpreis bekommen hatte, kam ein Knecht zur Tribüne, die Mütze verlegen in den Händen drehend. Der König forderte ihn zu sprechen auf.

„Wohin mit den vielen Pferden, die Ritter Bill gehören?"

„Ach herrje!", murmelte Bill erschrocken. „Warte, ich kümmere mich sofort darum!" Bill erhob sich mühsam und folgte dem Knecht. Ben eilte hinterher, um mitzuhelfen.

Einige ehemalige Besitzer fanden sich ein und kauften ihre aufgezäumten Lieblingstiere für schwindelerregende Summen zurück. Gut ausgebildete Pferde hatten ihren Preis und der junge Ritter machte nicht den Eindruck, das nicht zu wissen, denn er fragte sogar einen der Herren: „So wenig ist Euch Euer treues Ross samt Kampfausrüstung wert?"

Zähneknirschend legte der Besiegte noch ein paar Goldstücke drauf und erhielt sein Pferd zurück. Die fünf übrigbleibenden Tiere führte der Knecht zum Stall. So viel Platz war auf jeden Fall vorhanden. Sir Ian grinste vergnügt in die Runde. „So geht das!"

„Aber was macht er nun?", staunte Sir Cedric, als Sir Bill nicht den Weg zur Burg einschlug, sondern sich den Ständen der wohlhabenderen Handwerker zuwandte. Dann verschwand er aus dem Blickfeld.

„Ich denke, wir werden es erfahren", gab Lady Brenda lächelnd bekannt, während sich alle Drachen wieder im Rund ihrer Zelte einfanden. Es dauerte fast eine Stunde, bis Sir Bill wieder auftauchte. Frisch gewaschen, mit einem Verband um den Hals und bester Laune.

„Wir haben Euch vermisst", erklärte Brenda, auf den Platz neben sich klopfend.

„Einen kleinen Moment, Mylady, ich habe noch etwas Dringendes zu erledigen, ehe ich den Tag genießen kann." Er zog einen Beutel unterm Umhang hervor. „Die nun folgende Reihenfolge ist keine Wertung, meine hilfreichen Damen, sie ist dem Zufall überlassen."

„Was hat er vor?", fragte der König erstaunt die Königin, weil er Bills Gedanken einfach nicht lesen konnte.

„Abwarten", sagte sie mit einem hilflosen Schulterzucken.

Bill fasste soeben in den Beutel und ein heiteres Lächeln ging über sein Gesicht. „Mein erster Dank geht also an meine kleinen Lebensretterinnen Lady Ashley und Lady Amara." Er legte ihnen smaragdgeschmückte goldene Halsbänder an. „Später werden es wohl Armbänder sein", blinzelte er. Er fasste noch mehrmals in den Beutel und zog immer wieder Armbänder mit unterschiedlichen Steinen hervor, die er Lady Fran, Lady Brenda, Lady Tessa, Lady Maya, Lady Shona und Lady Faye widmete, welche die Gaben hocherfreut entgegennahmen. „Ach, da ist doch noch was!", rief er mit einem fröhlichen Lächeln. „Dies ist die Gabe für die hilfreiche Dame meines Herzens." Er legte die breite Kette mit blutroten Rubinen Lady Tara um den Hals, die es vor Freude und Verlegenheit hätte locker mit der Farbe der Steine aufnehmen können.

„Wie war das mit der Katze?", sagte nun Lady Rosa zu Sir Patrick, wobei sie strahlend lächelte.

„Ist das schön, meine Schwester so glücklich zu sehen", flüsterte Lady Lia ihrem Gatten zu, der erfreut nickte.

Gut gepanzert

Am nächsten Morgen verabschiedeten sich die meisten Drachen, um den Heimweg anzutreten. Lady Fran und Sir Jim blieben noch da, genau wie Sir Patrick, der Lady Rosa noch ein paar Tage auf der Quellenburg Gesellschaft leisten wollte. Auch Sir Andrew hängte noch zwei Tage an, um seine zukünftige Gattin zu umsorgen.

„Na, das ist doch mal eine Nachricht der besonderen Art, dass Sir Patrick Feuer gefangen hat", blinzelte Sir Timothy, der vor seinem Heimflug Lady Mo zum Meer brachte. Sir Jim und Sir Ian trugen die Kleinen.

Wie steht Ihr zu seiner Wahl, fragte Timothy die Drachenkönigin.

Durchaus positiv, weil es immer deutlicher wurde, dass wir auf Dauer nicht zusammen glücklich sein würden. Er hat es mir schon am ersten Tag gesagt, dass Lady Rosa sein Herz anrührt, und ich habe ihn ermuntert. Seinen Schutz gewährt er uns auch weiterhin, wofür ich von Herzen dankbar bin.

Kaum war Sir Ian in der Burg zurück, machte Sir Bill eine klare Ansage: „Ich möchte Euch bitten, Euer Kampfpartner und dienstbarer Geist bleiben zu dürfen, bis Ihr Euch wieder einen Knappen wählt."

„Eure Bitte überrascht und erfreut mich gleichermaßen", erwiderte Sir Ian. „Ich nehme mit Dankbarkeit an, denn wir beide sind ein eingespieltes Team. Auf gute Freundschaft!"

Sir Jim rieb sich die Hände. „Ja, genau so kenne ich Sir Ian."

Weil sich Großmutter und Großvater mit um die Babys kümmerten, bekamen die Ritter den Auftrag, überall im Land nach dem Rechten zu schauen, die Herren Ian und Bill zudem die Erlaubnis, nach Sir Paul zu suchen. Der Galgenvogel, der Sir Bill töten sollte, hatte alles gesagt, was er wusste und bettelte schließlich um seinen eigenen Tod, um langen Qualen durch die Lähmung zu entgehen.

„Du hast es nicht besser verdient", wies der König die Bitte ab. „Du hast nicht nur versucht, den einen zu ermorden, du hast auch zwei andere junge Leben zerstört. Nun trag deine Strafe!"

Die irgendwann damit endete, dass der Delinquent in seiner Verzweiflung Essen und Trinken verweigerte und schließlich verdurstete.

Die Herren Ian und Bill waren wieder einmal zum See unterwegs, wo ihnen der Fischer stets einen leckeren Räucherfisch kredenzte. „Was macht eigentlich Eure Wunde am Hals?", fragte Ian, weil Bill die Stelle noch immer unter einem Tuch versteckte.

„Das wüsste ich auch gern", seufzte Sir Bill. „Sie hat sich vollständig geschlossen, fühlt sich aber merkwürdig an. Hart, wie ein dicker Grind, der gar nicht vorhanden ist." Er nahm das Tuch ab.

Ian riss die Augen auf, kam ganz nah an Bills Hals heran. „Darf ich es berühren?"

„Nur zu", seufzte Bill. „Vielleicht habt Ihr eine Ahnung, was da vor sich geht."

„Äh ja, die habe ich", sagte Ian nach kurzer Untersuchung völlig verblüfft. „Ihr kennt doch die Chroniken."

Bill zog nachdenklich die Augenbrauen zusammen. „Was haben die mit meinem Hals zu tun?"

„Darin steht ziemlich gut beschrieben, wie es sich für meinen Vater anfühlte, als er zum Drachen wurde", gab Ian blinzelnd zurück.

„Ihr wollt mich veralbern!", rief Bill. „Ich habe weder eine Drachenschuppe bekommen noch bin ich gebissen worden, wie Sir Jim."

„Und was ist mit Drachenspeichel, der sich ohne Biss mit eurem Blut vermischt hat?"

„Daran habe ich nicht gedacht", flüsterte Bill, seinen Hals betastend. „Dabei ist Lady Ashley nicht nur als Drache geboren, sie hat sich auch sofort verwandelt. Ihre Kräfte und die ihrer Schwester müssen denen unserer Königin ähneln, die sogar dem Wetter gebieten kann."

„Eben!" Sir Ian widmete sich mit zufriedenem Lächeln wieder seinem Fisch.

Bill legte das Tuch zusammen, steckte es in die Tasche, und tat es Ian gleich. Der Fisch schmeckte vorzüglich. Auf dem Rückweg nahmen sie meist ein paar Fische für die Tafel des Königs mit, denn wirklich viel gab der See noch nicht her, war aber auf dem besten Weg, sich zu regenerieren. Von Sir Paul hingegen hatten sie noch keine Spur entdeckt und gingen davon aus, er habe die nächstgelegene Grenze passiert.

Beim Abendessen nahm Bill seinen Platz neben Sir Ian ein, gegenüber von Lady Tessa und Lady Fran. Die Königin bemerkte als Erste das Fehlen des Tuchs und schaute etwas genauer hin. Sie setzte mit einem Ruck ihren Becher ab, kniff die Augen zusammen, tippte Lady Fran an, streckte ganz langsam die Hand nach Bills Hals aus und fragte: „Denkt Ihr, was ich denke?"

Ian und Bill grinsten sich an. „Wir denken es auch, meine Königin", schmunzelte Sir Ian. „Da hat wohl eine sehr junge zaubermächtige Drachendame sehr gute Arbeit geleistet."

Sir Jim schloss für einen Moment die Augen, fuhr sich mit beiden Händen durchs Gesicht und flüsterte: „Möge es ihm erspart bleiben, ein Zwitterwesen zu werden."

Bitte hilf mir, Magie der toten Drachen! Sir Bill strich sanft über den Griff seines Dolchs.

Niemand mochte an Zufall glauben, dass just in diesem Moment die Babys erwachten, sich verwandelten und mit blau strahlenden Augen blitzschnell links und rechts auf den Schultern des jungen Ritters hockten.

„Merkwürdige Tischsitten", lachte der König und keiner störte sich wirklich daran, dass die beiden eine Weile sitzen blieben, immer wieder die Köpfe zueinander wandten und abwechselnd zischelten, was wie eine Unterhaltung klang, der die anderen nicht lauschen durften.

„Was sie wohl gerade aushecken werden?", fragte Lady Fran schließlich neugierig.

Das Zischeln endete, die beiden Winzlinge huschten zurück in ihre Wiege, wo sie in Menschengestalt unschuldig aus den Kissen hervorlugten.

„Man könnte glatt darauf hereinfallen", staunte Lady Lia, die durch die Heirat mit Sir Dan zur Hofdame avanciert war, und sich mit um den quirligen Nachwuchs kümmerte.

Zwei Nächte später, Tessa wollte noch einmal nach den schlafenden Kindern schauen, waren die Wiegen leer. Statt Alarm zu schlagen, witterte sie in die Nacht hinaus und nahm den Duft ihrer Kinder ein paar Fenster weiter wahr. Also stieg sie auf das Fensterbrett und hangelte sich als Drache am Mauersims entlang, um von außen in das bewusste Fenster zu spähen, welches zu Bills Räumen gehörte.

Der junge Ritter lag im Tiefschlaf, aber auf Kopf- und Fußteil des Bettes hockten die Vermissten und spannen mit dem Blick ihrer strahlenden Augen ein Lichtnetz über den jungen Mann, wobei sie wieder dieses merkwürdige Zischen von sich gaben. Verblüfft sah Lady Tessa zu, wie das Leuchten die Gestalt eines fliegenden Drachens annahm. Lady Ashley kletterte vom Kopfende herab und ritzte mit ihren winzigen messerscharfen Zähnen die linke Halsseite Sir Bills auf, bis ein Tropfen Blut hervordrang. Lady Amara tat auf der rechten Seite genau das Gleiche. Sie zischten sich zu und das Lichtnetz drang durch die nadelfeinen Öffnungen in den Körper des Schlummernden ein, wobei es sich akkurat halbierte.

Lady Tessa machte, dass sie fortkam, um den Zauber nicht zu gefährden. Sie stellte sich schlafend, als die beiden nach vollbrachter Tat zum Fenster herein und direkt in ihre Wiegen schlüpften.

Bill fühlte sich am Morgen seltsam. Alle Geräusche schienen überlaut zu sein. Er konnte sogar die Mäuse durch den Speicher rennen hören. Um klare Gedanken beim Training fassen zu können, wollte er den Kopf ins kalte Brunnenwasser stecken. Doch aus dem Wasser starrte ihm ein weißer Drache mit blutroten Augen entgegen. Bill zuckte zurück.

„Was ist passiert?", fragte Ian, der gerade aus der Tür getreten war.

„Ich weiß nicht." Bill näherte sich noch einmal dem Wasserspiegel. Auch diesmal starrte ihn der fremde Drache aus dem Wasser an.

Ian kam heran, das seltsame Verhalten Sir Bills erstaunt beobachtend, der immer wieder zurückwich und doch jedes Mal erneut in den Brunnen schaute. „Was ist da unten?" Er beugte sich weit über den Rand, um möglichst tief hinein schauen zu können. Er konnte nichts Ungewöhnliches entdecken. Zumindest nicht, solange sich Bill nicht übers Wasser beugte. Dann starrte auch ihn ein fremder Drache an und Bill rief: „Da ist er wieder!"

Ian begann herzlich zu lachen. „Und wo ist Euer Spiegelbild?"

Bill fasst sich irritiert an die Nase. Der Drache im Wasser machte haargenau die gleiche Bewegung. Bill blinzelte und auch der Drache blinzelte. Bill streckte die Hand zum Wasser hinunter und ihm schob sich eine schuppige Klaue entgegen. Gleich mussten sie sich berühren! Doch Bills Hand tauchte ein, der halbe Arm verschwand im Wasser und das halbe Vorderbein des Drachens schien sich in Luft aufzulösen. Bill warf Ian einen verzweifelten Blick zu.

„So werdet Ihr aussehen, wenn Ihr Euch das erste Mal verwandelt", sagte Ian leise. „Der Brunnen spiegelt heute den Drachen, der in Euch steckt."

„Das bin ich?", hauchte Bill zweifelnd, worauf Ians deutlich sichtbares Spiegelbild im Wasser nickte. Bill konnte sehen, wie Ian den Drachen zwischen den Hörnern kraulte und fühlte gleichzeitig Ians Hand auf seinem Kopf. Ja, das war er, der sich da mit blutroten Augen aus dem Wasser heraus selbst betrachtete.

Dan und Ben waren ein paar Schritte abseits stehen geblieben, verwundert das Treiben am Brunnen beobachtend. Ian bat Bill, heute nicht zu trainieren, weil der völlig neben sich stand. Auch bei Tisch wirkte er abwesend, ließ Brot und Wurst fallen, sodass der König schließlich fragte, ob es ihm nicht gut gehe.

Ehe Bill antworten konnte, sagte die Königin: „Das kommt vom Damenbesuch letzte Nacht."

Außer Ian starrten alle den jungen Ritter an, der aschfahl im Gesicht wurde.

„Stimmt das?!", fragte der König streng.

Bill atmete tief durch. „Ich kann mich an nichts erinnern, mein König."

„Er hat nichts Unrechtes getan", verteidigte ihn die Königin sofort und erzählte sehr detailliert, was sie beobachtet hatte.

„Deshalb hat mich heute ein weißer Drache aus dem Wasser angestarrt, statt meines Menschengesichts!", rief Bill überrascht.

„So schnell?", fragte Lady Tessa zweifelnd, doch Ian bestätigte: „Auch ich habe ihn gesehen, als ich neben Sir Bill in den Brunnen schaute."

„Hoffentlich verliert sich das wieder, dass sie nachts fremde Männer besuchen", grinste Sir Cedric, worauf Ian schmunzelnd abwinkte.

Die Winzlinge schliefen friedlich schnaufend und scherten sich nicht um die Unterhaltung.

„Kein Wunder nach dem Kraftakt letzte Nacht", lachte Lady Fran und merkte nebenbei an: „Euch sind zwei neue Halsschuppen gewachsen, Sir Bill."

Der schob den Ärmel vom linken Unterarm, wo sich flächendeckend Schuppen gebildet hatten, seit er ihn in den Brunnen gehalten hatte. Vorsichtshalber flog Sir Ian mit ihm zur Quellenburg, wo Bill Lady Tara vorsichtig auf die Verwandlung vorzubereiten gedachte.

Er lud Tara auf einen Spaziergang über die Wiesen ein und redete auch nicht lange herum: „Ich bin gerade dabei, mich zu verwandeln", erklärte er kurz. „Überall bilden sich Drachenschuppen, doch ich weiß nicht, was ich am Ende sein werde."

Tara hatte sofort das Bild vor sich, welches die Chroniken über Sir Jim beschrieben und wie dieser unter seinem Aussehen als Zwitterwesen gelitten hatte.

„Das schreckt mich nicht", gab sie mit fester Stimme bekannt. „Wie Lady Fran zu Sir Jim, werde ich zu Euch stehen. Doch ich glaube fest an die Magie der alten Drachen, die Euch auch diesmal nicht im Stich lassen wird." Sie betrachtete lächelnd die fast milchweißen Schuppen, die inzwischen auch im Gesicht zum Vorschein kamen, die Hände bedeckten und den gesamten Hals. „Ihr seid gut gepanzert, Herr Ritter!" Sie nahm seinen Arm und ließ sich zur Burg zurückführen, wo endlich auch Lady Rosa und Sir Patrick einen Blick auf das Phänomen werfen konnten.

„Gar nicht so übel", flüsterte Sir Patrick, was Bill aufhorchen ließ.

Bills Gestalt straffte sich, er tauschte einen kurzen Blick mit Lady Tara, dann wandte er sich an Lady Rosa: „Ich bitte Euch sehr, der Verlobung mit Lady Tara zuzustimmen. Ich möchte sie heiraten, wenn ich mir selber im Klaren bin, wer oder was ich bin."

„Ich dachte, er fragt nun gar nicht mehr", murmelte Tara hoch erfreut.

Lady Rosa lächelte. „Ich glaube nicht, dass sich zwei Herzen, die so füreinander schlagen, trennen lassen würden. Ist sie doch jedes Mal halb krank vor Sorge, wenn es Euch nicht gut geht. Ihr bekommt sie!"

Sir Bill bedankte sich hocherfreut und steckte, Tara einen Ring an den Finger mit einem Stein, blutrot, wie an der Kette.

Die junge Dame strahlte über das ganze Gesicht und Sir Ian atmete auf. Er erklärte Lady Rosa: „Ihr müsst auch Eure Pläne mit Sir Patrick nicht verschieben. Lady Tara kann als Hofdame in der Königsburg leben und jeden Tag mit ihrer Schwester verbringen. Wenn die Zeit reif ist, das große Fest zu feiern, wird Sir Bill allein oder auf meinem Rücken kommen, um die Einladungen zu überbringen."

„Ich bleibe hier, bis Ihr eine Entscheidung getroffen habt, Lady Rosa", versprach Sir Patrick.

Lady Lias Augen strahlten, als die Herren Bill und Ian bei Tisch Tagesbericht erstatteten. Werde Tara wirklich in der Burg wohnen dürfen?

Jetzt hagelte es erst einmal Glückwünsche für Sir Bill, der dafür gesorgt hatte, die Dame seines Herzens nicht an einen anderen zu verlieren.

„Wenn Lady Rosa zustimmt, dann wird Lady Tara Hofdame und kann ihre Schwester beim Kinderhüten unterstützen", versprach die Königin. „Ich bin doch froh, wenn ich Damen habe, auf die ich mich verlassen kann."

Bill atmete auf.

„Sie hat Euch sicher vor Eurem Antrag gesagt, dass sie Euch den Rücken stärken wird, egal, in was Ihr Euch verwandelt", vermutete Lady Fran, was der junge Ritter lächelnd bestätigte.

„Habt Ihr Lust, ein wenig Eure schlummernde Drachenkraft zu erproben?", lockte der König. „Nächste Woche findet bei Sir Pembroke ein Turnier statt, wo es einiges zu gewinnen gibt, weil er sein Image ein bisschen aufpolieren will. Unter anderem setzt er eine kleine Höhenburg als Preis aus, deren Unterhalt ihm wohl zu teuer wird. "

„Klingt gut", meinte Sir Bill. „Ich werde natürlich hin reiten."

„Reiten wir gemeinsam", schlug Sir Dan vor. „Ben wird sicher mit uns beiden fertig."

„Ich komme als Zuschauer mit", rief Sir Ian. „Weil das richtig interessant werden dürfte. Wir nehmen das große Zelt. Da kann ich notfalls auch ein bisschen Knappendienst verrichten."

„Leiht Ihr mir Blizzard?", bat Bill und bekam sofort die Zusage.

„Das wird spaßig, wegen des Wiedererkennungseffekts", lachte der König. „Sollten wir uns nicht das Spektakel als Familienausflug gönnen?"

Tessa begann zu lachen, als zwei kleine Drachenköpfe aus der Wiege schauten. „Ich denke, wir sollten es tun."

„Ist noch genug Salbe da?", fragte Lady Fran sofort. „Ich hoffe doch sehr, dass wir diesmal ohne Hanf auskommen."

„Ich glaube schon. Diesmal bin ich besser gepanzert." Bill ließ die Fingernägel über die Schuppen am Hals gleiten, was klang, als kratze jemand über Holz.

„Wir sagen morgen Lady Rosa und Sir Patrick Bescheid", versprach Ian, denn die beiden würden sich die Tjost sicher nicht entgehen lassen.

Da meldete die Turmwache einen Drachen im Anflug. Sir Ian eilte hinaus und kam ein paar Minuten später mit den Damen Rosa und Tara sowie Sir Patrick herein.

Lady Tessa ließ für die Gäste eindecken. „Ich vermute, Ihr habt einige Entscheidungen getroffen, zu denen Ihr unsere Meinung hören wollt", sagte sie und die drei Neuankömmlinge nickten. „Wenn es darum geht, dass Lady Tara bei uns bleiben soll, haben wir schon einmal keinerlei Einwände", fügte sie lächelnd hinzu.

„Das kommt uns wirklich sehr entgegen, weil Lady Tara sonst wohl todunglücklich wäre, müsste sie uns folgen", seufzte Lady Rosa.

„Wir beide, haben den Entschluss gefasst, gemeinsam nach Burg Blackstone zu ziehen und Lady Mo die Küstenburg zu überlassen, für die wir einen Verwalter aus den Reihen des Clans einsetzen werden, der treu und waffengewandt ist", erklärte Sir Patrick. „Eine spätere Heirat schließen wir beide nicht aus. Vielleicht fällt es uns ja ganz spontan ein, wenn sich Lady Tara und Sir Bill verbinden."

„Jonas, unser erster Knecht, wird die Quellenburg verwalten, wie er es schon früher getan hat", berichtete Lady Rosa. „Er ist angewiesen, meinen beiden Töchtern, sowie den Herren Dan und Bill zu gehorchen, dem Königshaus sowieso."

„Alles akzeptiert", sagte der König kurz. „Könnt Ihr die Abreise auf übernächste Woche verschieben? Wir haben einen kleinen Haus-, Hof- und Familienausflug vor, den Ihr Euch nicht entgehen lassen solltet."

„Sir Bill wird wieder auf Blizzard ins Turnier ziehen", verriet Sir Ian.

„Das werden wir uns keinesfalls entgehen lassen!", rief Sir Patrick und Lady Rosa pflichtete ihm bei.

Selbst, dass Dan und Bill ziemlich sicher gegeneinander kämpfen würden, schreckte sie nicht. „Ich weiß, dass Ihr fair miteinander umgehen werdet."

„Werdet Ihr mitkommen?", fragte Bill Tara.

„Wenn ich Euch durch meine Anwesenheit Kraft verleihen kann, dann werde ich natürlich für Euch da sein", sagte Tara zu Bill, und erhielt ein dankbares Lächeln.

„Das könnt Ihr. Ich glaube, er legt Euern Glücksbringer nur beim Baden ab", blinzelte Sir Ian.

„Verräter!", zischte Bill theatralisch, worauf sogar Sir Cedric in schallendes Lachen ausbrach.

„Ich habe es nicht zu hoffen gewagt", flüsterte Tara überrascht.

„Euer Talisman könnte bewirkt haben, dass sich Sir Bill jetzt schon verwandelt, was uns ja alle völlig überrascht hat", erklärte Sir Ian. „Schließlich bestehen Drachenschuppen aus dem gleichen Material und er trägt Euer Geschenk immer direkt am Körper."

„Ja richtig!", rief Lady Tessa.

Sir Patrick hob achtunggebietend den Zeigefinger. Nur die Damen Rosa und Lia konnten nicht folgen, genau wie Ben, der auch keine Gedanken lesen konnte.

„Würdet Ihr mir verraten, was Ihr ihm geschenkt habt?", bat Rosa schließlich etwas irritiert.

Tara lächelte. „Eine Haarlocke."

„Aha, das war dann also jene, die Euch der völlig unschuldige Apfelbaum abgerissen hat", schmunzelte Rosa.

Tara lächelte noch vergnügter und hob die Schultern. Dann wurde sie ernst. „Mit dem Wissen, dass ich vielleicht schuld an einer zu zeitigen Verwandlung bin, wiederhole ich noch einmal vor allen: Ich werde immer zu Euch stehen, egal, welche Gestalt Ihr annehmt."

Im nächsten Moment hockten die Drachenschwestern auf Taras und Bills Schultern.

„Ein wunderbares Zeichen", sagte Sir Jim.

In den nächsten Tagen trainierte Bill, als müsse er die Ritter des gesamten Reiches niederringen. Und beinahe täglich wuchsen auch zwei oder drei Schuppen neu, wodurch seine gesamte Haut milchweiß wirkte. Tara, die inzwischen in die Königsburg eingezogen war, schien das Aussehen ihres Verlobten wirklich nicht zu stören. Nicht einmal, als seine Augen langsam den blutroten Farbton annahmen, den Bill von seinem Spiegelbild beschrieben hatte. Seine Stimme wurde deutlich tiefer und Tara genoss es, genau wie die anderen Damen, wenn er abends aus den Chroniken vorlas. Sah er die Drachenschwestern streng an, weil sie Unsinn getrieben hatten, nahmen sie es sich auch deutlich mehr zu Herzen, als wenn die anderen schimpften. Man konnte also getrost davon ausgehen, dass sie zu bändigen waren, auch wenn Großmutter Fran und Großvater Jim bald zurück nach Hause flögen.

Am Vortag des Turniers packten die Herren Dan und Bill mit Ben alles zusammen, was sie an Waffen und sonstiger Ausrüstung brauchten. Bill begab sich zu Blizzard in den Stall, wo er fast eine Viertelstunde Stirn an Stirn mit dem Rappen stand und sie ihre Gedanken aufeinander einspielten.

Sir Ian stand am Fenster und konnte es beobachten. Als das Königspaar zu ihm trat, sagte er: „Sollte er wider Erwarten den Sieg erringen, schenke ich ihm Blizzard."

„Warum?", fragte Lady Tessa.

„Weil der Hengst lieber mit Bill unterwegs ist. Ich kann es deutlich fühlen." Ian drehte sich zu ihnen um. „Ich war von Anfang an der Meinung, Bill hätte ihn bekommen sollen. Nun geschieht es eben auf einem Umweg."

„Ihr seid nicht grundlos unser bester Mann." Der König legte Ian die Hand auf die Schulter.

Lady Fran steckte den zum Kampf reitenden Rittern noch Salben und Kräuter zu und wies Ben an, sie sofort zu rufen, sollten sie sich jedwede Verletzungen zuziehen, die über einen blauen Fleck hinausgingen.

Sir Ian gab zu, das erste Mal nicht die Füße ruhig halten zu können. Doch auch Sir Patrick war übernervös und wusste nicht warum. Zwei Stunden nach den Kämpfern reisten auch die anderen ab – hoch zu Ross und unter den wehenden Bannern des Königs, auf rotem Grund ein goldgesäumter schwarzer Drache mit gespreizten Schwingen, eine weiße Lilie in den Vorderklauen haltend. Die Wappenmäntel verrieten, woher die Mitglieder des Trosses stammten.

Die Damen Rosa, Lia und Tara genossen den Ritt besonders, hatten sie doch früher stets zu Hause bleiben müssen, wenn es König Bernhard nach einem Ausflug gewesen war. Ein Turnier hatten die beiden jungen Damen erstmalig verfolgen dürfen, seit die Drachen die Regentschaft übernommen hatten.

Die Herren Dan und Bill hatten den Turnierplatz bereits erreicht, sich einschreiben lassen und bauten mit Ben ihr Zelt auf. Dass sich die anderen Ritter oder Knappen nicht wirklich in ihre Nähe trauten, lag an Blizzard, der mit Schnauben und Hufescharren einen Wachhund ersetzte. Bill war es recht, konnte so auch keiner seine sich stetig ausbreitende Drachenhaut sehen.

Der König und sein Gefolge hatten inzwischen die besten Plätze eingenommen, Ian saß zwischen Sir Cedric und Sir Patrick, um mit beiden fachsimpeln zu können. Es war ein grandioses Bild, als alle zwanzig Recken nebeneinander auf den Platz einritten. Sir Dan trug einen wallenden roten Federbusch auf dem Helm, Sir Bill einen weißen, was beide von den anderen Rittern abhob, die entweder nichts oder kleine Wappenfiguren darauf angebracht hatten.

Jeder namentlich aufgerufene Ritter ließ sein Reittier eine Körperlänge nach vorn gehen, grüßte und trabte vom Platz. Bills Riesenpferd stahl sofort wieder allen die Schau und die Mädchen und jungen Frauen sahen ihm hinterher, als er sich kampfbereit machte. Lady Tara hatte dieses sphingenhafte Lächeln aufgesetzt, das Lady Tessa schmunzeln ließ und bedeutete: Macht ihm ruhig schöne Augen, ihr werdet es früh genug merken, dass er versprochen ist.

Egel, welcher Geschicklichkeitswettbewerb, mal siegte Sir Dan, mal Sir Bill und schließlich hatten sie

Punktgleichstand. Bisher gab es auch noch keinen ernsthaften Grund, sich Sorgen wegen irgendwelcher Verletzungen zu machen. Das sollte sich mit Beginn der Tjost ändern.

Schon das erste Paar musste vom Platz getragen werden und werde ganz sicher zum Schwertkampf nicht mehr antreten. Ab der nächsten Paarung sammelte ein Ritter fleißig Punkte. Der Hüne überragte Bill um Haupteslänge, obwohl der inzwischen kräftig gewachsen war. Als er seinen fünften Gegner scheinbar spielerisch vom Pferd stach, begann Bill, die Bewegungen des Ritters sehr genau zu beobachten, und kam zu dem Schluss, dass er den jeweiligen Gegner genau so attackiert hätte. Also nichts, was Hexenwerk gewesen wäre.

Einen Kampf später war Sir Dan ausgelost worden, der sich nun einen erbitterten Kampf mit dem Herrn von Schwarzborn lieferte und ihn beim dritten Anritt in den Staub schickte. Dann trat Bill mit Blizzard auf den Plan.

„Oh nein!", seufzte Lady Lia, während ihre Schwester wieder ihre Handballen mit den Fingernägeln malträtierte.

Bill ritt direkt in den ersten Lanzenstoß hinein und die Männer waren sich einig, dass er es absichtlich machte. Es krachte, der Brustharnisch bekam eine Delle, Dans Lanze splitterte, doch Bill schwankte nicht einmal. Er wendete und wartete ab, wie sich Dan von Ben eine andere Lanze reichen ließ.

Die Lieblingslanze ist hinüber und Sir Dan praktisch nackt, hörten die Drachen den König sagen. *Geschickt eingefädelt.*

Bill legte die Lanze wieder in den Rüsthaken ein, Blizzard ging auf die Hinterhand und machte seinem Namen alle Ehre. Er rast wie ein Orkan an Sir Dan vorbei, dem Bill im allerletzten Moment die Lanze unterm Arm hindurch schob, worauf es den Ritter rücklings auf sein Pferd warf.

„Das dürfte weh getan haben", murmelte Lady Fran. „Ich möchte nicht wetten, dass er einem dritten Anritt standhält."

Sie sollte recht behalten. Bill traf Dan an der Schulter und der Schwung drehte diesen seitlich vom Pferd. Der stechende Schmerz des ersten Treffers verhinderte, dass er sich abstützen oder festhalten konnte, und so rutschte Dan unaufhaltsam zu Boden.

„Ich mache mich nützlich", erklärte Sir Ian, zum Zelt des Verletzten verschwindend, während sich Sir Bill bis zum Sieg der Tjost durchkämpfte und zeitweise ohne Knappen auskommen musste. Als er unter tosendem Applaus zurückkehrte, war Sir Dan der Erste, der gratulierte. „Ihr scheint aus Eisen zu sein, mein Lieber", sagte Dan kopfschüttelnd.

„Drachenpanzer", trifft es wohl eher, gab Sir Bill zurück. Er schob den Ärmel hoch, um die immer härter werdenden Schuppen zu zeigen. „Verrückt ist, dass ich mich auch fühle, als müsse ich vor Kraft fast platzen."

„So hat Sir Jim ebenfalls seinen Zwischenzustand beschrieben", warf Sir Ian ein. „Nur, dass er halt noch Flügel hatte."

„Im Augenblick fühlt sich mein Rücken noch normal an", gab Bill bekannt. „Ich mache mich aber auf alles gefasst."

Sir Dan erhob sich, nahm sein Schwert und ließ es ein paar Mal durch die Luft sausen. „Wird schon gehen. Wenigstens so lange, bis ich mit Sir Bill aneinandergerate. Aber dem gönne ich den Gesamtsieg von ganzem Herzen." Seite an Seite strebten sie dem Kampfplatz zu.

Viele hatten aufgeben müssen, weil die Verletzungen aus der Tjost doch schlimmer gewesen waren. Sieben Paare wurden zum Schwertkampf ausgelost und stellten sich der Herausforderung, den Turniersieg zu erringen. Sir Dan war unter den Ersten, die ihren Gegner besiegten. Also saß er recht entspannt an einem Tisch, ließ sich einen Becher Wasser von einem Schankmädchen reichen und beobachtete Sir Bill, der die härteste Nuss zu knacken hatte – den Herrn von Schwarzborn. Der wollte jetzt noch fleißig Punkte sammeln und ließ seinen Frust über den verdorbenen Lanzenritt an Sir Bill aus.

Schwert, Schild, Schwert, Schild ... Bill wehrte die Schläge ab wie ein Automat, bis es ihm zu langweilig wurde und er ohne Vorwarnung einen Angriff mit all seiner Kraft startete, wodurch der Hüne völlig aus dem Schlagrhythmus geriet und sich genötigt sah, sich zu verteidigen. Der Schild erzitterte, splitterte, brach und am Ende versuchte er, sich zu wehren, indem er das Schwert beidhändig führte.

Sir Dan fasste, weil der Kampf so spannend war, ohne hinzuschauen nach seinem Becher und trank einen langen Schluck, sonst hätte er vielleicht das weiße Pulver bemerkt, das sich auf dem Rand und der Innenwand verteilt hatte. Nicht einmal der leicht bittere Geschmack fiel ihm sonderlich auf.

Bill setzte alles auf eine Karte, er warf seinen Schild weg, griff sein Schwert ebenfalls beidhändig, fädelte die Spitze zwischen den Händen seines Gegners ein, hob diesen mit einem unglaublichen Kraftakt aus, und schleuderte ihn zu Boden. Ein Sprung auf die Brust des Liegenden, der noch gar nicht begriffen hatte, wie er in diese Stellung gekommen war, das Schwert an dessen Hals gesetzt und gefragt: „Ergebt Ihr Euch?"

„Besser wäre es wohl?!", stammelte der unterlegene Ritter völlig geschockt, worauf Bill kurz nickte.

Die Sieger der ersten Runde wurden zu neuen Paaren zusammengestellt, nach der Reihenfolge, wie sie ihre Gegner besiegt hatten. Weil ein Kämpfer wegen eines Stichs in den Arm aufgeben musste, waren genau drei Paare übrig. Nun hieß es, den Herausforderer niederringen und sich sofort dem nächsten widmen, der das geschafft hatte, bis zum Endsieg.

Was ist mit Euch? Sir Bill sandte Dan die Frage, weil der einen auffallend schwankenden Gang hatte. Auch von der Tribüne fragten die Drachen nach seinem Befinden.

Ich weiß es nicht. Mir verschwimmt alles vor den Augen. Aber Aufgeben ist nicht!

„Oh, mein Gott!", hauchte Lady Lia, sich an den Arm ihrer Schwester klammernd.

Jammerschade, dass Ben nicht unsere Sprache spricht, vielleicht hat er etwas gesehen, dass uns helfen könnte, murmelte Lady Tessa. *Am liebsten würde ich Sir Dan diesen Kampf verbieten.*

Das könnt Ihr nicht machen! Der König zog die Augenbrauen zusammen.

Das weiß ich, erwiderte die Königin.

Bill wehrte sich gegen zwei Ritter. *Er ... hat ... Wasser ... getrunken. Der ... Becher ... steht ... noch ... da.*

Ein schwarzer Schatten huschte davon, unbemerkt, weil alle dem spannenden Kampf folgten. Augenblicke kam Drachenlady Ashley zurück, den bewussten Becher hinter sich her zerrend, weil er zu groß war, als dass sie ihn hätte tragen können.

Lady Fran nahm ihn entgegen. *Gift! Eine Mischung verschiedener Pflanzen!*

Ehe der König dazu kam, den Kampf zu unterbrechen, ging Sir Dan in die Knie und fiel vornüber reglos zu Boden.

Sir Bill mähte mit einem Streich die beiden noch kämpfenden Männer nieder, rammte die Spitze seines Schwerts in den Boden und versuchte, Sir Dan den Helm vom Kopf zu ziehen, damit dieser mehr Luft bekäme.

„Man hat ihn vergiftet!", donnerte die Stimme des Königs über den Platz. „Ich werde den Schuldigen zur Strecke bringen!"

Alle Drachen verwandelten sich, Sir Ian nahm Sir Dan auf, um ihn pfeilschnell zurück zur Königsburg zu bringen, wohin die Damen Tessa und Fran schon unterwegs waren. Chaos brach aus. Der König bat die Damen Rosa, Lia und Tara bei den Babys zu bleiben, während er sich um Sir Bill kümmern wolle, der wie erstarrt noch immer an der gleichen Stelle kniete.

Er hatte seinen Ritter noch nicht erreicht, als der sich erhob, sein Schwert aus dem Boden riss, in die Höhe streckte und brüllte: „Ich werde Euch rächen, Sir Dan, und wenn es das Letzte ist, was ich auf dieser Welt mache!" Es folgte ein markerschütternder

Wutschrei, der in ein tiefes Grollen überging. Dann flimmerte die Luft und ein gewaltiger weißer Drache mit blutroten Augen hockte auf dem Platz, der wie ein Schweißhund die Stelle beschnüffelte, an welcher Sir Dan gelegen hatte, dann den Tisch ins Visier nahm und sich im nächsten Augenblick das in Todesangst kreischende Schankmädchen griff. Er schob es dem König vor die Nase: *Fragt sie! Sie hat Sir Dan den Becher gegeben!*

Lady Tara stand mit schreckgeweiteten Augen, drückte Drachenbaby Ashley an ihre Brust und ihre Gedanken schlugen Purzelbaum. Da hob der weiße Drache auch schon ab und schlug zielsicher die Richtung zum nahen Wald ein. Flammen loderten auf, Schreie zerschnitten die Luft, dann walzte der Gigant die ersten Bäume nieder, mit größtem Interesse von Ashley und Amara beobachtet.

Passt bitte auf Euch auf! Lady Tara rang die Hände, wie ihre Schwester, die völlig in Tränen aufgelöst wartete, dass man endlich nach Hause aufbrach.

Der König stand noch mit dem Veranstalter des Turniers zusammen, der Stein und Bein schwor, nichts von der Verschwörung gegen die königlichen Ritter gewusst und auch nichts damit zu tun zu haben, als der weiße Drache zurückkehrte und ihnen noch aus der Luft zwei Menschen vor die Füße warf.

„Aber das ist doch Sir Alf, der Sohn von Sir Paul!", entsetzte sich Sir Pembroke. „Ich habe wirklich nicht gewusst, dass der noch im Land ist!"

„Und wer ist die alte Frau?", forschte der König.

„Die habe ich, bis auf heute, noch nie hier gesehen", murmelte Sir Pembroke.

Sperrt beide bei Wasser und Brot ein, mein König! Einer von beiden wird uns schon verraten, was hier gespielt wird und warum, meinte Sir Bill.

„Und das Turnier?", fragte Sir Pembroke betrübt. „Ich hätte Eurem besten Mann, gern sofort den Preis übereignet."

„Überlebt mein Ritter, feiern wir demnächst das Fest verspätet bei Euch nach, mit allem Pomp, wie es sich gehört. Stirbt er, gebe ich Euch Bescheid, dass die Übergabe im Stillen stattfinden wird. Ihr hört von mir." König Cedric, rief Ben zu sich. „Aufsatteln und alle Pferde mitnehmen."

Ich kann ihm nicht mal helfen. Ich habe keine Ahnung, wie ich wieder menschliche Gestalt annehmen kann. Drache Bill hob hilflos die Vorderklauen.

Die Schwingen drei Mal fest an den Körper drücken, schlug der König vor.

Es funktionierte nicht.

Dann können wohl nur noch die Damen Tessa und Fran helfen, seufzte Sir Cedric.

Drei Knechte Sir Pembrokes halfen Ben beim Zeltabbau, beim Packen und beim Verschnüren der beiden Gefangenen auf zwei frei Pferde.

„Ich möchte bitte mit Sir Bill zurückfliegen, wenn ich darf", flüsterte Lady Tara.

„Gern, wenn Ihr möchtet", gestattete der König.

Lady Lia atmete tief durch.

Ich trage erst Eure Schwester zu ihrem Gatten, dann hole ich Euch, versprach Bill und beide Damen nickten begeistert.

Die Babys machten es sich auf Papas Schultern bequem, Lady Lia auf Sir Bills Rücken. Durch die Flugerfahrungen mit Sir Dan machte sie es Drache

Bill leicht und der wusste durch seine eigenen Drachenritte bestens Bescheid, wie er sich verhalten musste. Es dauerte jedenfalls nicht lange, da setzte er Lady Lia auf dem Hof ab, um sofort zurückzufliegen.

Weil der König die Gefangenen persönlich mitnehmen wollte, kreiste Bill während des gesamten Rittes über dem Tross, damit sich die beiden nicht samt Pferden heimlich davonmachen konnten, denn Sir Patrick musste Ben helfen, die ledigen Pferde sicher nach Hause zu bringen. Blizzard machte es ihnen schwer, denn der keilte ohne Sir Ian oder Sir Bill nach allem aus, was in seine Nähe kam. Ein Wunder, dass er sich überhaupt von Ben an langer Leine führen ließ.

Als Bill neben den Reitern landete, sagte Tara: „Es ist besser, wenn ich reite, sonst haben die Männer noch ein Pferd mehr zu beaufsichtigen." Sie streichelte den riesigen weißen Drachen mit einem liebevollen Blick zwischen den Hörnern. „Heben wir uns den Flug für einen angenehmen Zeitpunkt auf."

Euer Wunsch ist mir Befehl, sagte Sir Bill, startend, sobald die Reiter weiterzogen.

Blizzard riss sich los. Ben erschrak zu Tode, als der schwarze Riese davonpreschte und sich Lady Tara näherte. Doch statt nach deren weißem Zelter zu treten und zu beißen, lief der Rappe lammfromm nebenher und duldete sogar, dass ihn Tara am Rücken berührte.

„Bleib hinten!", befahl der König Ben.

Auch Sir Bill glaubte, sein Herz müsse stehenbleiben, als sich Blizzard selbstständig machte. Nun beobachtete er aus der Luft, wie Tara nach dem Seil am Zügel des Hengstes fasste und es langsam aufrollte, damit sich der Hengst nicht noch die Beine brach, weil er sich vielleicht verhedderte. Dann kam endlich die Königsburg in Sicht. Lady Tara ritt bis in den Stall, um Blizzard zu seinem Platz zu bringen. Mit Wasser und Futter musste ihn Ben später versorgen. Der schwarze Riese genoss es sichtlich, wie sie seine Flanke klopfte, um sich zu verabschieden. Der Stallbursche ließ Lady Taras Pferd gleich neben Blizzard stehen, um nicht gebissen zu werden, wie es der schnaubende Wüterich gern tat.

Zwei Wächter brachten die Gefangenen ins Verlies, Tara leisteten Drache Bill Gesellschaft, der völlig ratlos in einer Ecke des Hofes hockte und sich einfach nicht zurückverwandeln konnte. Die anderen eilten zu Sir Dan, an dessen Krankenlager die zauberkundige Lady Tessa um sein Leben kämpfte.

Licht ins Dunkel

Um niemanden unter Druck zu setzen, beschlossen Bill und Tara, noch einen Rundflug zu unternehmen, bis wirklich jemand Zeit für sein Problem haben werde. Also kletterte Lady Tara auf den Rücken des weißen Drachens und ein paar Sekunden später schwebten sie bereits überm Meer. Bill flog bis hinauf zur Grenze und dann über dem Strand zurück zur Königsburg, die er einmal umrundete, um dann zur Quellenburg weiterzuziehen.

Knecht Jonas staunte über den milchweißen Drachen und noch mehr, als ihm Lady Tara verriet, wer sich dahinter verbarg. Sie erklärte auch, dass Lady Rosa und Sir Patrick wegen der Vorfälle auf dem Turnier wohl erst später nach Hause kommen würden.

„Ein hässliches altes Kräuterweib", überlegte Jonas laut, „das muss wohl die alte Vettel sein, die Euer Vater auf König Vincent angesetzt hatte!"

Tara wurde leichenblass. „Woher weißt du das?"

Jonas schaute Tara erstaunt an. „Damit hat er doch überall geprahlt, als der Krieg begann! Sie verfüge über Kräutlein, denen der Drachenkönig nicht gewachsen sei. Er wäre ja schon lange nicht mehr er selbst. Irgendwann tauchte sie wieder hier auf und lebte in jenem Wald, der Sir Paul gehört. Gehört hat", verbesserte er sich.

Bill schnaufte verächtlich.

Tara erklärte mit zitternder Stimme: „Das habe ich nicht gewusst und ich bin sicher, dass es nicht mal meiner Mutter bekannt war."

Bill nickte. Das glaubte er, nach allem, was er über die ehemalige Königsfamilie erfahren hatte, auch. Nun drängte er, zurück zum Schloss zu fliegen, um zu berichten, was sie soeben erfahren hatten.

Jonas half Lady Tara beim Aufsteigen und bat, Sir Dan zu bestellen, er möge rasch und vollständig genesen. Dann schaute er den beiden nach, bis sie in der Ferne verschwanden.

„Sir Bill kommt zurück!", flüsterte Lady Rosa.

„Ich werde schauen, ob ich ihm helfen kann", rief Sir Ian, die Treppe hinunter eilend. „Der Ärmste weiß noch immer nicht, wie er sich zurückverwandeln könnte."

Ich bin zweitrangig! Lasst die alte Vettel im Kerker ausquetschen, was sie Sir Dan ins Wasser gemischt hat! Das ist nämlich die, die auch Sir Vincent um die Ecke bringen wollte!

Tut es!

Sir Ian setzte den Befehl des Königs sofort in die Tat um, wobei er Drache Bill als gutes Druckmittel einsetzte. Weil dem Clan Folter zuwider war, hatte man die Verbrecherin bis jetzt in Ruhe gelassen. Das änderte sich, als sie völlig verstockt schwieg. Drache Bill ließ seine Flammen immer näher lodern und, die, was für ein Zufall, plötzlich den Rock der Alten erfassten.

„Ich will reden! Ich will reden!", kreischte das Weib, als keiner Anstalten machte, den Brand zu löschen.

Bill blies die Flammen aus und Sir Ian musste in kürzester Zeit, dass Tollkirsche und Digitalis in der Mischung steckten.

„Hast du gelogen, und unser Ritter stirbt, wird dich der Drache scheibchenweise in Stücke beißen und an den Füßen beginnen!", drohte Ian, telepathisch mit den anderen Kontakt aufnehmend. Er ließ die alte Hexe wieder einsperren und widmete sich Drache Bill.

Ich habe es mit den Schwingen probiert. Ich habe die Augen geschlossen und mir intensiv gewünscht, meine alte Gestalt anzunehmen. Nichts funktioniert! Bill ließ Kopf und Flügel hängen.

Ian horchte auf. Bei der Drachenwerdung gab es immer kleine Veränderungen. „Habt Ihr Euch die *alte Gestalt* oder eine *Menschengestalt* gewünscht?"

Bill stutze. *Die alte Gestalt. Meint Ihr, ich könnte mich auch so verändert haben, wie Sir Jim?*

„Möglich wäre es!"

Okay, dann ein neuer Versuch ... Drache Bill faltete sogar die Vorderklauen, als er mit geschlossenen Augen um Rückverwandlung bat.

Genau so stand er dann auch noch als Mensch und spürte, wie ihm Lady Tara lachend und weinend zugleich um den Hals fiel. Er nahm sie in die Arme und bat: *Ich möchte zum Drachen werden.*

Schon befand sich die Dame drei Meter höher, von starken Drachenklauen vorsichtig gehalten. Die Rückverwandlung setzte sie sanft wieder auf dem Boden ab. „Ich liebe Euch, Ihr wundervoller weißer Drache!"

„Kommt rasch mit hinein!", rief Ian. „Sir Dan bewegt sich!"

Hand in Hand rannte das junge Paar die Stufen hinauf. Am Kopfende des Lagers hockten die Jungdrachen, Lady Lia streichelte Dans Hand, während

Lady Tessa aussah, als sei sie unter einen Blutregen geraten.

„Ich habe ihn etwas unsanft zur Ader gelassen", erklärte sie den völlig geschockten Neuankömmlingen.

„Das soll heißen, sie hat seine Ader mit ihren Drachenzähnen perforiert", schmunzelte Lady Fran, auf den frischen Verband zeigend. „In ein paar Tagen wird er wieder auf den Beinen sein."

„Das verdanken wir Eurer Verwandlung. Hättet Ihr die Hexe nicht eingefangen, würden wir jetzt noch rätseln, was Sir Dan helfen könnte." König Cedric wirkte sehr erleichtert.

„Und dafür habt Ihr Euch Blizzard doppelt und dreifach verdient", merkte Sir Ian an. „Betrachtet ihn also als Euer Eigentum."

Auf das völlig verdutzte Gesicht des jungen Ritters musste sogar Lady Tara lachen.

Tessa schaute Bill gleich noch einmal an. „Sagt mal, woher habt Ihr so plötzlich den stattlichen Bart?!"

„Den hat mir ein milchweißer Drache mit blutroten Augen geschenkt", blinzelte Bill vergnügt, sich ebendiesen Bart streichend, von dem er gerade jetzt erst erfahren hatte.

Gut so, hörten sie Sir Dans Gedanken wispern.

„Ahhhh, er ist wirklich wieder da!", jubelte Bill. „Kommt rasch zu Kräften, so wünscht es Euch auch Jonas, der Quellenburg-Knecht."

Lady Lia bekam noch ein paar Anweisungen von Tessa, weil sie gebeten hatte, Dans Pflege übernehmen zu dürfen. Die anderen fanden sich im Rittersaal ein, wo sie Sir Bill endlich zum Sieg und zur Drachenwerdung gratulieren konnten.

„Ich schicke Euch morgen als Boten zu König Vincent", erklärte Sir Cedric. „Berichtet ihm, was geschehen ist."

„Sehr wohl, mein König!" Bill verbeugte sich tief.

Lady Tessa kam frisch gewandet herein, um nach den Babys zu schauen. Aber die schliefen in menschlicher Gestalt und ließen sich durch die Unterhaltung nicht beeindrucken. „Die beiden haben schwerste Arbeit geleistet", sagte sie, ihre Töchter sanft streichelnd. „Sie haben dafür gesorgt, dass Sir Dans Geist den Körper nicht verlassen konnte. Das alte Blut ist in der Ahnenreihe nicht schwächer geworden. Ganz im Gegenteil!"

Dann wandte sie sich Sir Bill zu. „Lasst Euch anschauen! Ja, Ihr seht aus, wie einer, mit dem man es sich nicht verscherzen sollte – verwegen und kühn. Ich hätte Lust, für einen schneeweißen Drachen mitten im Winter, wenn sich alle auf die Sonnenwendfeiern freuen, eine rauschende Hochzeit zu zelebrieren. Wenn das Land ringsum funkelt, als sei es mit Edelsteinen bedeckt. Abends brennen die Feuerkörbe und verwandeln das silberne Glitzern in rotgoldenes Leuchten ..." Ihr Blick ging in weite Ferne.

„Das klingt richtig gut", sagte Sir Patrick. „Bis dahin hat Lady Rosa noch Zeit, herauszufinden, ob sie meine Frau werden möchte. Dann würden wir kommen, um uns hier zu verbinden."

„Oh bitte!", hauchte Lady Tara mit glänzenden Augen.

Sir Bill nickte erfreut, Lady Rosa sagte: „Für mich gibt es nichts mehr zu überlegen. Ich liebe Euch, Sir Patrick!", und so war es beschlossene Sache, dass Bill gleich alle Drachennester anfliegen sollte, um die Einladungen für die Doppelhochzeit zu überbringen. Dafür bekam er genau eine Woche Zeit, um wirklich jedes persönlich aufsuchen zu können.

„Braucht er denn keine Hilfe?", staunte Lady Rosa.

Bill schüttelte lächelnd den Kopf, auf seine Nase zeigend. „Die verrät mir ganz schnell, wo es Drachen gibt. Die Besuchten müssen mir nur die ungefähre Richtung zum nächsten Ort weisen, dann hangele ich mich von einer Burg und einem Adelssitz zum nächsten. Ein paar Stellen kenne ich ja schon und werde mich zur rechten Zeit an den Weg dahin erinnern."

„Ich werde in diesen Tagen Blizzard etwas Auslauf geben, denn mich scheint er zu dulden", erklärte Lady Tara. „Sir Ian hat nun, wo Sir Dan krank darniederliegt, genug andere Aufgaben zu erfüllen."

„Dann stelle ich Euch für die Ritte Ben als Begleiter frei", versprach Sir Ian sofort.

„Herzlichen Dank!" Sir Bill atmete auf. Schließlich war Lady Tara noch nie auf dem schwarzen Riesen geritten und dass er sich hatte streicheln lassen, musste noch nicht bedeuten, dass er wirklich friedlich blieb.

Lady Rosa ging nach Lia und Dan schauen. Sie öffnete die Tür nur spaltbreit. Lia streichelte sanft Dans Gesicht mit dem Zeigefinger. Das stille Lächeln in seinen Mundwinkeln tat auch Rosa gut. Lia nickte und Rosa schloss die Tür wieder. „Alles den Umständen entsprechend in Ordnung", meldete sie. „Er kann ihr Streicheln fühlen und reagiert auch darauf."

Der König wischte sich symbolisch über die Stirn und blies deutlich hörbar den Atem aus. Da erschien der Kerkermeister zum Rapport. „Die beiden Gefangenen giften sich seit Stunden quer über den Gang an. Es ist nicht zum Aushalten! Die Familie des Sir Paul muss wohl die alte Frau zu den Giftanschlägen angestiftet haben. Sie bereut es, ihnen gehorcht zu haben, und will bei Gelegenheit Sir Pauls ganze Sippe auslöschen."

„Die wird sie nur bekommen", erwiderte der König, „wenn es ihr gelingt, hier auszubrechen. Ich glaube aber, das werden wir zu verhindern wissen. Vielleicht plaudert sein Sohn ja irgendwann aus, wo der alte Mann steckt."

„Vielleicht erschnüffele ich ihn, wenn ich auf Reisen bin", schmunzelte Bill. „Den ekelhaften Geruch eines Verräters kann nichts übertünchen."

Nach dem Frühstück und einem kurzen Krankenbesuch bei Sir Dan, der zwar schwach, aber endlich wieder bei vollem Bewusstsein war, verwandelte sich Sir Bill, bekam von seiner Liebsten einen zärtlichen Kuss auf die Stirn und hob mit rauschenden Schwingen ab.

„Ein herrliches Bild!" Sir Ian rieb sich voller Stolz auf seinen zweiten zum Drachen gewordenen Knappen die Hände. „Ich möchte die Augen der anderen sehen, wenn sie bemerken, dass weder Lady Brenda noch Lady Shona im Anflug ist", lachte er vergnügt.

Als Erste staunte das Königspaar. Vorm Turm erschallte der Ruf: „Ein weißer Drache ist im Anflug!"

„Oh weh! Hoffentlich ist nichts Schlimmes passiert!" Lady Maya eilte so schnell hinaus, dass Sir Vincent kaum folgen konnte. Als der Drache immer näher kam und immer größer wurde, weiteten sich beider Augen voller Staunen.

Da zog der weiße Riese eine elegante Schleife und setzte direkt im Hof auf.

„Rote Augen?!", rief der König sichtlich verwirrt. „Wer seid Ihr?"

Ein kurzes Flimmern, dann stand ein junger Ritter vor ihnen, den sie eigentlich nur am Schwert erkannten.

„Sir Bill?", fragte Lady Maya zögernd.

„Genau der, Mylady, Mylord!" Bill verbeugte sich. „Herzliche Grüße von Lady Tessa und Sir Cedric."

„Herzlich willkommen! Tretet ein!" Lady Maya ließ sich freudestrahlend von ihm am Arm in den Palas führen.

Bei einem deftigen Braten zu seinen Ehren, berichtete Bill über die vergangenen Wochen.

„Ha! Die Hexe sitzt fest!", jubelte Sir Vincent. „Soll sie im Kerker verfaulen!"

„Zu Eurer Hochzeit und der von Sir Patrick kommen wir natürlich gern. So das Drachenschicksal will, wird zu dieser Zeit auch unser lang ersehnter Nachwuchs geboren werden. Dann haben wir drei Feiern in einer!" König Vincent freute sich darauf, alle wiederzusehen. „Wenn Ihr wieder nach Hause fliegt, müsst Ihr unbedingt noch einmal bei uns Zwischenstopp machen!" Er verriet Bill auch, dass Sir Andrew zu Hause sei, und Bill flog am Nachmittag die Burg Sternfels an, wo er ebenfalls für fröhliche Verwirrung sorgte.

Sir Andrew ließ sofort ein Nachtlager herrichten, denn er wollte auch alles ganz genau wissen. Besonders die Rolle seiner Braut und deren Schwester bei der Rettung Sir Dans interessierte ihn verständlicherweise sehr. Dass die junge Lady Ashley nicht unschuldig an Sir Bills Verwandlung war, hatte er sofort klar erkannt.

Am nächsten Morgen besuchte Sir Bill zusammen mit Sir Andrew Wolkenfels, jene Burg, die Lady Tessa ausgeräuchert, und die der neue Verwalter wieder bewohnbar gemacht hatte, dann flog er zu den Eltern seines Königs weiter. Natürlich saßen auch hier alle dem Irrtum auf, Lady Shona nähere sich. Und weil die Smaragddrachen die Aufregung spüren konnten, kamen sie herbei, um nach dem Rechten zu schauen.

Bill machte sich den Spaß, als Drache im Hof zu sitzen, als die beiden anderen geflogen kamen, und sorgte für viel Gelächter. Bei einem Becher Bier, wie sollte es hier auch anders sein, gab er seinen Bericht und überbrachte die mündlichen Einladungen.

„Am meisten wird sich Lady Brenda über Euer Erscheinungsbild freuen", orakelte Lady Shona.

Dahin brach Bill am Nachmittag auf, als er Lady Mo und ihren kräftig wachsenden Jungdrachen seine Aufwartung gemacht hatte. Unterwegs stoppte er immer wieder, um auch die kleinen Drachenrefugien zu besuchen. Weil die Herren von Whitecastle nicht anwesend waren, hinterließ er die Einladung auf Pergament und gab an, wo er sich in den nächsten Stunden aufhalten werde.

Der Ruf: „Ein weißer Drache kommt!", trieb auch die Herren von Wildforest aus dem Haus, um den

Drachen persönlich zu begrüßen, denn es konnte ja nur Lady Shona sein. Die bereits besuchten Herrschaften hielten nämlich allesamt dicht, um Bill nicht den Spaß zu verderben.

Als, statt der zierlichen Lady Shona, plötzlich ein weißer Gigant im Hof landete, rissen auch Lady Brenda und Sir Oliver erschreckt die Augen auf. Bill gab sich schließlich zu erkennen und der Jubel war genau so groß, wie ihn Lady Shona vorausgesagt hatte, weil er auch noch zu einem weißen Drachen geworden war.

„Ich habe doch sofort gefühlt, dass ein Drachenkeim in Euch schlummerte!", rief Brenda triumphierend. „Sir Ian hat ein feines Näschen und ein gutes Händchen bei der Ausbildung seiner Knappen. Es wird wirklich Zeit, dass sich die Smaragddrachenlinie fortsetzt."

„Und dann gleich mit einem Achtungszeichen", freute sich Sir Oliver.

Beide versprachen, zu den Hochzeiten zu kommen, und Lady Brenda gab Bill eines ihrer liebsten Schmuckstücke für seine Braut mit, ein Armband, welches perfekt zu den Edelsteinen passte, die Tara von Bill bekommen hatte. Wenig später kamen die Drachen von Whitecastle, um Sir Bill nicht unverrichteter Dinge ziehen zu lassen, und so saßen sie schließlich den ganzen Abend und die halbe Nacht und unterhielten sich über kleine und große Pläne.

Am nächsten Tag reiste Bill zur Burg Löwenstein weiter. Lady Faye, voll überzeugt, Lady Brenda käme, als die Wache einen weißen Drachen meldete, wartete auf dem Turm, um sie zu empfangen. Nach einer Weile wurde es ihr unheimlich, welche Größe der kommende Drache hatte und so rief sie nach Sir Elliot, der, immer zwei Stufen auf einmal nehmend, die Wendeltreppe hinaufrannte. In dem Moment, wo er aus der Tür trat, faltete der weiße Riese gerade die Flügel nach der Landung.

Auch Sir Eliot schaute mehrmals hin. „Strahlend weiß und rote Augen?! Jetzt bin ich aber neugierig, wer Ihr seid!"

„Ritter Bill, obwohl ich mich auch sonst noch ein klein wenig verändert habe", klang es aus der Verwandlung heraus.

„Jetzt verstehe ich, warum Euch niemand angemeldet hat! Jeder wollte, dass der andere gleich groß überrascht wird!", lachte Sir Elliot. „Das ist übrigens vorzüglich gelungen. Schön, dass Ihr da seid. Kommt! Erzählt, wie es Euch ergangen ist!"

Wie bei allen anderen herrschte auch hier Entsetzen darüber, auf welch perfide Weise Sir Dan vergiftet worden war.

„Ihr seid ein würdiger weißer Drache. Ihr habt Euch zwar in der Wut verwandelt, aber besonnen reagiert, als Ihr Sir Dan gerächt habt. Ein König, der solche Ritter hat, kann sich glücklich schätzen." Lady Faye hob den Becher zum Gruß.

Am sechsten Abend seiner Mission, kam Sir Bill zur Burg Drachenstein zurück, wo er auch zu übernachten gedachte.

„Ich habe, glaube ich, noch mehr Gründe, als Sir Ian, Euch etwas Gutes zu tun. Ich hätte wissen müssen, dass er Euch seinen Blizzard schenkt. Also bekommt Ihr von mir die Stute Blackstar aus der Thunderstorm-Zucht, nicht ganz ohne Hintergedanken."

Bill bedankte sich hoch erfreut. „Ich weiß, was Ihr meint. Er wird das erste Fohlen mit wirklicher Begeisterung annehmen. Das lasse ihm auch von keinem streitig machen. Er setzt das Wohl der anderen immer vor sein eigenes und diesmal ist er dran, eine Gabe von ganzem Herzen zu bekommen."

„Wie geht es Euerem Bruder?"

„Bestens. Er hat seine Knappenausbildung fast beendet. Zwar wird er wohl nie ein Drache werden, aber ein guter, hoch geachteter Ritter. Ich freue mich darauf, ihn in unserem Kreis begrüßen zu dürfen." Bill zeigte Sir Vincent das Damaszenerschwert, welches er für den großen Tag seines Bruders Sir Andrews Waffenschmied abgekauft hatte.

Blackstar war gut trainiert worden, von einem Drachen gegriffen zu werden. Bill hatte keine Mühe, sie nach Hause zu tragen. Lady Maya und Sir Vincent standen so lange auf dem Turm, bis Drache Bill hinterm Horizont verschwand.

Lady Tara wartete auch schon seit Stunden auf dem Turm, als endlich ein großer Körper die Sonne verdeckte. „Sir Bill kommt zurück!", rief sie hinunter und Sir Ian eilte auf den Hof, wohin ihm die Königsfamilie folgte.

„Was trägt er?", staunte Lady Tessa.

„Ein Pferd aus der Thunderstorm-Linie", war für den König sofort klar, als Bill näher kam.

„Eine Zuchtstute zum Hengst", schmunzelte Bill. „Sir Ian würde ja weder den einen zurück noch die andere annehmen, weil sie mir Sir Vincent geschenkt hat. Das erste Fohlen, wird er aber ganz sicher nicht zurückweisen!"

„Ja, das nehme ich mit riesengroßer Freude an", erklärte Sir Ian begeistert. „Damit dürfte auch klar sein, was Sir Bill am dringendsten auf seiner hart erkämpften Burg reparieren lassen wird – die Ställe, Scheunen und Wehranlagen."

„Oh ha, dann muss ich mich wohl auch jetzt schon um ein Fohlen aus der zukünftigen Zucht bewerben!", rief der König. „Ich möchte bitte das zweite Kleine haben!"

„So soll es sein", versprach Bill, sein neues Ross in den Stall führend, Tara einen heimlichen Kuss auf die Stirn hauchend und sich mit ihr im Palas einfindend, wo auch Sir Dan schon wartete. Der war zwar noch sehr blass, aber schon wieder bester Laune. Er hatte aus dem Fenster zugesehen, wie der strahlend weiße Drache gelandet war.

„Endlich kann ich mich persönlich bedanken", sagte er warmherzig, als sich Bill zu ihm setzte.

„Ich bin sicher, Ihr hätte für mich das Gleiche getan", wiegelte Bill ab. Dann begann er zu erzählen.

Lady Tessa lachte herzlich über die herrliche Verwechslungskomödie und besonders über Lady Faye, die in heller Aufregung Sir Elliot zu Hilfe gerufen hatte. „Nun kenne ich wirklich jeden Winkel, in dem geflügelte Drachen wohnen", schmunzelte Bill und erzählte auch, dass die ausgeräucherte Burg wieder bewohnt wurde und gut wirtschaftete.

Tessa setzte eine Unschuldsmiene auf. „Vielleicht bekommt Sir Vincent ja einen Sohn, der irgendwann eine eigene Burg haben möchte. Ich kenne eine, die für wenig Geld zu haben ist. Oder ich setzte sie als Turnierpreis."

Bens Augen begannen zu leuchten.

„Eben drum!", sagte die Königin lächelnd, denn der Ritterschlag war greifbar nah.

„Ich werde die Quellenburg Lady Lia und Sir Dan überlassen", sagte Lady Rosa. „Als Erstgeborene hat sie das Vorrecht. Da Lady Tara und Sir Bill bald ihr Häuschen haben werden, muss ich mir um die Zweitgeborene keine Gedanken machen."

„Das wird sogar sehr bald sein", erklärte Sir Cedric. „Sir Dan kann schon wieder reiten. In zwei Tagen ziehen wir zu Sir Pembroke, um die Heldenfeier nachzuholen. Er ist froh und überglücklich, dass wir nicht nachtragend sind, und hält die Burg übergabebereit. Ihr könnt sie also sofort in Besitz nehmen."

Das Ziel vieler Wünsche

Der Tross des Königs zog an einem sonnigen Morgen zur Burg Sir Pembrokes. Unterwegs schlossen sich ihnen die anderen Ritter an, welche gegeneinander gekämpft hatten. Alle hatten den gleichen Gedanken gehabt, das Fest genau wie nach einem Turnier zu feiern, und waren voll gerüstet, die Pferde mit Überwürfen geschmückt, erschienen. Nur, dass sie neben ihren Damen ritten, war anders.

Als jüngster Ritter des Königs hatte sich Sir Bill mit Lady Tara hinter Sir Dan und Lady Lia einsortiert. Dass sie mehr auffielen, als alle anderen, war Blizzard und Blackstar zu verdanken.

Die Herren Jim und Patrick wollten erst nach der Turnierfeier und gemeinsam mit ihren Damen nach Hause fliegen. Die Zwillinge Ashley und Amara waren, solange sie nicht schliefen, meist in Drachengestalt unterwegs oder verwandelten sich, wenn die Situation brenzlig wurde, sofort. Mama Tessa hatte erstaunlich wenig Arbeit mit ihnen, denn sie schlangen auch lieber ein Hühnchen als Drachen hinunter, ehe sie sich mit Babybrei begnügten. Lustig werde es nur sein, wenn sie irgendwann lernen mussten, sich wie Damen zu benehmen. Aber bis dahin waren noch ein paar Tage, wie es König Cedric auszudrücken pflegte. Es war aber auch bekannt, dass Sir Ian den Damen in Drachengestalt diesbezüglich durchaus schon Unterricht erteilte, denn deren Bewegungsdrang sollte in die richtige Richtung dirigiert werden.

Im Moment saß Lady Ashley auf der Schulter ihres zukünftigen Gatten, Lady Amara auf der ihres

Vaters, um standesgemäß Einzug beim Fest zu halten. Mama Tessa war es recht, musste sie sich so nicht um Babykram kümmern und ständig Sorge haben, dass es ihren Kleinen an irgendetwas fehlen könne.

Als alle Gäste ihre Plätze eingenommen hatten, lenkten die Turnierritter ihre Pferde auf den Platz. Seite an Seite, nur diesmal in ihren schönsten Prunkrüstungen, und, wer es sich leisten konnte, mit juwelengeschmückten Schwertgehängen. So funkelte auch die Scheide von Bills Drachendolch mit um die Wette. Dass sein Pferd mehr wert war, als alle Edelsteine zusammengenommen, wussten nicht nur die Drachen. Ben war in Habachtstellung. Argwöhnisch beäugte er jeden, der auch nur in die Nähe seiner beiden Ritter kam.

Sir Pembroke überreichte die Preise der Einzeldisziplinen, ehe er Bill die Besitzurkunde über Burg und zugehöriges Land übergab.

Gute, fette Wiesen, um vernünftiges Heu für Eure Pferde zu machen, wisperte Sir Ian, denn Bill hatte ja auch noch seine anderen Pferde in des Königs Stall stehen.

Dass Ritter Bill zur Burg schon eine Herrin erwählt hatte, war schnell ein offenes Geheimnis und ließ einige Mädchen und junge Frauen lange Gesichter machen. Tara quittierte es mit dem Lächeln einer Siegerin. Lady Rosa wechselte einen vergnügten Blick mit allen Damen.

Die Herren Cedric, Ian und Bill flogen natürlich sofort die Burg an, um sich die Schäden anzuschauen. Das Mauerwerk war gut, nur die Dächer in einem katastrophalen Zustand. Es gab wohl keins, durch das es nicht hindurch regnete.

„Ich werde sie am Boden montieren lassen und alle verfügbaren Drachen bitten, sie gemeinsam hinauf zu heben, so wie es auf Burg Löwenstein geschehen ist", erklärte Bill sofort. „Mit ein bisschen Glück ist das Haupthaus bis zum Winter dicht. Ein oder zwei Pferde werde ich wohl verkaufen müssen, um alles reparieren zu können."

„Gesinde wird von ganz allein kommen", prophezeite der König. „Einem Drachen zu dienen, sieht man als großes Privileg an."

„Das versteht wohl niemand besser, als ich und Ben", erwiderte Sir Bill.

„Ach ja, weil gerade sein Name fiel ... ich möchte ihn heute noch zum Ritter schlagen, gemeinsam mit zwei anderen Knappen, die eine hervorragende Ausbildung hinter sich haben", verriet Sir Cedric.

„Ich fliege rasch und hole das Schwert für ihn!" Bills Start riss die anderen fast um.

„Wo wir so schön allein sind", sagte der König zu Sir Ian, „kann ich Euch ja verraten, dass ich ihm die Hälfte der neuen Dächer vorab zu Hochzeit schenken werde, damit er nicht wirklich die gut ausgebildeten Pferde verkaufen muss.

Sir Dan werde ich bisschen piesacken, übers Bierbrauen nachzudenken. Die Quellenburg heißt nicht umsonst Quellenburg. Die haben das beste Wasser weit und breit. Mein Vater wird sicher das Herz haben, mir einen guten Brauer ausbilden zu lassen, falls Matt schon anderweitig zum Meister avanciert ist."

„Warum gibt es hier eigentlich keine Brauer?", fragte Sir Ian.

„Weil meinem Vorgänger Bier nicht schmeckte, da hat er das Brauen verbieten lassen", verriet der König.

„Ein durch und durch komischer Vogel!", murmelte Sir Ian. „Lady Rosa kann froh sein, dass sie ihn loshat."

„Ist sie, mein Lieber, ist sie!", schmunzelte Sir Cedric.

Indes erschreckte Bill die Wachen, als er direkt vor der Tür landete, hinein hetzte und gleich wieder heraus kam. Schon war er in der Luft und erreichte den Festplatz, bevor der König zur Tat schritt. Der setzte aber auch Schweiß vor den Lohn, von dem alle drei Kandidaten nichts ahnten, denn er befahl einen Schwertkampf der anwesenden älteren Knappen, deren Ausbildung kurz vor dem Ende stand. So fanden sich sieben junge Männer ein, die rasch ihre Prunkumhänge abgeworfen hatten. Es hieß: Jeder gegen jeden! Nur schien das ein alle gegen Ben zu werden, denn dem Knappen eines Drachen eins auszuwischen, schien besonderen Spaß zu machen. Kaum hatte einer seinen Gegner besiegt, drosch er mit auf Ben ein, der sich plötzlich gegen vier Schwerter wehren musste.

„Lasst sie weiterkämpfen!", rief der König, als Sir Pembroke die üblichen Regeln reklamieren wollte.

Dass dies für Ben das Zeichen war, die Zwänge zu ignorieren, merkten die Angreifer rasch. Er packte einen und rammte ihn zwei anderen vor die Brust, die Mühe hatten, den Unglücksraben nicht aufzuspießen. Ehe sie sich aufgerappelt hatten, war Ben mit dem noch stehenden Gegner fertig und schickte auch die anderen wieder zu Boden, noch ehe sie zu ihren Schwertern gegriffen hatten. Dann stand er lachend da und fragte: „Na, wer hat noch nicht genug?"

Nur einer versuchte es, halb liegend, Ben anzugreifen, der ihm den fast väterlichen Rat gab: „Lass es bleiben!"

Die Menge tobte, Bill grinste sich eins und wechselte mit Sir Dan einen zufriedenen Daumen nach oben.

Der König begab sich auf den Kampfplatz, winkte Ben heran. „Knie nieder!"

Der Knappe gehorchte irritiert, glaubte er doch, nun für die Regelwidrigkeit bestraft zu werden.

„Ich schlage dich zum Ritter. Erhebt Euch, Sir Ben!"

Ben brauchte einen Moment, um zu begreifen, dann schwor er seinem König ewige Treue. Da stand plötzlich Bruder Bill auf dem Platz und überreichte ihm das wundervolle Schwert. Tosender Beifall von der Tribüne und von allen Seiten des Kampfplatzes.

Jener, der versucht hatte, Ben anzugreifen, obwohl er wusste, dass er chancenlos war, wurde als Nächster aufgerufen, obwohl er nicht auf dem Plan gestanden hatte. „Gute Männer, die niemals sofort aufgeben, kann ich immer gebrauchen", erklärte der König. „Somit schlage ich dich zum Ritter. Erhebt Euch, Sir Marc!"

Auch dieser junge Mann, schwor dem König Treue. Unter dem Applaus der Zuschauer trat er wieder zu seinen Leuten. Dass seinem ausbildenden Ritter noch immer die Kinnlade fast auf den Schuhspitzen hing, ignorierte er geflissentlich, innerlich schadenfroh kichernd. Oft genug hatte er zu hören bekommen, wenn er einem anderen unterlag, dass er nichts tauge, und nie Ritter werden würde. Dass er nun seinen Abschied nehmen würde, konnte sich sein Dienstherr sicher an fünf Fingern abzählen. Der neue Burgherr, seines Zeichens ein weißer Drache, werde vielleicht einen Posten frei haben.

Als die beiden anderen schließlich noch in den Ritterstand erhoben wurden und die Feier in vollem Gange war, packte Sir Marc die Gelegenheit beim Schopf, sowohl, dem alten Herrn Adieu zu sagen, als auch, Sir Bill seine Dienste anzubieten.

Nicht übel, raunte Sir Ian dem König zu, *bei Sir Bill gibt es vierbeinige Schätze zu holen, da kann man nur mit Waffenstärke abschrecken. Sir Ben wird ja mit zur Quellenburg gehen.*

Da hörten sie Ritter Bill auch schon sagen: „Für den Anfang kann ich Euch nur freie Kost und Logis garantieren. Die Burg hat ewig leer gestanden und die Wirtschaft liegt am Boden."

„Das schreckt mich nicht", gab Sir Marc zurück. „Ich stamme aus verarmtem Adel, bin arbeiten und Fußtritte gewöhnt." Dabei deutete mit den Augen kaum merklich auf seinen bisherigen Dienstherrn.

„Ach schau an!" Sir Bill schüttelte missbilligend den Kopf über solche Ausbildungsmethoden. Dann reichte er, für alle gut sichtbar, dem jungen Ritter die Hand. Zugleich bat er den König, Sir Marc bis zum Einzug in die Burg Unterkunft zu gewähren.

„Der Bitte gebe ich gern statt!", erwiderte Sir Cedric. „So kann sich unser neuer Ritter gleich an die Gepflogenheiten bei Hof gewöhnen und mit

Euch Flüge absolvieren, damit er später für alles gewappnet ist."

Marcs alter Herr entließ den neuen Ritter mit mürrischem Gesicht und tat lauthals kund, dass das Pferd, auf welchem er hierher geritten war, nicht ihm gehöre. Marc schreckte auch das nicht. Er werde sowohl zur alten als auch zur neuen Burg laufen, denn seine Habe passte in ein kleines Bündel.

So ein Schuft! Lady Tessas Augen funkelten wütend. Nur gab es kein Gesetz, gegen das der hartherzige Ritter verstoßen hatte. Es gehörte einzig zum guten Ton, dem scheidenden neuen Ritter sein Knappenpferd als Starthilfe mitzugeben.

Ich finde es fantastisch, dass sich Sir Marc nicht provozieren lässt, schmunzelte Bill. *Ich werde ihm jetzt einen kleinen Ritt spendieren, um seine Kleider zu holen, und bringe ihn damit gleich zu Eurer Burg. Da kann er sich vom Hauptmann der Wache schon mal die Wehranlagen zeigen lassen und sich eines meiner freien Rösser aussuchen.*

„Kommt mit, Sir Marc, es gibt nicht nur Pferde, auf denen man reiten kann. Haltet Euch gut fest, wenn ich mich in die Lüfte schwinge, und sagt mir den Weg an. Ich kann als Drache nicht mit Euch sprechen, aber sogar Eure Gedanken hören." Bill machte sich zur Verwandlung bereit.

„Tja, so kann es gehen, wenn einem die Knappen nichts wert sind", schmunzelte Sir Ian. „Von wegen Fußtritte!"

„Oh ja, ich kann mich auch noch sehr gut an solche Dinge erinnern", erklärte Sir Jim. „Aber auch mit tiefer Dankbarkeit an meinen nachherigen Herrn, der mit Güte und tröstenden Worten ausgebügelt, was der erste mit Prügel verdorben hat." Er drückte ganz fest Sir Ians Hand. „Ich denke, Sir Marc wird alles daran setzen, Sir Bill niemals zu enttäuschen."

Am übernächsten Morgen verabschiedeten sich die beiden Paare, die nach Hause fliegen wollten. Bill begleitete die Heimreisenden zur Grenze. Er flog mit Sir Jim voran. Dahinter Sir Patrick mit Lady Rosa auf dem Rücken und einem Kleiderpaket in den Klauen. Neben ihm zog Lady Fran ihre Bahn. Es hatte in der Nacht geregnet und die ausgedehnten Wälder dufteten würzig nach Harz und frischem Laub. Die Unterhaltung drehte sich um Bills neues Domizil und Fran freute sich auf das gute alte Kuckucksnest. Sie passierten soeben einen Teil des Dunkelwaldes, dessen Name daher rührte, dass die Bäume besonders dicht und hoch wuchsen, als Fran ein Knacken am Boden hörte, das böse Erinnerungen weckte. Ohne Vorwarnung riss sie die vor ihr Fliegenden an den Hinterbeinen zurück.

Der heranzischende Speer fuhr ein paar Zentimeter an Sir Jims Nase vorbei. Ohne Frans Gewaltakt wäre glatt sein Herz durchbohrt worden. Bill legte die Schwingen an, stieß wie ein Raubvogel nieder und belegte den halben Wald mit Feuer. Während die anderen Männer völlig geschockt landeten, eilte Fran Bill zu Hilfe, der verzweifelt versuchte, die lodernden Flammen wieder zu löschen. Erst als Sir Jim dazustieß, gelang es.

„Das war verdammt knapp", kommentierte Lady Fran, als Sir Jim sie einfach stumm und fest in die Arme schloss, wissend, dass er ohne ihr schnelles Eingreifen verloren gewesen wäre.

Lady Rosa zitterte am ganzen Körper und Lady Fran musste ihr schließlich sogar ein Tränklein zur Beruhigung mischen.

Bill drang inzwischen in Menschengestalt in den Wald ein, um nach den Resten der Verbrecher zu suchen. „Fünf", gab er schließlich bekannt. „Richtig gut sehen sie nicht mehr aus. Der eine dürfte Sir Paul gewesen sein."

„Regel Nummer eins: Greift nie Lady Fran oder den Clan aus dem Hinterhalt an", stellte Sir Patrick trocken fest und fügte hinzu: „Regel Nummer zwei: Schon gar nicht, wenn Sir Bill dabei ist, dann gibt es nicht nur heiße Ohren."

„Ich werde noch als Hitzkopf in Verruf kommen", blinzelte Bill.

Jim grinste breit. „Ein bisschen mehr Respekt kann manchmal nicht schaden. Es wird mir ein Vergnügen sein, die heutige Geschichte weiterzutragen."

Ein paar Minuten später stiegen die Drachen wieder zu den Wolken auf und Bill begleitete sie noch ein Stück. Auf dem Rückweg sammelte er die Toten ein, um sie seinem König zu präsentieren. Er warf sie im Burghof auf einen Haufen und schickte eine Magd, das Königspaar herbei zu bitten.

„Ich habe im Dunkelwald gezündelt, mein König", sagte Bill düster, als Sir Cedric als Erster erschien.

„Wer sind die?!", fragte Lady Tessa, beim Anblick der verbrannten Leichen.

„Sir Paul und sein Mordgesindel. Wäre Eure Mutter nicht gewesen, Mylady, dann hätten diese Schufte Eurem Vater das Herz durchbohrt."

Lady Tessa wurde aschfahl und Bill erzählte mit wenigen Worten, wie Lady Fran, ihn und Sir Jim zurückgerissen hatte.

„Scharrt sie wie räudige Hunde ein!", befahl der König seinen Knechten. „Stopp! Erst holt ihr mir diesen Alf. Ich will wissen, ob sein Vater wirklich unter den Leichen ist."

Es dauerte nicht lange, da kniete der Gefangene wehklagend neben den Toten und schon bald war klar, dass Bill die gesamte Sippe ausgelöscht hatte, denn zwei waren Brüder des Eingekerkerten gewesen. Bill war es zu verdanken, dass die fünf ein ordentliches, wenn auch einfaches, Begräbnis bekamen, wofür ihm der letzte Sohn Sir Pauls, Alf, fast die Stiefel küsste.

„Was machen wir mit ihm?", rätselte Lady Fran.

„Schenkt ihn mir", schlug Bill vor. „Er ist ein gebrochener Mann. Als Knecht kann er seine Schuld abtragen. Er weiß, dass ich ihn tausend Tode sterben lasse, versucht er auch nur ansatzweise, mich zu verraten."

„Nehmt ihn! Weil wir gerade übers Schenken reden. Für das, was Ihr heute für den Clan getan habt, gehen alle Dächer Eurer Burg auf unsere Rechnung!", rief Lady Tessa und Sir Cedric beauftragte sofort die Zimmerleute und Schindelschneider, mit den Arbeiten zu beginnen.

„Hier läuft der mir aber nicht frei herum!", stellte die Königin klar und ließ Alf in den Kerker zurückbringen. Allerdings ließ sie ihm ausrichten, wie sie über ihn befunden hatte, und so hoffte der Mann inständig, Sir Bill möge bald in seine Burg einziehen und ihn nicht für seinen Vater büßen lassen. Auch schwor er sich, seinem Herrn treu zu dienen, um wenigstens einen Teil der Schuld irgendwie abtragen zu können. Er ließ sich nicht einmal mehr von der alten Kräuterhexe provozieren, die ihm, statt einer gewissen Freiheit, die Pest an den Hals wünschte.

Der Alltag nahm die Burgbewohner wieder gefangen. Die Zwillinge wuchsen nach Drachenart erheblich schneller als Menschenkinder und schon bald mussten die Herren Ian und Dan, strenger durchgreifen, um sie zur Ordnung zu rufen, denn jedem war klar, dass es sich bei beiden Damen um Kampfdrachen handelte. So kam es auch, dass Sir Ian beide in Ausbildung, also beinahe wie Knappen, unter seine Fittiche nahm und Sir Dan assistierte.

Alle Drachenritter und jene, die wirklich auf sich hielten, trainierten jeden Morgen hart. Der zweite Neuling unter ihnen, Sir Marc, lernte Lob und echte Freundschaft kennen. Auch Lady Tessa schlüpfte wieder täglich in den Gambeson, um für den Ernstfall gut in Übung zu bleiben. Neid und Missgunst unter den Menschenrittern werde es wohl ewig geben, so wie es auch in früheren Jahrhunderten gewesen war.

Des Königs Prophezeiung traf ein, wonach sich Bill nicht um Gesinde kümmern müsse, das kam tatsächlich von allein. Denn seit der Turnierfeier wehte ihm der Ruf voraus, ein edler und gütiger Herr zu sein.

Sir Dan bewirtschaftete mit Lady Lia die Quellenburg und fand die Anregung des Königs, Bier zu brauen, äußerst spannend. Die Möglichkeit, einen Keller in den Felsen zu treiben, gab es und Arbeiter auch, die sich einen guten Lohn verdienen wollten, zumal der Drache versprach, mit anzupacken. Cedric bat also die Drachen von Kuckuckstein, Alfrid, den Brauer, oder Matt mit zur bevorstehenden Hochzeit zu bringen, auf dass ein Sachverständiger die Gegebenheiten prüfe, bevor man den Bau vielleicht in den Sand setze.

Als sich die Blätter zu färben begannen, trug Sir Bills Burg bereits neue Dächer. Es gab auch genügend Brennholz, um als Dankeschön ein Gelage im kleinen, aber gemütlichen Rittersaal zu feiern. Lady Tara fieberte dem Tag entgegen, wo man sie fest mit Sir Bill verbinden werde und sie endlich auf seiner hübschen Burg Einzug halten durfte.

Es sollte nicht mehr lange dauern, denn die Wintersonnenwende rückte unaufhaltsam näher.

wird fortgesetzt

Der Nixen-Clan Band 1 - 5

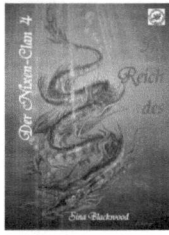 

Die Magier von Tarronn Band 1 - 6